KB060748

파저란트

FASERLAND
Christian Kracht

First published in the German language as *Faserland* by Christian Kracht.

Copyright © 1995 by Verlag Kiepenheuer & Witsch GmbH & Co. KG,
Köln/Germany
Korean Translation Copyright © 2012 by Moonji Publishing Co., Ltd.
All Right Reserved.

FASER
LAND

크리스티안 크라흐트 장편소설 | 김진혜 · 김태환 옮김

파저란트

문학과지성사
2012

파저란트

펴낸날	2012년 8월 8일
지은이	크리스티안 크라흐트
옮긴이	김진혜 · 김태환
펴낸이	홍정선
펴낸곳	(주)문학과지성사
주소	121-840 서울 마포구 서교동 395-2
전화	02)338-7224
팩스	02)323-4180(편집) / 02)338-7221(영업)
등록번호	제10-918호(1993. 12. 16)
전자우편	moonji@moonji.com
홈페이지	www.moonji.com

ISBN   978-89-320-2290-1

이 책은 주한독일문학원의 지원을 받아 출간되었습니다.
The publication of this work was supported by grant
from the Goethe-Institut Korea.

나의 여동생 도미니크를 위하여

아마도 그렇게 시작되었을 것이다.
충분히 쉬고 나면 더 잘 실행할 수 있으니까 휴식한다고 생각한다.
하지만 아무런 근거도 없는 생각이다.
벌써 너는 대체 무언가를 다시 할 수 있을 때가 올까
싶을 정도로 벌써 무력감을 느낀다.
어떻게 그렇게 되었는지는 중요하지 않다.

사무엘 베케트
『이름 없는 자』

Give me, give me–pronto–Amaretto

더 우드–비–구스

차례

일러두기

1. 이 책은 Christian Kracht의 *Faserland*(Köln: Verlag Kiepenheuer & Witsch, 1995)를 우리말로 옮긴 것이다.
2. 본문의 각주는 모두 옮긴이의 것이다.
3. 맞춤법과 외래어 표기는 1989년 3월 1일부터 시행된 「한글 맞춤법 규정」과 『문교부 편수자료』『표준국어대사전』(국립국어연구원)을 따랐다.

하나

그러니까 시작은 내가 쥘트 섬의 리스트에 있는 피쉬고쉬에 서서 예퍼 맥주를 병째 마시는 데서부터다. 피쉬고쉬는 해물요리 노점인데, 왜 그리 유명한가 하면, 독일 최북단의 해물요리 노점이기 때문이다. 그것은 쥘트 섬 최북단 곶, 바닷가 바로 앞에 있다. 사람들은 거기로 국경선이 지나갈 거라고 생각하지만, 실제로는 해물요리 노점이 하나 있을 뿐이다.

그러니까 나는 거기 피쉬고쉬에 서서 예퍼 맥주를 마시고 있다. 좀 춥고 서풍이 불어서, 안감을 넣은 바버 재킷을 걸친 채로 나는 마늘소스를 얹은 새우 요리를 벌써 두 접시째 먹는 중이다. 첫번째 접시를 먹고 이미 속이 울렁거렸는데도 말이다. 하늘이 파랗다. 때때로 두꺼운 구름이 해를 가린다. 좀 전에 카린을 다시 만났다. 우리는 살렘 시절부터 이미 서로 아는 사이다. 비록 그 당시에는 서로 이야기를 나누지 않았지만. 그리고 나는 그녀를 함부르크의 트락스와 뮌헨의 P1 바에서 몇 번 더 만났다.

사실 카린은 아주 멋있어 보인다. 금발의 단발머리도

그렇고. 내 취향에는 손톱의 금색이 약간 과하긴 하지만, 그래도 웃는 모습, 목덜미에서 머리카락을 젖히는 모습, 뒤쪽으로 가볍게 몸을 기대는 모습을 보면, 그녀는 잠자리에서도 틀림없이 훌륭할 것이다. 게다가 그녀는 이미 샤블리 와인을 적어도 두 잔은 마셨다. 카린은 뮌헨에서 경영학을 전공하고 있다. 적어도 그녀 말로는 그렇다. 그런 거야 정확히 알 수 있는 일은 아니니까. 그녀도 바버 재킷을 입고 있다. 다만 색은 파란색이다. 우리가 바버 재킷에 관해 이야기할 때 그녀는 말했다, 녹색은 사지 않겠노라고. 외투가 닳았을 때는 파란색이 더 보기 좋기 때문이란다. 난 그렇게 생각지 않는데. 나는 내가 입은 녹색 바버 재킷이 더 마음에 든다. 닳아빠진 바버 재킷이라니, 그건 아무 소용없지. 이게 무슨 말인지 나중에 설명하겠다.

카린은 자기 오빠의 감색 S 클래스 메르세데스 벤츠를 몰고 왔다. 오빠는 프랑크푸르트에서 선물거래업을 하고 있다. 그녀 말이, 메르세데스는 엄청나게 빨리 달리고, 카폰이 있어 좋다고 한다. 나는 그녀에게, 나는 근본적으로 메르세데스가 좋지 않은 차라고 생각한다고 말한다. 그러자 그녀는 오늘 저녁에 틀림없이 비가 올 거라고 하고, 나는 "아니, 틀림없이 안 올 거야"라고 말한다. 나는 포크로 작은 새우들을 이리저리 뒤적거린다. 이 새우들을 더 이

14

상 먹고 싶지 않다. 카린은 눈이 상당히 파랗다. 컬러렌즈를 낀 건 아닌지?

이제 그녀는 고티에 얘기를 한다. 고티에는 더 이상 무엇도 제대로 해내지 못한다는 것이다. 디자인 면에서 말이다. 그리고 크리스티앙 라크루아가 훨씬 낫다고 한다. 라크루아가 그렇게 멋진 색깔들을 사용한다나 뭐라나. 나는 귀 기울이지 않는다.

피쉬고쉬에서는 누군가가 계속해서 이미 주문한 무슨 조개 요리를 받아 가라고 마이크로 외쳐대고 그 소리 때문에 자꾸만 딴생각이 난다. 그 조개들 중 하나가 상해서, 오늘 밤 샤블리를 마셔대는 어느 가난한 술꾼이 살모넬라 혹은 뭐 그런 종류의 감염이 의심되는 지독한 복통으로 병원으로 실려 가는 상황이 상상되기 때문이다. 그런 상상이 떠오르자 싱긋이 웃지 않을 수 없는데, 카린은 지금 막 한 농담에 내가 웃는다고 여기고 자기도 나를 보며 싱긋이 웃는다. 앞서 밝혔듯이, 내가 그녀 이야기를 전혀 귀담아 듣고 있지 않았는데도 말이다.

나는 담배를 한 대 꺼내 불을 붙이고, 카린이 계속 이야기하는 동안, 검은 사냥개 한 마리가 아주 조그만 금색 소가 붙어 있는 개목걸이를 하고 어느 테이블 옆에서 커다란

똥줄기를 뽑아내는 것을 관찰하고 있다. 그 개는 괴상하게
도 반쯤 서서 똥을 싸고 있는데, 똥의 4분의 1쯤이 개 엉
덩이에 붙어 있는 것을 똑똑히 볼 수 있다.

난 또다시 싱긋 웃지 않을 수 없다. 아까 먹은 새우가
어쩐지 맛이 이상해서 이제 정말 속이 거북해졌는데도 말
이다. 나는 카린의 말을 끊고 캄펜으로, 거기 있는 오딘
바로 가지 않겠냐고 묻는다. 그녀는 그러자고 하고, 난 사
실 예퍼가 전혀 입에 맞지 않았지만 남은 맥주를 다 마시
고, 함께 그녀의 자동차로 이동한다. 지금은 나의 좁은 트
라이엄프 자동차에 탈 생각이 전혀 없어서.

그녀가 열쇠로 차 문을 열고, 우리는 차에 탄다. 차 안
에서 아직도 새 차 냄새가 난다. 가죽 냄새. 그녀가 출발
하는 동안 나는 차창 밖으로 담배를 내던진다. 새 차 냄새
를 없애고 싶지 않기 때문이다. 그녀가 담배를 피우지 않
기도 하고. 그녀는 카세트테이프를 한 개 끼워 넣는다. 스
피커에서 스냅의 아주 시원찮은 노래가 흘러나오는 동안
그녀는 폴크스바겐 골프 한 대를 추월한다. 그 차에는 꽤
예쁜 여자애가 타고 있다. 나는 선글라스를 쓴다. 카린은
뭔가를 얘기하고, 나는 차창 밖을 내다본다.

도로 왼쪽과 오른쪽으로 쥘트 섬 풍광이 엄청난 속도로
우리를 스쳐가고, 나는 쥘트도 따지고 보면 끝내주게 아

16

름답다고 생각한다. 하늘은 아주 넓고, 나는 마치 이 섬을 아주 잘 알고 있는 듯한 느낌이 든다. 무슨 말이냐 하면, 이 섬 아래 혹은 그 뒤에 무엇이 있는지를 알고 있다는 느낌이 든다는 것이다. 지금 제대로 표현한 것인지 잘 모르겠다. 물론 내 느낌이 틀릴 수도 있지.

카린은 캄펜에 거의 다 와서 갑자기 우회전을 하더니, 누드 비치인 부네 16 주차장 쪽으로 들어간다. 나는 생각한다. 어라, 이제 뭐 하자는 거지? 우리는 포르셰와 재수 없는 레저용 차량 사이에 주차한 후 내린다. 내가 선글라스 너머로 카린을 약간 의아하게 쳐다보자 그녀는 내가 방금 차 안에서 그녀 말을 듣지 않았음을 눈치챈다. 그녀는 다시 그녀 특유의 방식으로 예쁘게 소리 내어 웃더니, 우리가 캄펜에 가기 전에 세르지오와 안네를 픽업해야 하는데 그들이 지금 해변에 있고, 그 둘이 아까 휴대전화기로 그녀에게 전화했다고 설명한다. 그러니까 벤츠에 앉아 있는 그녀에게 전화를 했다는 말이다.

우리는 차에서 내리고, 나는 휴대전화기가 그곳 해변에서 모래와 소금물 때문에 상당히 더러워졌겠다고 생각한다. 카린이 주차요원 손에 몇 마르크를 쥐여주고, 우리는 나무 다리 위로 모래언덕을 넘어 해변으로 간다. 비바람에 상한 나무 널빤지 위를 걷는 동안, 카린은 뮌헨에 있

는 슈만스 바 이야기를 하며 거기서 최근에 막심 빌러를
알게 되었는데, 그가 얼마나 재기에 번뜩이는지, 약간 두
려움을 느꼈다고 말한다.

거기서부터 나는 더 이상 듣지 않는다. 갑자기 나무 널
빤지와 바다의 냄새가 코를 찌르기 때문이다. 나는 어렸
을 적에 여기에 왔던 일을 생각한다. 그리고 쥘트에서의
첫날은 이 냄새가 언제나 가장 좋은 냄새였다는 생각을 한
다. 오랫동안 바다를 보지 못했기에 바다 구경을 앞두고
잔뜩 설레 있는데 나무 널빤지가 햇살을 받아 따뜻한 향
기를 뿜어내곤 했던 것이다. 그것은 아주 친근한 냄새였
고 뭔가 희망적이고, 글쎄, 따뜻했다고 할까. 지금 다시
그때 그 냄새가 난다. 나는 거의 울 것만 같아 얼른 담배
한 대를 꺼내 불을 붙이고 바버 재킷 소맷부리로 이마를
닦는다.

이 모든 게 상당히 민망하다. 하지만 카린은 전혀 눈치
채지 못했다. 게다가 그녀는 지금 막 해변 관리인과 상대
하고 있는 중이다. 관리인은 이곳 해변으로 들어오려는
재수 없는 은퇴 노인들에게 휴양관광 이용권을 보자고 하
고 있는데, 카린은 그 남자에게 우리 두 사람 일일 이용권
값으로 12마르크를 지불한다. 나는 그녀에게 고맙다고 하
려다가 그냥 가만히 있는다.

하늘에서 해가 따갑게 내리쬐기 시작한다. 더워진다. 카린도 더운 모양이다. 그녀는 바버 재킷을 벗고 스웨터도 벗는다. 그 스웨터는 정말 예쁘다. 카렌은 그 아래 그저 보디 슈트 한 장을 입었을 뿐이다. 나는 그녀의 가슴이 상당히 크고 단단하다는 것을 알게 되고, 내가 가슴을 보고 있는 걸 그녀도 안다는 느낌을 받는다. 햇살이 그렇게 따가운데도 바람은 여전히 꽤나 차서 그녀의 유두가 약간 도드라져 있다.

나도 바버 재킷과 윗옷을 벗고 셔츠 소매를 걷어 올린다. 선글라스를 가져와 다행이라고 생각한다. 바닷바람이 뒤로 빗어 넘긴 머리를 헝클어뜨리며 앞쪽으로 쓸어내린다. 밝은 갈색의 앞 머리는 꽤 길어서, 완전히 앞으로 늘어뜨리면 턱까지 내려온다. 그 순간, 틀림없이 바버 재킷 안쪽 주머니에 헤어젤이 아직 조금 남아 있다는 생각이 떠오른다. 언제 그걸 사용해야 민망한 모습으로 비치지 않을지 곰곰이 생각해본다.

우리는 이제 거의 해변에 도착했다. 좌우로 모래언덕이 있고, 여기저기 야생풀과 갯보리가 바람에 흔들린다. 마치 지상의 파도처럼 보일 정도다. 우리 머리 위로 바다갈매기들이 선회한다. 나는 괴링의 일을 생각한다. 그는 이곳 쥘트에서 휴가를 보내곤 했는데 한번은 여기서 피와 명예의 단도*를 잃어버렸다. 언덕 한가운데서 대단한 수색작전이 펼쳐졌고, 큰 상금이 걸렸다. 마침내 그 단도가 나왔는데, 찾은 사람은 보이 라르센인가 뭔가 하는 젊은 농부였다. 그때는 그랬다. 모래언덕에 오줌을 누다가 그 재수 없는 단도를 잃어버린 뚱뚱한 괴링 때문에 모두들 죽도록 웃었는데, 다만 보이 라르센만 웃지 않았다. 상금을 챙겼기 때문이다. 내 생각에, 그다음에야 그는 진심으로 웃었으리라.

보이라는 이름을 생각하니, 여기 이 북쪽 지방 쥘트에서만 사람들 이름이 그렇다는 생각이 든다. 마치 여기가 더 이상 독일이 아니고, 독일과 영국의 중간 지점이라도 되듯이. 여기 쥘트 섬에는 고사포가 배치되어 있었다. 영국인들은 전쟁 후에 이곳에 오래 주둔했고, 나는 소년 시절 베스터란트** 부근에 마지막으로 남은 독일군 벙커 속에서 놀았다. 그사이에 그 벙커는 폭파됐을 것이다.

해변가 저 앞쪽에, 파란색과 흰색 줄무늬의 해변용 벤

---

* '피와 명예'는 1926~45년까지 독일국가사회주의청소년단 히틀러유겐트의 모토로 독일 순혈주의와 민족주의를 상징한다. 히틀러유겐트는 이 말을 단도의 날에 새겨 소지했다.
** 쥘트 섬의 지역명.

치에 세르지오와 안네가 앉아 있다. 난 그들을 바로 발견한다. 안네를 알아보기 때문이다. 언젠가 P1에서 그녀를 낚아보려 했지만 만취해서 토하느라고 실패하고 말았다. 화장실에서 돌아왔을 때 그녀는 사라지고 없었다. 어쨌든 내 생각에는 그랬다. 카린과 나는 파라솔이 달린 해변용 벤치를 향해 간다. 우리는 안녕, 하고 인사를 건네지만, 안네는 나를 알아보지 못한다. 아니면 알아보지 못하는 척하는 것이든지. 둘은 샴페인 두 병을 옆에 두고 있고 우리에게 플라스틱 잔 두 개를 건넨다. 카린이 안네와 이야기하니 나는 세르지오와 대화를 시작한다. 세르지오, 그는 언제나 분홍색 랄프 로렌 셔츠를 입어야만 하고 거기에 오래된 롤렉스를 착용해야 하며, 지금처럼 바짓단을 접어 올린 채 맨발 차림으로 있지 않았다면 알덴 슬리퍼를 신었을 법한 그런 남자이다. 나는 그걸 금방 알아차린다.

무슨 말인가 해야겠기에 나는 이따가 비가 올 거라고 하고, 세르지오는 날씨가 틀림없이 이대로 갈 거라고 한다. 나는 그의 말에 외국인 억양이 들어 있음을 눈치채고 어디에서 왔느냐고 묻는다. 그러자 그는 콜롬비아에서 왔다고 말한다. 그러다 보니 우리는 화제가 동이 나고 세르지오가 더 이상 말을 하지 않으니, 난 담배 한 대를 꺼내 불을 붙인다. 그리고 우선 내 손톱 끝을 보고, 다음으로 바다를 본다.

예전에 쥘트에서 휴가를 보내던 우리 같은 아이들에게
어른들이 손으로 입을 가리고 조심스럽게 들려준 비밀이
하나 있다. 저 멀리, 베스터란트 앞, 오늘날 그 거대한 북
해가 있는 곳에, 룽홀트라는 이름의 도시가 있었다. 이 도
시는 옛날에 쥘트 섬의 일부였다. 200년 전쯤 거대한 해
일이 몰려와서 모든 것을 바닷속으로, 반짝이는 한스 속
으로 쓸어 가기 전까지 말이다. 그때는 북해를 그렇게 불
렀으니까. 어쨌든 당시 주민들은 모두 익사했고, 그 사건
의 비밀이란, 서풍이 불 때 가만히 귀 기울여 보면 바닷속
에서 기독교인들에게 예배를 알리는 룽홀트 교회탑의 종
소리를 들을 수 있다는 것이었다. 그런 얘기는 언제나 우
리를 커다란 공포에 빠뜨렸지만, 그래도 아이들은 종종
밤에 해변으로 가곤 했다. 귀를 해변 모래에 바짝 붙이고
그 소리를 들어보기 위해서.

그사이에 세르지오는 휴대전화기를 집어 들고 누군가
와 스페인어로 통화하면서 나를 쳐다보는데, 나는 당혹스
러운 나머지 카린과 안네 쪽으로 몸을 돌린다. 우리 셋은
모두 마치 명령이라도 받은 듯, 로드레 샴페인을 한 모금
마시고, 그게 너무나 우스워 보였는지, 다시 카린은 견디
지 못하고 소리 내어 웃는다. 나는 카린을 꽤 좋아하는 것

같다.

그러고 나서 우리는 자리를 떠 주차장으로 돌아간다. 카린과 나는 그녀의 메르세데스에 오르고 세르지오와 안네는 랜드크루저에 오른다. 우연히도 우리는 아까 그 차 옆에 주차했던 것이다. 안네와 카린은 상당히 취기가 올랐지만 그냥 그대로 출발한다. 나는 카린에게 오늘이 쿌트에서 보내는 마지막 날이고 내일 떠날 것이라고 한다. 카린은 고개를 끄덕이며 아쉽네,라고 말하며 나를 쳐다보고 미소 짓는다. 정말 아름다운 미소다.

캄펜을 알리는 표지판을 지나고 얼마 안 되어서 그녀는 하마터면 도로를 건너오면서 자동차가 오는 것을 보지 못한 어느 은퇴 노인을 차로 칠 뻔한다. 그 은퇴 노인은 작은 코듀로이 모자를 쓰고 가지색 점퍼를 입고 있는데, 마치 북구 신화 속의 광포한 전사처럼 우리 뒤에다 대고 욕을 퍼붓는다. 나는 카린에게 그가 틀림없이 나치일 것이라고 하고, 카린은 소리 내어 웃는다.

우리는 위스키슈트라세로 꺾어 들어간다. 해는 이미 하늘에 낮게 걸려 위스키슈트라세를 황금빛으로 물들이고 있다. 아마도 이 거리 이름이 위스키슈트라세인 것은 많은 술집들 때문만이 아니라, 지금처럼 해가 비스듬히 거리 위로 비칠 때 거리가 금빛 노란색으로 보이기 때문이기도 할 거라는 생각이 든다. 내가 아주 상당히 취기가 올랐나 보다. 이렇게 말도 안 되는 생각을 하다니. 우리는 주차하고 차에서 내려 오딘으로 간다. 도중에 카린의 손이 아주 짧게 내 손을 쓰다듬고, 나는 주체할 수 없이 기침을 한다.

아직 이른 저녁인데도 오딘은 발 들여놓을 틈 없이 꽉 차 있다. 보통 여기는 밤 11시, 11시 반이 되어야 자리가 다 차지만 오늘은 벌써 만석이다. 카린은 이 바 여주인을 개인적으로 아는데, 그녀가 상냥하게 손을 흔들고는 웨이터 한 사람을 우리에게 보낸다. 오딘에서 서빙하는 사람들은 언제나 잘생기고 피부가 갈색으로 그을려 있으며 언제나 대단히 쾌활하다고 생각한다. 그리고 그 이유가 대체 무엇일지 곰곰이 생각해본다. 이 바에서 키우는 개는 막스라는 이름의 어두운 갈색 래브라도인데, 카린은 오딘에 오면 언제나 그 개에게 롤빵을 하나씩 주는 모양이다. 그 개는 그걸 이미 알고 있다. 저기 그 개가 벌써 수많은 사람들의 다리를 스치며 뛰어와 카린이 개에게 주려고 들고 있는 롤빵을 낚아챈다.

그러고 나서 그녀는 로드레 두 병을 주문하고, 술이 오자 우리는 각자 한 잔을 단숨에 비운다. 바 뒤에서 누군가

이글스의 'Hotel California'를 틀고, 음악이 그렇게 흐르고, 막스가 빵을 씹고, 밖에는 해가 지고 있으니, 난 갑자기 망할 놈의 행복감을 느낀다. 이렇게 즐거워하니 내 얼굴에 바보 같은 미소가 떠오른다. 그것을 보고 안네도 슬며시 미소 짓기 시작하고 그러자 이제는 카린도 슬며시 웃고 심지어 세르지오마저 미소를 짓지 않을 수 없다.

오딘은 점점 손님이 많아져 너무 붐빈다. 옆 테이블에 세 남자가 서서 상당히 큰 소리로 자신들의 페라리 테스타로사에 대해 이야기하고 있다. 그들 모두 카르티에 시계를 차고 있고, 그들의 겉모습을 보면 골프를 친다는 것을 그냥 알 수 있다. 그들에게서는 서른 이후에 나타나는 어떤 둔중함, 갈색으로 그을린 호감이 가지 않는 둔중함이 느껴진다. 그중 한 사람은 계속 코 주위를 비벼 닦다가 거의 10분에 한 번씩 화장실로 사라지고 그러고 나서는 아주 상쾌해진 기분으로 돌아와서 손바닥을 치며, 야, 최고야! 따위의 말을 한다.

카린과 나는 서로 쳐다본다. 그리고 카린이 눈을 돌린다. 어쩐지 가는 게 낫겠다. 세르지오, 안네는 여기 있겠다고 해서 우리는 그들과 작별한다. 그리고 나는 세르지오 앞에서 폼 잡기 위해 로드레 두 병 값을 지불한다. 그런 행동이 곧바로 지독히 민망하게 느껴지긴 했지만. 나

는 곧바로 우리가 가지고 갈 세번째 병을 사고, 바 여주인
은 프랑스에서 하듯이 카린의 볼에 세 번 입을 맞추고 샴
페인 잔 두 개를 준다.

카린과 나는 그녀의 차로 걸어간다. 그러는 도중에 어
느 만취한 남자가 터키옥색 포르셰 카브리오를 열려고 하
다가 차 문에다 토하는 것을 본다. 난 재빨리 번호판을 본
다. 뒤셀도르프의 D자다. 아하, 광고업자구나, 라고 생각
한다. 한번 상상해보라. 터키옥색 포르셰라니.

맞은편 노변의 많은 사람들이 그 광경을 모두 보고 악
의적으로 웃고 있는데, 저 건너편에서 하요 프리드리히*
의 모습도 보이는 것 같다. 그가 그사이에 얼굴 살이 많이
쪘다고 들었기에 완전히 확신이 서지는 않는다. 나는 카
린에게 그녀가 상당히 취했으니 내가 운전해야 하지 않을
까 묻지만, 그녀는 아니라며 아직 충분히 운전할 수 있다
고 한다. 나는 조수석에 앉고, 이제 또 가죽 냄새가 나고
향수 냄새도 약간 난다.

카린이 출발해 운전하며 뭔가를 이야기하고, 나는 듣
기 위해 애를 쓰지만 알아듣지 못한다. 나는 그녀를 옆에
서 뚫어져라 쳐다본다. 컬러풀한 에르메스 머플러는 그녀

---

* 독일의 언론인, 뉴스 진행자(1927~1995).

의 갈색 목과 대비되어 두드러져 보이고, 핸들 위에는 갈색으로 그을린 그녀의 팔이 놓여 있다. 금빛 잔털로 뒤덮인 팔. 나는 언젠가 소년 시절 캄펜 해변에서 작은 소녀 옆에 손수건을 깔고, 그 애와 나란히 배를 깔고 엎드려 있었던 일을 기억한다. 그 어린 소녀가 잠이 들었는데, 나는 그 애의 팔 위에 흰 모래를 흩뿌리며 팔에 난 솜털에 고운 모래 가루가 고이는 것을 관찰했다. 그 때문에 그 애는 잠이 깼고 내게 미소를 지어 보였다. 그러고 나서 우리는 함께 색색의 플라스틱 삽으로 바닷가에 모래성을 지었다. 난 오렌지색 삽을 갖고 있었지. 그걸 나는 여전히 정확히 기억하고 있다.

카페 쿱퍼칸네 앞에서 벤츠가 천천히 멈춰 선다. 흰 자갈 위에서 타이어가 찌그덕 소리를 내고, 카린이 시동을 끈다. 귓가에서 쏴쏴 하는 소리가 들리는데, 나는 그것이 바다 소리라고 상상한다. 하지만 전혀 그럴 수 없는 것이 우리는 지금 개펄 쪽에 와 있기 때문이다. 우리는 서로 쳐다보고 차에서 내려 쿱퍼칸네 앞 녹색 언덕 위에 앉는다.
카린은 로드레 병을 따는데, 코르크 마개가 펑 날아가게 하지 않는다. 이때 나는 생각한다. 모든 사람이 돌아볼 정도로 제대로 뺑 소리가 나게 샴페인 코르크 마개를 따는 사람들을 내가 얼마나 증오하는지. 우리는 가져온 샴페인 잔에 술을 따라 마시고, 쿱퍼칸네 안으로 들어가는 사람들을 관찰한다. 그러고 나서는 개펄을 바라본다.

카린은 자기 손을 내 어깨 위에 얹는다. 그녀 손이 닿은 곳이 따뜻해진다. 그녀가 내 입에 키스한다. 그녀는 샴페인 맛이 나고, 따뜻한 살의 맛이 난다. 눈을 감자 현기증이 난다. 술을 너무 많이 마셨기 때문이다. 그래서 나는 다시 눈을 뜬다. 우리는 키스하고, 그러면서 난 파란색을 입힌 그녀의 콘택트렌즈를 본다. 근거리에서 초점을 유지한다는 게 현기증 나는 일이긴 하지만 말이다. 카린도 약간 현기증이 나는 것 같다. 우리는 키스를 그만둔다. 그녀가 나를 보고 아주 진지하게 말한다. 내일 저녁 오딘에서 만나자고. 그녀가 진짜로 그렇게 말한다. 내일 떠난다고 그녀에게 말을 했는데 말이다. 뭐 글쎄, 아마 듣고도 벌써 또 잊어버린 모양이다.

어쨌든 그녀는 상당히 재빨리 일어서서 샴페인 잔을 평평한 돌 위에 얹어 놓고 차로 간다. 그녀가 차에 올라 시동을 걸고 출발한다. 나는 한동안 언덕 위에 그냥 앉아 있다. 빈 잔을 손에 든 채로. 약간 멀리 떨어진 곳에 은퇴 노인 부부가 케이크 메뉴판을 꼼꼼히 들여다보고 있다. 지금 케이크라니? 케이크 먹기엔 너무나 늦은 시간 아닐까.

라는 생각이 든다. 샴페인 한 잔을 더 따르지만 로드레에
서는 더 이상 거품이 나지 않는다. 따른 것을 한 모금 마
시자 밋밋하고 김빠진 맛이 난다. 재의 맛이다. 나는 다시
는 쥘트 섬에 가지 않으리라고 생각한다.

둘

다음 날 우선 함부르크행 저녁 기차를 탄다. 카린을 다시 만나지 않고. 트라이엄프 승용차는 그 섬에 두었다. 비나가 그 차를 알아서 돌볼 것이다. 후줌 근처에서 해가 지는 동안, 나는 식당차에서 작은 병에 든 일베스하이머 헤를리히 와인을 상당히 빨리 연속으로 마셔댄다.

창밖을 내다보고 빵에다 작은 플라스틱 개별포장 안에 든 메글 버터를 바른다. 북부 독일의 평야가 지나간다. 양들과 모든 것들. 그러자 생각이 난다. 옛날에 기차가 달리며 만들어내는 바람 속에 머리를 맡기고, 바람 때문에 눈에서 눈물이 날 때까지 차창 밖으로 몸을 내밀듯 기대곤했던 일이. 그럴 때면 나는 늘 생각했다. 만약 지금 누가 기차 화장실에 앉아 오줌을 눈다면 그 오줌이 기차 밑바닥으로부터 위로 튕겨 올라와 진행 방향으로 아주 미세하게 내 얼굴 위에 흩뿌려져서, 나는 얼굴 위에 얇은 오줌막이 생긴 것도 눈치채지 못할 테지. 그리고 혀로 입술을 핥는다면, 낯선 이의 오줌을 맛보게 되겠지. 이런 생각을 한 것은 내가 열 살 때였다.

오늘은 물론 기차 창문을 열 수 없다. 실내 인테리어가 정말 흉측하고 언제나 어느 쇼핑 아케이드를 연상시키는 ICE 고속열차 안에는 근사한 게 아무것도 남아 있지 않고, 그 어떤 것도 예전 같지 않기 때문이다. 요즘은 모든 게 투명하고, 모르겠다, 내가 제대로 표현하고 있는 건지, 어쨌든 모든 게 유리이거나 아니면 나무, 훤히 비치는 터키옥색 플라스틱에다가, 어쩐지 모든 게 사람의 몸이 견뎌낼 수 없게 되어버렸다.

그러니까, 나는 거기 앉아 옛날 기차가 어땠는지 기억하려 하고 있고, 일베스하이머 헤를리히가 제대로 술기운을 퍼뜨리기 시작한다. 이 재수 없는 기차가 덜컹거리는 바람에 나는 입고 있는 키톤 재킷에 와인을 조금 쏟고 만다. 알다시피, 적포도주 얼룩은 결코 빠지지 않는다. 그런데도 나는 마치 미친 사람처럼 얼룩을 문질러대고, 작은 DSG* 봉지에 든 소금까지 그 위에 뿌려댄다. 그렇게 하면 도움이 될 거라고 어머니가 이야기해주었기 때문이다. 물론 전혀 도움이 되지 않는다. 그리고 나는 거기 그렇게 앉아 문지르고 뿌려대고, 아까부터 아무것도 먹지 않았던 상태라 그사이에 술기운은 완전히 올라 있는데, 한 남자

* 독일 식당 및 침대열차 협회.

가 테이블로 와서 여기 아직 비었는지 묻는다.

여기 아직 비었어요?라는 그 문장이 너무 터무니없어서* 나는 잔뜩 놀란 눈으로 위를 쳐다본다. 그리고 이미 말했듯이 꽤나 취해 있기 때문에, 충분히 빨리 응대하지 못한다. 그 남자도 대답을 기다리지 않고 자리에 앉는다, 바로 내 맞은편에. 그리고 메뉴판을 집어 든다. 그 순간 나는 차라리 트라이엄프 자동차를 타고 왔어야 했다고 생각한다.

나는 그 남자가 앞에 앉아 그 재수 없는 컬러풀한 메뉴판을 들여다보는 것을 쳐다본다. 그는 요즘 모요클럽** 사람들이 기르는 레닌 콧수염 같은 작은 콧수염을 기르고 있다. 하지만 그 남자는 유행을 따르려는 게 아니라 완전히 진지한 의도에서 그런 수염을 하고 있는 것이다. 물론 모요클럽의 재즈 하는 녀석들도 사실 진지하게 그 수염을 달고 다니긴 하지. 아니, 그 남자는 레닌 콧수염 같은 걸 달고 있지만, 내 친구 나이젤은 그걸 보고 말할 것이다. 치모 수염이라고.

자 그러니까, 그 남자는 메뉴판을 뒤적이고, 여종업원을 불러 감자 샐러드를 곁들인 삶은 소시지 두 개와 맥주

---

* Ist da noch frei? 화자는 주어가 없는 엉터리 문장에 놀란 것이다.
** 함부르크의 뮤직클럽.

한 잔을 주문한다. 그리고 맥주가 오자 너무 많은 거품이 잔에 차오르지 않게 하려고 맥주잔을 약간 비스듬히 기울여 자기 잔에 따르고 나를 향해 건배를 한다. 정말이다. 그가 나를 향해 건배를 하며 말한다. 맛있게 드세요. 그러면서 그가 미소 짓는다.

나는 또다시 트라이엄프 자동차를 생각하지 않을 수 없다. 그랬다면, 여기 이 식당차에 앉아 치모 수염을 가진 자가 내게 건배하는 일을 겪지 않고 아마 지금쯤 벌써 함부르크에 가 있을 텐데. 나는 눈의 초점을 맞추기가 힘든데도 불구하고 그 남자의 눈을 똑바로 쳐다본다. 그리고 미소 짓지 않고 아무 말도 하지 않는다.

그 남자는 어깨를 으쓱하고는 테이블 밑 문서 가방에서 『슈테른』지를 꺼내 뒤적이기 시작한다. 그것도 뒤에서 앞쪽으로. 밖은 어둡고, 기차는 지금 막 하이데/홀슈타인을 덜컹대며 지나간다. 어쨌든 역의 푯말에 그렇게 써 있다. 실은 기차가 너무 빨리 달려 그 글씨를 알아보기란 거의 불가능하다. 나도 단지 그 푯말이 기묘한 거울 반사 현상으로 인해—사람들은 만취 상태에서만 그런 현상에 대해 곰곰이 생각해보게 되는데—유리창에 반영되기 때문에 알아보는 것이다. 처음엔 왼쪽 유리창에 하이데/홀슈타인

표지가 거울상처럼 반대로 나타나더니, 오른쪽 유리창에는 제대로 비친다.

일베스하이머 헤를리히 네번째 병이 지금 비어 있다. 그리고 나는 다섯번째 병을 주문한다. 여종업원이 병을 가져온다. 나는 값을 치른다. 재킷 위의 약간 부풀어 오른 보라색 소금 부스러기들을 닦아내고 와인을 들고 화장실로 간다. 걸어가는 게 상당히 어렵게 느껴진다. 화장실 두 칸을 들여다본다. 하나는 안이 분홍색이고 다른 하나는 하늘색이다, 그래서 하늘색으로 결정한다. 틀림없이 분홍색 칸이 더 깨끗할 텐데도 말이다.

들어가서 문을 닫고 하늘색 변기 뚜껑을 내리고 그 위에 앉는데, 몸이 휘청거려 앉기가 좀 힘들다. 화장실 창문으로는 밖을 내다볼 수 없다. 화장실 창문은 간유리 혹은 그 비슷한 것이다. 게다가 지금은 어차피 어둠이 내렸다. 그래서 나는 와인을 한 모금 마시고 담뱃불을 붙이고, 한 점을 응시하려고 시도하지만, 눈알이 저절로 딴 데를 보고, 약간 속이 울렁거린다. 나는 이 울렁거림이 사방에 하늘색이 너무 많아 그런 건 아닌지 진지하게 생각한다. 하지만 그게 이유일 수는 없겠지.

그래서 나는 일어선다. 변기 뚜껑을 다시 젖혀 올리고, 광택이 나는 철제 변기 안을 응시하고, 담배를 그 안으로 던져 넣는다. 어차피 담배가 전혀 맛이 없었기 때문이다.
전자 물내림 버튼을 누른다. 딸깍 소리가 나더니 3초간
아무 일도 일어나지 않는다. 그러고 나서 비행기에서처럼
빨아들이는 소리가 시끄럽게 난다. 밑에 작은 덮개가 열
리고, 담배가 빨려 들어간다. 어두운 푸른색 액체가 쉭쉭
소리 내며 변기 안을 쓸어내리고, 덮개가 다시 닫힌다.

　나는, 인간의 분뇨가 더 이상은 예전처럼 철로에 떨어
져 미세하게 뿌려지지 않고, 틀림없이 비행기에서처럼 화
장실 밑 수거 용기에 모일 거라고 생각한다. 그리고 그게
사실상 유감이라고 느낀다. 하지만, 왜 유감이라고 생각
하는지는 모르겠다. 사실상 지금 이렇게 된 것이 훨씬 더
나은데.

　어디선가 읽은 적이 있다. 카셀 근교에 사는 어떤 사람
들은 기차가 높은 철교 위를 지날 때면 늘 불만을 토로했
다고 한다. 그러니까 물론 그 이야기를 덧붙여야만 한다.
불만을 토로한 사람들은 철교 바로 밑에 살고 있었고, 기
차가 철교 위를 우르릉대며 지날 때면 언제나, 기차 화장
실에서 똥 덩어리가 그들의 집 위로 떨어져 내렸던 것이
다. 그리고 그들이 현관문 앞으로 가거나 혹은 마당에서
고기를 굽고 있으면, 똥이 그대로 그들 머리 위로 혹은 정
원용 플라스틱 가구 위로 떨어졌던 것이다.

나는 빙긋 웃지 않을 수 없다. 그리고 또 다른 생각이 떠올랐다. 벨기에인가 룩셈부르크 어딘가에도 또 다리가 하나 있는데, 거기도 어떤 사람들인가가 그 아래 살았고, 그들은 언제나 불만을 토로한다. 왜냐하면 바로 이 다리가 자살하려는 사람들에게 매우 인기가 높기 때문이다. 어쨌든 그들은 언제나 그 다리 위에서 뛰어내린다. 그리고 카셀의 다리에서와 똑같이, 사람들이 사는 집 위로 떨어지거나, 가장 근사한 그릴 파티 한가운데로 곤두박질쳐 내려온다. 그렇게 되면 신체는 산산이 으깨져 부서져서 사람들이 그것들을 삽으로 긁어모아야만 한다. 어쨌든 나는 그런 이야기를 읽은 적이 있고, 무엇이 더 나을까, 똥덩어리일까 혹은 짓뭉개진 사람의 몸일까, 생각한다. 내가 선택할 수 있다면 나는 어디서 사는 게 더 나을까, 카셀일까 아니면 룩셈부르크일까.

아마도 잠이 들었던 모양이다. 갑자기 덜커덕하며 기차가 멈춘다. 나는 화장실 변기 뚜껑 위에 앉아 있다. 물내림장치에 팔을 베고. 입속에 역겨운 맛이 남아 있다. 재킷 안에서 담배 한 대를 꺼내어 불을 붙인다. 화장실 문을 연다. 정말이네. 벌써 함부르크임에 틀림없다. 기차는 비어가고, 나는 천천히 사람들을 지나쳐 간다. 모두들 이상

한 여행자 냄새가 난다. 땀냄새와 씻지 않은 냄새 반, 금속성 냄새와 차가운 담배 연기 냄새 반. 어쨌거나 나는 사람들을 지나쳐, 아직 내 짐이 있는 식당차로 들어간다. 트렁크를 재빨리 집어들고 기차에서 내린다. 플랫폼에서 내 앞쪽으로 그 치모 수염을 기른 남자가 걸어간다. 그는 자두빛 외투를 입고 있다. 빛 속에서 그 외투는 기이하게 여러가지 색깔로 변화한다. 알토나 역은 벌써 기분을 지독히 우울하게 만들고, 나는 빨리 택시 승강장으로 간다.

나는 베스터란트 역에서 출발하기 전에 나이젤에게 전화를 걸어 그의 집에서 며칠 묵을 수 있겠느냐고 물어보았다. 나이젤은 뒤젤도르프에 아름다운 집을 갖고 있다. 질 샌더* 옆집이라나 뭐 그렇다지. 나는 나이젤을 이미 상당히 오래 알고 지냈지만 그가 정확히 어떤 일을 하고 있는지는 여전히 모른다. 그는 스위스나 홍콩의 투자 상담사들과 통화를 많이 하는데, 그럴 때면 언제나 상대방에게 미쳤냐고, 혹은 뭐 그 비슷한 소리를 질러댄다. 그가 뭘 하는지 난 관심 없지만 사실은 궁금하다. 내 생각에 나는 때때로 상당히 호기심이 많은 인간이다. 어쨌거나 나이젤은 말했다, 괜찮아, 너는 항상 환영이야. 그렇게 해서 나

---

* 함부르크의 패션 디자이너. '질 샌더 JIL SANDER'의 창립자.

는 지금 차를 타고 나이젤의 집으로 가고 있다.

사실 함부르크는 도시로서 아주 괜찮은 곳이다. 광활하고 상당히 녹음이 짙고, 몇몇 좋은 레스토랑이 있고, 좋은 바는 더 많다. 그리고 함부르크의 여자애들은 모두 아주 예쁘다. 내 말은 진짜 토박이 함부르크 여자애들 말이다. 금발이고 뭐 그런, 포니테일 머리를 하고, 입이 크고, 요트 운전면허를 가지고 있는 여자애들. 함부르크에 가면 언제나 이런 여자애들을 부지기수로 본다. 대부분은 바버 재킷을 입고 있고, 몇몇은 꽉 끼는 스웨터나 보디슈트를 입고 있는데, 이런 애들은 대부분 진짜 함부르크 토박이들이 아니다. 그뿐 아니라 함부르크는, 여름에 차를 타고 엘프쇼세*를 쭉 따라 달려보면 빛이 아름답다. 그러면 맞은편에서, 로텐부르크스오르트 아니면 하르부르크, 뭐 그런 곳 근처, 블롬&포스 조선소가 있는 곳, 영국군들이 모두 폭파해 박살내기 전까지 함부르크인들이 잠수함을 만들었던 그곳 근처에서 엘베 강이 빛난다. 함부르크에서는 모든 것이 바버그린 색이다. 달리 말할 수가 없다.

택시는 밀히슈트라세를 올라가 꺾어 들어간다. 벌써

---

* 호화 빌라가 늘어서 있는 함부르크의 거리.

뢰젤도르프 한가운데 도착이다. 우리는 나이젤의 집 앞에 멈추어 서고, 나는 택시 운전사에게 요금을 지불한다. 택시 운전사는 다행스럽게도 단 한 마디도 하지 않았다. 왜냐하면 우리 둘이 동년배인데 나는 데이비스&선즈 재킷을 걸치고 자기는 임금 투쟁 시위에 간다는 것이 기분 나빴기 때문이다.

하지만 곰곰 생각해보면, 나는 그와 기꺼이 대화를 나눴을 것이고 나도 시위하러 간다고 말했을 것이다. 내가 시위를 나가는 것은 하찮은 것 하나라도 달성할 수 있으리라 믿어서가 아니라, 시위 분위기를 무척 좋아하기 때문이다. 그러니까 다시 병 몇 개가 날아와 경찰이 시위대를 칠 것인가를 고민하는 바로 그 순간 만큼 좋은 때도 없는 것이다. 경찰들은 아드레날린이 솟아오르고, 시위대도 마찬가지다. 경찰은 달려 나가고, 조명탄이 거리 위로 날아가고, 병 몇 개가 뒤따라 날아가고, 어떤 시위자가, 어떤 가련한 녀석이 그 재수 없는 닥터 마틴 구두의 끈을 제대로 매지 않아서 발을 헛디딘다. 약 80명의 경찰관들이 그 자 위로 덮쳐 몽둥이로 마구 때린다. 그 사진이 신문에 난다. 그러자 다시 논쟁이 일어난다. 경찰이, 혹은 시위대가, 혹은 양측 모두 너무 폭력적인 건 아닌지. 폭력의 연쇄적 상승작용이 증폭되고 있는 건지. 이것 역시 터무니

없는 문장이다.* 거기서 이 세계의 모든 것을 읽어낼 수 있다. 모든 게 얼마나 타락했는지. 하지만 택시 운전사는 그것을 이해하지 못할 것이다. 왜냐하면 그도 그걸 이해했다면 데이비스&선즈 재킷을 사 입고 다닐 것이고, 이발을 단정하게 하고 머리를 빗고, 무지개-평화-비흡연자-생태주의-스티커를 계기판에서 떼어버릴 테니까 말이다. 그래서 나는 운전사에게 택시비를 치르고 팁을 잔뜩 준다. 그가 앞으로는 적이 누구인지 알게 하기 위해서.

나이젤의 초인종 문패는 아주 오래된, 닦지 않은 동으로 되어 있다. 그는 일부러 초인종 문패를 그렇게 때가 끼고 좀 남루한 채로 방치하는 것 같다. 바버 재킷도 대략 그런 식으로 입고 다닌다. 나는 초인종을 누르고, 나이젤이 계단을 뛰어내려와 문을 열고, 양쪽 귀에 걸리게 히죽 웃더니 내 트렁크를 낚아챈다.

나이젤을 보니, 그가 늘 좀 남루하게 옷을 입는다는 생각이 새삼 든다. 그렇게 대놓고 남루한 건 아니지만 말이다. 나도 그에게 남루하다는 말은 결코 하지 않을 것이다.

---

* 폭력의 연쇄적 상승작용이 증폭된다(die Gewaltspirale eskaliert)는 문장은 불필요한 의미 중복 때문에 다시 화자의 조롱을 받는다. 앞의 '여기 아직 비었어요(ist da noch frei)?' 부분 참조.

그는 내 친구니까. 하지만 내 말은 은근하게, 어딘지 모르게 남루하다는 것이다. 스웨터들에는 구멍이 나 있다. 제대로 좀먹은 구멍들이다. 그나마 셔츠를 입을 때에도 셔츠들은 한 번도 다림질되어 있는 적이 없다. 대개 무슨 티셔츠들을 걸치고 다니는데, 그 위에는 회사의 로고들이 붙어 있다. 제대로 된 회사명들 말이다. 에소 아니면 아리엘 울트라 혹은 밀카 같은 것들. 모르겠다, 그가 왜 그러는지. 언젠가 우리가 상당히 취했을 때 그가 내게 설명한 적이 있다. 그가 나를 키츠에 있는 어느 구역질나는 술집에 끌고 간 적이 있다. 내 생각에, 술집 이름이 쿨이었는데 거기서 그가 내게 설명했다. 잘 알려진 회사들의 이름이 새겨진 티셔츠를 입는 것이 모든 도발 중 가장 큰 도발이라고. 그걸로 누구를 도발하려는 것인지 내가 물었고, 그는 좌파들, 나치들, 생태주의자들, 지식인들, 버스 운전사들, 그냥 모든 사람들이라고 말했다. 나는 당시 그 말을 완전히 이해하지는 못했다. 하지만 그것을 마음에 새겨두었다.

어쨌거나 우리는 함께 계단을 올라가고 나는 나이젤의 목덜미를 본다. 목덜미는 언제나 깨끗하게 면도된 상태다. 내 목덜미가 그런 것처럼. 우리 둘은 헤어스타일이 상당히 비슷하다. 앞은 길고, 뒤는 상당히 짧고. 나이젤은 내게 무언가를 설명하고 아무것도 들지 않은 손으로 허공에 손짓을 해댄다. 맹세하는데, 나는 그의 말을 경청하려고 한다. 하지만 도무지 그럴 수가 없다. 그 냄새가 코를 찌르기 때문이다. 마루 닦는 왁스 냄새. 이 냄새를 맡으면 난 항상 내 대단한 첫사랑을 생각하지 않을 수 없다.

그러니까, 나는 사라네 집에 초대받았다. 난 그 애를 지금 그냥 사라라고 부르겠다. 어쨌거나 그 애 부모님이 나를 초대했다. 부모들이 흔히 그러듯이 나를 더 잘 알기 위해서 말이다. 나는 열여섯이었는데 엄청나게 흥분해 있었고, 물론 좋은 인상을 주고 싶었다. 사라와 나는 그 당시에 이미 키스한 적이 있었다. 하지만 그 이상은 아니었다. 나는 아직 동정이었고, 내 생각에 그녀도 그랬을 거다.

덧붙여야만 할 것은, 그녀는 발레를 했고, 너무나 아름다운 긴 갈색머리였고, 내가 그녀를 무척 사랑했다는 것이다. 어쨌거나 나는 옷을 제대로 갖춰 입었다. 넥타이를 하고, 그 위에 금단추 달린 양복을 입고, 계단을 오르는데 손이 아주 축축하다. 그리고 무릎은 떨린다. 그러면서 나는 그 마루 닦는 왁스 냄새를 맡는다. 그 냄새가 내 뇌리를 찌른다.

나는 사라 가족과 식사 테이블에 앉아 있다. 사라가 맞은편에 앉아 미소 짓는다. 그 와중에 가장 좋은 건, 그 애

부모님이 나를 좋아한다는 것이다. 어머니가 내게 생선을 자꾸만 더 준다. 파슬리 얹은 감자도 함께. 그리고 아버지는 나를 보고 계속 빙긋이 웃으며, 진짜로 백포도주를 따라준다. 벌써 세 잔을 마셨다. 나는 점점 취해가고, 모든 게 최상이다. 와인 때문에 약간 속이 울렁거리는 것만 뺀다면 말이다. 식사가 끝나니 이미 상당히 늦은 시간이다. 사라 아버지가 말한다. 그는 내게 경칭을 쓴다— 젊은 친구, 오늘 밤 여기 우리 집에 묵는 게 어때요. 보세요, 아내가 손님방을 준비해드릴 거예요. 그러면 이 늦은 시간에 먼 길을 가지 않아도 되잖아요.

나는 물론 처음에는 아닙니다, 정말 감사합니다, 라고 말한다. 그들이 다시 한 번 청하고, 나는 결국 그러겠다고 한다. 이미 말했듯이, 나는 여전히 엄청나게 흥분한 상태인 데다, 그사이에 엄청나게 취해 있었다. 어쨌든 잠자리에 든다. 손님방으로. 그 전에 사라가 내게 키스를 해준다. 난 지금까지도 그 키스의 맛이 어땠는지 기억한다. 와인과 꿀맛이 났지.

한밤중에 나는 깨어난다, 방에서 이상한 냄새가 난다, 눈을 뜨고 어둠 속에서 주위를 둘러본다, 모든 것이 젖어 있다. 나는 생각한다. 맙소사, 몽정을 했구나. 제발, 제발, 제발 지금은, 여기서는 안 돼. 침대 옆 작은 테이블 위 불을 켠다. 찰칵 소리가 나고 주변을 내려다본다. 그리고 내가 침대에 토한 걸 본다. 하지만 그게 다가 아니다. 아니. 나는 침대에다 똥까지 싸놓았다. 이 모든 순간 머릿속이 새카맣게 되었다. 나는 오래 궁리하지 않았다. 궁리할 수도 없었다. 옷을 입고 뛰어 달아났다. 그 집 밖으로. 아직도 마루 닦는 왁스 냄새가 나는 계단을 뛰어 내려간다. 그리고 거리에 나와 수치심으로 울부짖는다. 하지만 나는 가만히 서 있지 않는다. 아니다. 계속 달렸다. 집에 도착할 때까지. 그리고 그 후 나는 다시는 사라를 보지 못했다.

그 일을 생각할 때면 언제나 그렇듯 그 모든 생각이 떠올라 얼굴이 붉어지는데, 그동안 나이젤은 어쨌든 자기 집 문을 열고 앞서 들어가 내 트렁크를 복도에 내려놓는다. 나는 아주 숨이 많이 차다. 그래서 우선 내 트렁크 위에 걸터앉아 담배를 꺼내 불을 붙인다.

이 집은 볼 때마다 매번 인상 깊다. 벽 여기저기 복사물들이 걸려 있다. 그리고 오래된 자수 벽걸이와 지도들도. 이 집은 사실 아주 고상하고 물론 비싸기도 하다. 하지만 한편으로는 완전히 퇴락해 보인다. 노란색으로 칠한 벽에서 회칠이 떨어져 내려 너덜거리고, 그리고 정말로 상당히 형편없게 된 자리 아래 어마어마하게 비싼 비더마

이어풍 책상이 있는데, 그 위엔 종이들이 산더미처럼 쌓여 있고, 그것보다 더 많은 복사물들과 오래되고 허옇게 빛바랜, 전혀 모르는 사람들의 사진들과 수십억 권은 돼 보이는 책들이 있다.

이렇게 말해볼까 한다. 집 전체가 마치 나이 든 교사가 살고 있는 것처럼 보인다고. 코듀로이 양복 팔꿈치에 가죽 천을 덧댄 그런 늙은 교사 말이다. 언제나 차를 끓여서 찻잔을 아무 데나 놓고는, 남김없이 다 마시는 것을 잊고 또다시 새로 차를 한 잔 만드는 그런 늙은 교사. 귓속에는 하얀 털이 나 있고, 사실 학교에서 모두들 그를 우습게 여기지만, 고대 그리스어와 히브리어 수업을 하기 때문에, 그리고 매년 학생들 두세 명이 그 과목에 흥미를 갖기 때문에 계속 재직해야만 하는 늙은 교사. 어쨌든 나이젤의 집은 그렇게 보인다.

나이젤과 나는 약간 수다를 떤다. 나는 컬트에서 어땠는지 이야기한다. 거지 같았고 아주 미몽에서 깨어버렸다고. 우리는 담배를 피우고 소리 내어 웃고 방바닥에 눕는다. 나이젤은 안락의자가 없기 때문이다.

그는 남의 말을 아주 잘 경청할 줄 안다. 그리고 그렇게 경청할 때면 말하는 사람을 아주 똑바로 쳐다본다. 그는 말하는 사람으로 하여금, 그가 자신의 말에 정말로 진지하게 관심을 갖고 있다고 느끼게 한다. 누구에겐가 그런 느낌을 주는 사람은 많지 않다. 종종 그는 무언가를 이야기하거나 설명한다. 그리고 때때로 이해하기 힘든 이론을 펼치기 때문에, 내가 혹은 다른 사람이 이해 못한다고 하면, 사람들이 이해 못한다고 비웃는 대신에 아주 조용하게 다시 한 번 설명한다. 마치 그가 인내심만 가지면 된다는 식으로. 그렇게 하면 다른 사람들이 그를 이해하게 된다는 듯이. 내 생각에, 나이젤은 내가 아는 사람들 중에서 가장 허세를 부리지 않는 인간이다. 허세를 부릴 만한 충분한 이유를 갖고 있는데도 말이다.

내가 오늘 적어도 2천 개비째는 될 담뱃불을 붙이는 동안, 나이젤은 나를 데려갈 그 파티 이야기를 한다. 그는 나를 만나면 언제나 정말 터무니없는 곳으로 데리고 간다. 대개는 상당히 지저분한 바에 가게 된다. 나는 깨끗한 바를 더 좋아하고, 아니면 쥐며느리가 맥주잔에 기어들어가지 않으리라고 확신할 수 있는 디스코 클럽에 가고 싶지만 말이다. 내가 나이젤을 그토록 대단히 여기지만 않는다면 그런 술집에는 가지 않을 것이다.

나이젤은 그 파티에 가고자 한다. 그리고 내가 함께 가야 한다는 것이다. 그는 옷장을 뒤져 터틀넥 스웨터를 찾고 있다. 그러면서 내게 무슨 이야기를 한다. 그리고 나는

46

나무로 된 방바닥에 등을 대고 누워 연기를 천장으로 높이 뿜어 올리며 담배를 한 대 피운다. 유감이다, 내가 담배 연기로 고리를 만들지 못하다니. 이미 여러 해째 시도하는데도 말이다.

나이젤은 스웨터를 찾은 모양이다. 케이블 무늬가 있는 베이지색 양모 페어아일 스웨터인데, 그것을 머리 위로 해서 입는다. 하누타* 티셔츠 위로. 그걸 보면서 난, 왜 하누타가 이름이 하누타인지 최근에야 알게 되었음을 떠올린다. 그건 다음과 같은 이유다. 독일에는 말을 줄여서 쓰고자 하는 일종의 강박증이 있는데, 이 강박증은 나치들이 만들어낸 것이다. 게슈타포와 슈포**와 크리포,*** 이런 것들은 무슨 뜻인지 명확하다, 하지만 예컨대 하프라바도 있다. 내 생각에 그건 아주 소수만 알고 있는 건데, 그건 함부르크-프랑크푸르트-바젤이란 뜻이다. 그리고 그건 히틀러의 아우토반을 뜻하는 줄임말이다. 그래, 그리고, 전혀 믿지 않겠지만, 하누타는 물론 하젤누스타펠이란 뜻이다.

어쨌든, 나이젤이 스웨터를 머리 위로 입고, 내가 하젤

---

* 와플형 과자 사이에 헤이즐넛 크림이 든 독일 과자 하젤누스타펠의 상표명.
** 슈츠폴리차이Schutzpolizei의 약어. 관할 구역의 치안 담당 경찰.
*** 크리미날폴리차이Kriminalpolizei의 약어. 관할 구역 형사사건 담당 경찰.

누스타펠을 떠올리는 동안, 나이젤 스웨터의 아래 가장자리 혹은 밑자락 둘레, 아니면 뭐라고 하든지 간에, 거기에서 또 좀이 쏠은 커다란 구멍 두 개가 보인다. 그래서 나는 빙긋이 웃지 않을 수 없다. 하지만 그는 다행히도 그것을 보지 못한다. 내 생각에 옷에 구멍이 있건 없건 나이젤에겐 상관없는 일이다. 그는 뭐 고전적인 의상에 대한 감각도 없으니까.

이 이야기는 고전적인 의상과는 전혀 상관없는 이야기인데, 작년에 한번은 이런 일이 있었다. 나이젤 집에 방문 중이었는데, 그때 그가 우리 둘이 마실 커피를 만들려고 했다. 그리고 그는 커피 필터가 떨어진 걸 알고 낡은 양말을 가져와 그 안에 커피를 넣고 뜨거운 물을 부었다. 그때 그가 커피를 어떻게 내렸는지 나는 나중에야 알았다. 내가 개수대에서 커피 찌꺼기가 든 차갑게 젖은 양말을 발견한 후에야 말이다. 미리 알았더라면 난 분명 그 커피를 마시지 않았을 것이다.

어쨌든 난 외출 준비를 한다. 나는 재킷을 벗는다. 트렁크 속에 재킷이 하나 더 있는데, 그게 저녁에 입기에 더 좋기 때문이다. 어두운 밤색으로 생선 가시 문양이 있는 영국식 트위드 재킷으로, 스코틀랜드에서 산 것이다. 물론 기성복이었다. 스코틀랜드에 겨우 며칠만 머물렀기 때문이다. 하지만 이제는 이 재킷을 가장 좋아하게 되었다.

내가 제대로 차려입는 동안, 나이젤은 다시 그 바보 같은 파티 이야기를 한다. 나는 파티들이 내게 그다지 중요하지 않다는 생각을 한다. 하지만, 내 생각에, 나이젤에게는 파티가 세상에서 가장 중요한 일인 것이다. 나로서는 잘 이해가 가지 않는다. 글쎄, 나이젤을 묘사할 때, 그런 표현을 해서는 안 되겠지만, 그래도 한번 말해보기로 하겠다. 아마도 나이젤은 근본적으로 비사회적인 인간이기 때문에 파티를 좋아하는 것이라고. 맙소사, 난 결코 이런 생각을 그에게 말하지 않을 것이다. 하지만 그는 어쩐지 소통 능력이 없다. 내 말은, 그가 파티를 좋아하는 건, 그곳은 소통해야 할 필요 없이 그 자신이 제 기능을 다할 수 있는, 그런 무법의 공간이기 때문이다.

나이젤은 디스코텍에는 결코 가지 않을 것이다. 디스코텍도 천차만별이지만 말이다. 예컨대 테크노디스코텍이나 『프린츠』지에서 늘 칭찬하는 애시드 재즈 디스코텍, 혹은 트락스에서처럼 'Car Wash'나 립스 잉크의 'Funkytown', 혹은 칙의 'Le Freak' 같은 옛날 음악이 나와서 내가 더 좋아하는 디스코텍 사이에는 극단적 차이가 있다. 이젠 트락스에서도 테크노만 틀고 있지만.

나이젤은 택시회사와 통화 중이다. 그리고 몇 분 뒤에 택시 한 대가 온다. 택시는 문 앞에 와 서고, 나는 열린 창문으로 내다보는데, 이때 이런 일이 일어난다. 택시 운전사가 내린다. 그는 나이가 좀 든 남자인데 하늘색 줄무늬가 있는 어두운 청색 트레이닝복을 입고 있다. 거기다 메피스토 신발과 흰 양말을 신고 있고, 트레이닝복 앞에는 매스터 익스피리언스 혹은 터미네이터 X, 혹은 뭐 그런 것들이 써 있다.

어쨌든 그는 문패 앞으로 가 나이젤의 이름을 찾기 위해 그 앞에 서면서 방귀를 뀐다. 방귀를 너무 크게 뀌어서, 내가 있는 3층까지 소리가 들린다. 사실상 그건 더 이상 방귀가 아니라 하나의 둔탁한 폭음이다. 나는 창밖을 내다보고 있는데 바로 그 순간에 그 택시 운전사가 올려다보고, 나는 히죽히죽 웃지 않을 수 없다. 그러자 복도에 서 있는 나이젤은 내가 자기에게 히죽거리는 것이라고 생각하고 가끔 그러듯이 우월한 자의 태도로 역시 히죽 웃는다.

그러고 나서 우리는 택시에 탄다. 택시 운전사와 나이젤과 나는 담배를 피운다. 택시 운전사가 우리에게 몇 대 건네준 거친 오버슈톨츠 담배를. 그는 방귀 때문에 끔찍하게 민망했던 것이다. 그리고 이제 말하자면 하층민 간의 형제애 같은 것이 생겨난다. 우리가 평생 결코 오버슈톨츠 담배를 피우지 않으리라는 것을 택시 운전사가 정확히 알고 있음에도 불구하고 말이다. 그는 끊임없이 함부르크 날씨와 HSV*의 몰락과 하펜슈트라세**에 대해 이야기한다. 하펜슈트라세의 부랑자들을 모두 날려버려야만 한단다. 그는 우리가 방귀 생각을 하지 않도록 하기 위해 그저 계속 지껄여댄다. 택시 운전사는 물론 상당한 파시스트이다. 하지만 밤중에 택시를 타고 가며 구역질 나는 담배를 피우는 것은 어쩐지 아주 자연스럽다. 앞에는 불쌍한 머저리 나치 녀석이 트레이닝복을 입고, 운전을 하고, 말을 하고, 또 말을 한다. 마치 뒤로 갈 수는 없다는 듯이.

택시가 멈춘다. 미터기에는 12마르크가 나와 있다. 나는 운전사에게 요금을 지불한다. 우리가 내려 길을 건너자, 비가 오기 시작한다. 나이젤이 어느 문 앞에서 초인종을 누른다. 우리는 서로 쳐다본다. 그러면서 나는 아주 잠깐, 정말로 1초의 작은 조각들만큼 잠깐 동안, 나이젤과 내가 왜 서로를 좋아하는지 생각해본다. 그리고 사실 내가 왜 그런지 전혀 모르고 있음을 깨닫는다. 그러고 나서

---

* 독일의 프로축구클럽. 정식 명칭은 함부르거 슈포르트-페어라인Hamburger Sport-Verein이다.
** 함부르크의 무단거주 주택(squat) 지역. 1995년에 재정비됨.

벌써 윙 하는 기계음이 울리고, 나이젤이 문을 연다.

우리는 계단을 올라간다. 거기서부터 벌써 2층 문 너머에서 울려 나오는 그 전형적인 먹먹한 파티의 소음을 듣는다. 문이 열리고, 우리는 안으로 들어가며 세 명의 예쁜아가씨들을 지나친다. 그들은 검은색 스타킹을 신고, 그위에 일부러 잘라낸 진으로 된 핫팬츠와 싸구려 뷔스티에를 입고 있다. 부엌 쪽으로 스쳐 지나가면서 나는 곁눈질로 그 여자애들 중 하나가 눈을 위로 치켜올리는 것을 본다. 그리고 보통은 그런 것에 괘념치 않는데도 불구하고약간 기분이 상한다. 나는 알렉산더를 생각하지 않을 수없다. 그는 프랑크푸르트에 살고 있고, 그 어떤 것에도 속상해하지 않는다.

어쨌든 나이젤은 곧장 어느 뚱뚱한 남자를 향해 다가간다. 그는 검은 양복에 검은 와이셔츠를 입고 있다. 나는상당히 뻘쭘하게 그 옆에 서 있다. 그 둘이 즉시 무슨무슨영화에 대해 이야기하기 시작했기 때문이다. 나이젤은 말하면서 언제나 공중에다 손을 휘저어댄다. 그것은 일종의괴벽이다. 그 뚱보 남자는 때때로 머리를 끄덕이고는 잔에 든 체리주스를 마신다. 하지만 아주아주 조금씩 그리고 다음과 같은 이야기를 한다. 그런데 샘 페킨파는 그걸달리 보았거든, 혹은, 그게 「리오 브라보」를 연상시키는

52

군, 따위들.

그 정도는 괜찮다. 왜냐하면 그들은 나도 본 적이 있는 영화 이야기를 하고 있으니까. 그런데 그러고 나서 그 둘은 질 들뢰즈와 크리스티앙 메츠 같은 사람들 이야기를 한다. 내 생각에 그들은 영화비평가들이다. 난 더 이상 전혀 이해하지 못한다. 내가 모든 것들을 유념해 기억하듯이 물론 그 이름들도 기억해두지만 말이다.

이미 말했듯이 나는 그 대화를 더 이상 따라갈 수 없다. 나이젤도 나를 소개할 기색이 없기에 나는 부엌으로 간다. 그리고 거기 정말 안네가 서 있다. 어제까지만 해도 컬트에 있었는데. 그녀는 위르겐 피셔와 이야기하고 있다. 그는 『템포』인지 『비너』인지 하여간 그 무언가의 편집장이다. 그가 황달이어서, 지금까지 8년째라나, 뭐 그쯤 됐는데, 더 이상 술을 마시면 안 된다고 들었다. 그는 정말로 미네랄워터만 마시고 있다. 어쨌거나 그는 언제나 깜짝 놀랄 만큼 옷을 잘 입는다. 나는 그를 개인적으로는 알지 못한다. 그저 얼굴만 알아보는 정도이다. 하지만 그 둘은 나를 알아보지 못한다. 아니면 아는 척하고 싶지 않은 건지. 내가 바로 그들 앞에 서 있는데도 말이다. 나는 민망해서 프로세코를 한 잔 따른다. 그리고 마치 그 병에 관심이 있는 것처럼 행동한다. 상표를 읽는다. 프로세코가 정말로 별 볼일 없는 싸구려 술인데도. 그리고 담배 하나를 붙여 물고 내가 프로세코가 있는 파티를 혐오한다는 생각을 한다. 프로세코는 와인도 아니고 샴페인도 아니고, 사실 전혀 존재가치가 없는, 멍청하고 어정쩡한 놈이기 때문이다.

안네는 피셔라는 사람한테 계속 이야기를 해대고, 그녀가 그와 시시덕거리고 있는 것이 나에게 바로 보인다. 나는 그게 역겹다. 그 자식의 외모가 보기 싫어서가 아니라, 내가 질투하고 있기 때문이다. 글쎄, 질투한다는 건 꼭 맞는 말은 아니고 차라리 기분이 상했다고 하는 편이 옳다. 그래서 남은 잔을 입에 털어넣고 두번째 잔을 따르고는 입술 사이에 담배를 꼬나문 채, 프로세코 병을 집어들고 부엌에서 나온다. 설혹 그 둘이 나를 봤는지 모르겠지만, 어쨌든 그들은 그런 기색을 보이지 않는다. 나는 거실로 간다. 그곳에서는 지금 막 펫샵보이즈가 흘러나오고 있고, 가운데에서 어떤 여자애가 일종의 섹시 댄스 공연을 하고 있다. 제대로 골반을 흔들고 뭐 그런 종류. 나는 펫샵보이즈를 그렇게 좋아하지 않는데도 불구하고 한동안 그것을 쳐다본다. 그러면서 프로세코 한 잔을 더 마시고 담배를 한 대 피운다.

구석 어느 의자에 흑인 모델 한 명이 앉아 있다. 그녀도 담배를 피우고 있고, 계속 눈동자를 희번덕거리고 있어서, 눈의 흰자위만 보인다. 그러니까 신경이 곤두서서가 아니고, 계속 그런 상태가 지속되고 있는 것이다. 뿐만 아니라 그녀는 이를 서로 딱딱 부딪치고 있는데, 상당히 기이해 보인다. 갑자기 내게 떠오른 생각은, 이 파티에 와 있는 상당히 많은 사람들이 분명 지독히 취했다는 사실이다. 여전히 이리저리 흔들며 섹시 댄스를 추는 여자, 그녀도 역시 취해 있다. 나는 자문해본다. 그 여자는 자기가 그토록 기이하게 몰입한 채로 아름답게 춤추는 것을 전혀 자각하고 있지 못한 건 아닌지 그리고 이런 방식의 움직임, 그것이 어디서 연유하는지, 그녀 내면에 이미 깃들어 있는지 아니면 마약으로 인한 것인지.

그 흑인 모델은 이제 일어서서 미끄러지듯 방을 나간다. 나는 그녀를 좀 따라가보기로 한다. 내가 거의, 글쎄, 사실 한 번도 이런 파티에 와본 적이 없는지라, 그 모델이 이제 무엇을 할지 어떨지 좀 궁금하기 때문이다. 나 참, 그녀는 복도로 나가는데 그러면서 팔을 너무나 기이하게 움직인다. 난 그녀를 뒤쫓아 간다. 그녀는 아닌 게 아니라 정말로 나이젤에게 간다. 나이젤은 지금 염소 수염을 하고 애시드 재즈를 듣고 있는 남자와 이야기를 나누고 있는데, 그 남자는 스투시 야구 모자를 거꾸로 돌려 머리에 쓰고 있고, 알약이 들어 있는 투명한 작은 봉지를 나이젤 손에 쥐여준다.

그 모델은 그 둘을 붙잡는다. 나이젤과 염소 수염 남자의 어깨를. 그녀가 그 둘보다 키가 훨씬 커서 그렇게 할 수 있다. 그렇지 않다면 모델이 아니겠지. 어쨌든 그녀는 그 둘의 등을 쓰다듬는다. 둘의 등을 동시에. 나이젤은 작은 봉지에서 알약을 하나 꺼내 그녀 입안에 넣어준다. 그 재수 없는 염소 수염 자식, 상당히 흉하게 생기기까지 한 그 자식이 킥킥대기 시작한다. 여자 역할을 하는 호모 같은, 전혀 제어할 수 없는 킥킥 소리. 그 소리는 미치도록 가식적으로 들린다.

그 셋은 팔을 걸어 서로 부여잡는다. 그리고 나이젤이 나를 보고 손짓을 한다. 나는 그쪽으로 간다. 나이젤은 내 손을 잡는다. 어쩐지 이상하게 느껴진다. 마치 그에게 그럴 권리가 없기라도 한 것처럼 말이다. 게다가 그의 손바닥은 완전히 축축하게 젖어 있다. 나는 빨리 프로세코 한 잔을 마신다. 단숨에. 그때 그 모델이 내 목덜미를 쓰다듬기 시작하고, "Oh, this boy is sooo cute" "Oh, feel how soft his hair is"와 같은 말을 한다. 나는 어쩐지 아주 난감하다. 왜냐하면 그 모델이 지금, 그런 말을 하면서, 내 머리카락 사이에 손을 집어넣고 쓰다듬고 있기 때문이다. 그리고 그녀는 아주 끝내주게 외모가 뛰어나단 말이다. 내 말은, 제대로 된 1A 등급이란 말이다. 하지만 그 모든 게 너무나 비현실적이고 어쩐지 진짜가 아닌 것 같다. 그녀가 내 머리카락 속에 손가락을 넣어 쓰다듬는 것이 한편으로는 재미있기는 한데 다른 한편으로는 그 모든 게 그저 연기인 것 같아서 민망하다. 모르겠다, 내가 제대로 설명을 한 건지.

그럼에도 불구하고 나는 천천히 제대로 취해간다. 나이젤이 봉지에서 알약 하나를 꺼내 내 손에 쥐여주자 난 생각한다. 뭐, 나도 좀 해볼 수 있지. 내가 왜 그러는지 나도 모른다. 나는 근본적으로 마약을 절대 혐오하기 때문이다. 하지만 나는 그것을 입에 넣는다. 슈팔트 알약처럼 보이기도 하잖아. 그리고 프로세코를 병째로 크게 한 모금 마셔 그것을 삼킨다. 보통은 병에 입을 대고 마시는 것이 전혀 내 방식이 아닌데도. 그 알약은 지독히 쓴맛이 난다. 내 착각이 아니라면, 약간 라크리츠* 맛이 난다.

나는 또 한 모금을 마신다. 나이젤과 다른 두 사람은 손뼉을 치며 내게 윙크를 한다. 저녁 때 여느 바에서라면 거의 눈에 띄지도 않을 그런 희롱의 윙크가 아니라, 공세

* 유럽에서 옛날부터 약용으로도 사용했던 라크리츠 식물 성분에 시럽, 전분, 젤라틴, 회향 등을 섞어 만든 검은색 젤리.

적인, 사실 상당히 멍청한 윙크다. 왜 모두들 그렇게 동성애자처럼 구는지, 난 이해할 수 없다. 나는 마주 미소 지어주려고 노력한다. 그 행동이 상당히 우스꽝스럽다고 생각하는데도 말이다. 게다가 나는 약의 효과가 벌써 느껴진다고 여긴다. 거기서 무엇을 느껴야 하는지 전혀 알지도 못하면서 말이다. 나는 약간 정신이 혼미함을 느끼고 나이젤에게 그 약을 먹으면 그런 거냐고 묻는다. 나이젤은, 내가 원하지 않는데도 불구하고 다시금 내 손을 잡는다. 그리고 소리 내어 웃고 내 눈을 들여다본다. 마치 지금 내게 뭔가 아주 중요한 것을 알려주려는 듯이, 그렇게 파고들 듯이 집요하게 들여다본다. 그리고 내게 말한다, 걱정하지 말라고, 약 기운이 그렇게 빨리 나타나지는 않을 거라고, 그리고 약 기운, 그게 시작되면, 자기를 찾아오라고. 여기서 나이젤이 내게 그 말을 하는 동안 그의 눈이 무시무시하게 어두운 색이라는 걸 말하지 않을 수 없다. 갑자기 나는 깨닫는다, 그게 그의 눈이 아니라 동공이라는 것을. 나는 그것을 보며 겁을 집어먹는다. 동공이 너무나 커져서, 눈동자 색깔은 더 이상 볼 수 없다. 눈 흰자위 위에 곧장 동공이다. 그것은 어쩐지 엄청나게 기이해 보인다.

프로세코 병이 비었다. 아까 엎지른 반 잔을 빼면 나는 그걸 거의 혼자 다 마셨다. 나는 생각한 것보다 더 취했다는 걸 깨닫는다. 그래도 술이 더 필요한데, 만취 상태 바로 직전의 수위에 도달하길 원하기 때문이다. 아직은 바닥이 흔들리고 눈이 아픈 그 순간이 오지 않았지만, 그 직전이다. 그래서 부엌으로 가서 냉장고에서 한 병 더 꺼내 온다. 피셔와 안네는 사라졌고 대신 부엌에는 이제 사람들이 더 가득 찼다. 사실상 이 파티에서 가장 사람이 많이 들어찬 곳이다. 나는 오래된 요나 레위의 히트곡을 생각하지 않을 수 없다. 예전 살렘 시절에 그 곡을 매일같이, 적어도 백만 번은 듣곤 했지. 'You will always find me in the kitchen at parties'. 그러고 나서 빙긋이 웃지 않을 수 없다. 그 노래가 무시무시할 정도로 꼭 들어맞는다고 여겨졌기 때문이다. 정말로 완벽하게 꼭 맞는다. 형광등이 켜진 이 재수 없는 부엌, 이 순간에.

나는 병을 딴다. 하지만 마치 미친 사람처럼 계속 실실 웃지 않을 수 없다. 그 와중에 머리카락이 이마 위로 쏟아져 내린다. 병이 따지면서 뻥 소리가 나지 않도록 하기 위해 약간 앞으로 몸을 숙이고 코르크를 서투르게 만지작거리고 있기 때문이다. 나는 머리를 쓸어 올리면서 내 머리카락의 감촉이 아주 기묘하다는 걸 알아차린다. 너무너무

쾌적해서, 마치 내 머릿결을 느끼는 것 외에 아무것도 하고 싶은 게 없는 듯하다. 이 얼마나 바보 같은가, 이게 어떤 꼴인가 말이다. 여기 한 남자가 서 있는데, 마치 미친 사람처럼 히죽거리며 자신의 머리카락을 사랑스럽게 이리저리 더듬고 있는 꼴이라니. 하지만 그게 다가 아니다. 갑자기 내 발이 따뜻해지더니 간지럽고, 무릎이 제멋대로 꺾인다. 취해서가 아니다. 그게 아니라 뭔가 다른 거다. 술에 취한 느낌도 이제 완전히 가셨다. 내 말은, 갑자기 내가 완전히 맑은 정신으로 생각하고 있다는 거다. 그렇게 먹먹하게 술에 취한 생각이 아니라, 그게 아니라, 그걸 어떻게 달리 묘사할 수가 없는데, 맑고 따뜻하고 물기 어린 것 같다.

누가 나를 관찰하든 말든 상관없다. 프로세코 병을 놓아두고 부엌에서 나온다. 담배를 한 대 피우고 싶다고 생각한다. 하지만 다음 순간 그러면 너무 힘들 것 같다. 기분이 아주 이상하다. 그리고 지금 이 상태를 불러일으킨 것이 나이젤이 준 그 알약이라는 생각이 떠오른다. 하지만 이 사실이 나를 심란하게 하지 않는다. 이미 말했듯이 이 모든 게 전혀 불쾌하지 않기 때문이다.

아까 그 여자애가 펫샵보이즈에 맞춰 춤을 추었던 그 방에는 지금, 어디선가 들어본 멜로디가 흐르고 있다. 나는 그 방으로 들어가 스피커 앞에 서서 그게 무슨 노래인가 기억해내려고 한다. 텔레비전에 나오는 그 무엇인데, 라고 생각한다. 곧 기억해낼 것이다. 하지만 생각이 나지 않더라도 괜찮다. 그 음악이 그저 아름다울 뿐이고 그 자체를 위해 있는 것이니까, 마치 시냇물 혹은 산골짜기에 흐르는 물처럼. 그리고 내가 그렇게 터무니없는 허튼 생각을 하는 동안, 아니, 차라리 그런 허튼 느낌을 느끼고 있다고 해야 할지, 어쨌든 그 순간에 생각난다. 그 음악이 무엇인지 말이다. 그건 「트윈 픽스」의 타이틀 음악이다. RTL*에서 방영했던 그 TV시리즈 말이다.

나는 사운드박스 앞에 서 있는데, 정말 기이한 모습일 수밖에 없는 것이, 한 손으로는 목덜미를 쓰다듬으면서 머리는 약간 비스듬히 기울이고, 텔레비젼에서 나왔던 멜로디에 감동하여 귀를 기울이고 있었으니 말이다. 물론 음악은 들어본 것 중에 가장 아름다운 것이긴 했지만. 이때 어떤 여자애가 내게 말을 걸며 이야기한다. 이건 지어낸 게 아니다, 그녀는 진짜 이렇게 말한다. 안젤로 바달라멘티는 전혀 미치지 않았어.**

---

* 독일 상업방송 채널.
** Angelo Badalamenti ist gar nicht mal so dementi. 바달라멘티와 미치다 (dementi)의 운을 맞춘 언어 유희.

그 말이 나를 돌게 한다, 그토록 재기 넘치는 문장이라 니. 나는 몸을 돌린다. 휘청거리며 그 여자애를 본다. 그 녀는 상당히 작고 날씬하고 예쁜 드레스를 입고 있다. 그 녀는 검은 머리카락을 머리 뒤쪽으로 틀어 올렸는데, 한 가닥이 이마로 내려온다. 눈은 아주 어두운 색이다. 덧붙 여 말해야 할 것은, 안젤로 바달라멘티가 물론 이 TV시리 즈 음악의 작곡가라는 사실이다. 어쨌든 우리는 서로 쳐 다본다. 내가 아주 우연히 이 형편 없는 파티에서 만난 이 여자애가, 이해해야 할 것은 모두 이해했다는 것을 나는 갑자기 깨닫는다.

그 순간 내게는 분명해졌다. 의혹의 여지가 없다. 이런 인식이 어디서 오는지 나는 모른다. 그 여자애 손을 내 손 으로 잡는다. 우리의 손바닥은 아주 축축하다. 「트윈 픽 스」에 나오는 그 음악이 우리 주위에서 파도 모양으로 윙 윙 울리는 동안에 우리는 그냥 거기 서 있고 서로 눈을 응 시한다. 그러니까 내 말은, 그 멜로디가 정말 해변에 파도 가 치는 것처럼 들린다는 것이다. 그걸 나는 이미 아까 깨 달았다. 그 모든 게 물처럼 들리고 물처럼 느껴진다는 걸.

노래가 끝난다. 그리고 여자애는 내 손을 놓고 급히 화 장실에 가야겠다고 말한다. 그녀는 달려간다. 나는 그녀 를 뒤쫓아 간다. 다른 때라면 절대 그렇게 하지 않을 테지만 말이다. 그녀는 화장실에 들어가 문을 잠그지 않는다. 그래서 저건 틀림없이 나보고 함께 들어오라는 신호라고 나는 생각한다. 그래서 나는 들어간다.

　욕실은 상당히 크고, 장밋빛으로 칠해져 있다. 그리고 세면대 위에 어마어마하게 큰 거울이 하나 걸려 있다. 촛불 몇 개가 켜져 있고, 그 모든 게 마치 동굴 같은 분위기, 뭔가 안정된 분위기이다. 그래서 내게는 여기가 마치 파티 전체에서 최상의 장소인 것처럼 여겨진다. 그 여자애는 욕조 가장자리에 웅크리고 앉아서 이를 덜덜 떨고 있어서 나는 좀 심란해진다. 하지만 나는 아무 말 없이 욕실 문을 닫고 거울 앞으로 가서 들여다본다. 정말이다, 내 동공도 마찬가지로 커져 있다. 기이한 일이다, 라고 나는 생각한다. 하지만 불쾌하진 않다. 다만 이를 덜덜 떠는 건 어쩐지 방해가 된다. 욕조 가장자리에 앉아 있는 그 여자애에게 다가앉는다. 그녀는 계속해서 이리저리 자기 허벅지를 문지르기 시작한다. 그 모습은 어쩐지 보기 좋다. 내 다리 사이가 아주 더워지는 것을 깨닫는다. 아주 이상스런 느낌이다. 그토록 집중적인 육체의 느낌을 여태껏 한 번도 느껴보지 못했기 때문이다. 나는 그 여자애에게 미소를 보내고, 그녀도 미소로 화답한다. 그런 다음 그녀는 문지르기를 그만두고는, 한 손으로 욕조 가장자리를 잡고 다른 한 손으로는 내 트위드 재킷 소맷부리를 부여잡더니 몸을 돌려 욕조 안에다 대고 토한다.

정상적인 구토가 아니다. 「엑소시스트」라는 영화에서처럼 정말 대량의 액체가 한꺼번에 쏟아져 나온다. 액체가 초록색이 아니고 붉은색이라는 점이 다를 뿐. 토사물이 욕조를 치며 쏟아져 내린다. 그녀가 무엇을 마셔댔는지 눈으로 다 볼 수 있다. 어마어마한 양의 적포도주, 그리고 그 사이사이에 무언가 소화되지 않은 음식 몇 조각들인데, 당근과 약간의 옥수수로 보인다. 인간이 한 번에 저토록 많은 것을 토할 수 있는지 나는 몰랐다. 순수하게 양적으로만 본다면 말이다.

나도 속이 울렁거린다. 뿐만 아니라 서서히 기분이 더러워지는 것을 깨닫는다. 육체적으로 정말 완전히 지친 듯한 느낌. 나는 일어나서 휘청거리며 욕실에서 나간다. 갑자기, 그 여자애와 뭔가를 시작하거나 이야기를 하거나 어떻게든 그녀를 도와줄 마음이 싹 가신다. 복도에서 담배를 하나 붙여 물면서 내 손이 얼마나 떨리는지 깨닫는다. 게다가 내 이마는 땀으로 흥건했다. 나이젤은 어디에도 보이지 않는다. 파티장 전체가 텅 비어버렸다. 사람들이 여기저기 구석에 누워 허공을 응시하고 담배를 피우는데 극도로 지쳐 보인다.

나는 몇 분 더 나이젤을 찾아본다. 하지만 그를 발견하지 못하고, 그가 말도 없이 가버렸다는 것이 어쩐지 화가난다. 나는 문밖으로 나가 현관 계단을 내려가서 밖으로나간다. 밖은 이미 날이 밝았다. 그 시간이 다 어떻게 흘러갔는지, 전혀 믿기지 않는다. 거리에는 화장실 휴지 조각들과 뜯고 나서 버려진 말보로 담뱃갑이 널려 있다. 나는 택시를 불러 세운다. 운전사는 상당히 나이 들어 보인다. 마치 언제라도 죽을 것처럼 말이다. 나는 뒷좌석에 앉아, 메르세데스 벤츠의 문을 닫는다. 운전사에게 나이젤의 집 주소를 말하고 담배를 한 대 꺼내 불을 붙인다.

택시가 출발하고, 나는 살짝 내린 차창 틈으로 연기가구불구불 빠져나가는 모습을 관찰한다. 함부르크가 깨어난다는 생각을 한다. 그러고는 갑자기 2차대전 중의 폭격의 밤들과 폭풍 같은 불길 속의 함부르크를 생각지 않을수 없다. 모든 것이 다 진화되었을 때 어떤 모습이었을지를. 나는 기꺼이 택시 운전사와 그것에 관해 이야기하고싶다. 하지만 그는 입 냄새가 나고, 게다가 노인 냄새가나고 썩은 냄새를 풍긴다. 마치 비오는 발코니에 너무 오래 방치되어 이제 곰팡이가 난 한 권의 책처럼. 뒷좌석까지 그 냄새가 전해온다. 담배 연기를 뚫고.

셋

나이젤은 물론 집에 있다. 문이 완전히 잠겨 있지 않은 걸 보면 안다. 우리가 아까 파티에 갈 때 나이젤이 열쇠를 두 번 돌려 문을 잠갔기 때문이다. 그걸 난 기억해두었다. 그런데 지금, 나이젤이 여러 해 전 내게 준 예비 열쇠를 꽂자 한 번에 즉시 문이 열린다. 그때 그가 말했었지. 너는 언제나 환영한다는 거, 알지. 내 집 열쇠 여기 있어. 그 말이 그때는 나를 몹시 감동시켰다.

자, 나는 문을 연다. 복도에는 옷가지들이 여럿 널려 있다. 밖이 벌써 밝았고 그 이상스런 창백한 일광이 창문을 통해 비추어 들고, 모든 것이 희미하고 어렴풋한 빛 속에 모습을 드러내고 있기에, 그 옷가지들을 정확히 알아볼 수 있다. 바닥에는 나이젤의 베이지색 페어아일 스웨터와 가장자리가 해진 오래된 부다페스트 수제화 몇 짝이 놓여 있다. 나이젤은 그 구두를 정말 부다페스트에서 샀다. 복도 구석에는 구겨져 뭉쳐진 검은색 물체가 놓여 있는데, 가볍게 속이 비치면서 옷 색깔이 여러 층으로 변하는 것으로 보아 여자 원피스가 틀림없다.

나이젤의 침실 문은 닫혀 있다. 누가 함께 있는지 들어보기 위해 문에 귀를 기울여본다. 그런 느낌이 들기 때문이다. 나는 안다. 집 안에 누구 또 다른 사람이 있다는 건 누구나 알아차릴 수 있는 일이라는 것을. 아마도 아주 조금 다른 냄새가 나서인지도 모른다. 아니면 분자 구조가 예전과 똑같지 않든지. 어쨌든 난 그런 걸 즉각 알아차리곤 한다. 이제 나이젤의 침실에서 억지로 웃음을 참느라 끌끌거리는 소리가 난다. 그 소리는, 지금 내가 하고 있듯이, 문에 아주 가까이 귀를 대고 들을 때만 들을 수 있다.

그 소리가 그치고 어떤 여자가 킥킥거리더니, 누군가 쪽 소리를 내며 키스한다. 나는 나이젤을 상당히 잘 안다고 생각하는데, 만일 내가 지금 방 안으로 불쑥 들어간다면 그는 결코 나를 이해해주지 않을 것이다. 하지만 나는 그럴 정도로 누가 그와 함께 있는지 알고 싶어 안달이 나 있다.

그래서 노크도 없이 침실 문을 열어젖힌다. 나이젤이 벌거벗은 채 침대 위에 누워 있고, 그의 얼굴 위에 아까 파티에서 본 흑인 모델이 앉아 있다. 물론 그녀도 발가벗은 채다. 침대 모서리에는 말도 안 되는 스투시 야구모자를 쓴 재즈광 남자가 앉아서 나이젤의 성기를 한 손에 잡고, 다른 한 손으로는 베이비오일을 바른 모델의 가슴을 주물럭거리고 있는 것이 보인다. 흑인 모델과 형편없는, 형언할 수 없이 추악한 스투시 자식이 나를 올려다보고, 둘의 얼굴에는 여전히 아까 파티에서처럼 기분 나쁜 비웃음이 남아 있다. 나는 그들이 아직도 도취 상태라는 것을 알아차린다. 그들은 그 알약을 더 많이 먹은 게 틀림없다.

나는, 이 모든 것이 어쩐지 너무나 믿기지 않는다. 제대로 뒤통수를 맞은 것이다. 이럴 수가 없다. 진짜로 나이젤은 그 누군가들과 더불어 저런 작태를 벌이고, 너무나 취해 있어서, 내가 문을 열고 들어서는 기색을 눈치도 못채고 있다. 그는 그저 돼지처럼 꿀꿀거리며, 계속 흑인 모델의 다리 사이를 이리저리 핥고 있다. 그 여자는 여전히 나를 쳐다보며 미소 짓는다. 난 머리카락을 손가락으로 쓸어 넘기며 미친 듯이 주머니를 뒤적거려 담배 한 대를 찾는다. 게다가 그녀는 말까지 한다. 아주 아무렇지도 않게 말을 건넨다. Hey baby, why don't you come over and join us, huh?

나이젤은 여전히 꿀꿀거리고 있고, 지금 비비 꼬인 수염을 한 그 자식이 소리 없이 웃고 있다. 그 남자는 실오라기 하나 걸치지 않고 벗은 몸인데도 당치 않게 스투시 야구모자를 거꾸로 돌려 쓰고 있다. 아주 빨갛게 빛나는 그의 젖꼭지에 두 개의 금속 고리가 달려 있는 것이 보인다. 그는 내게 웃음 지으며 고개를 끄덕인다. 나이젤의 성기를 계속해서 주물러대면서. 그 순간 나는 몇 가지를 더 본다. 열린 창문틀에 달려 이리저리 휘날리는 구멍 숭숭 뚫린 블라인드식 커튼, 핏자국이 있는 침대 커버, 나무바닥 위에 이미 사용한 콘돔 두 개, 뒤엎어진 화병, 약간 사팔눈이라 내게 고정된 스투시 인간의 왼쪽 눈, 그의 허벅지에 있는 문신의 색깔.

그자는 진짜로 두더지 한 마리를 문신으로 새기고 있었는데, 등을 대고 누워 사지를 쭉 뻗은 형상으로, 두 눈 자리에는 눈 대신에 십자 표시가 그려져 있다. 「톰과 제리」에서 누군가 죽으면 그렇게 되듯이.

나는 아무 말도 하지 않고 방을 나와 문을 닫고 트렁크를 가져온다. 내 바버 재킷 주머니에서 나이젤의 집 열쇠를 더듬어 찾아서 옷걸이 옆 작은 테이블 위에 놓인 놋쇠 볼 안에다 넣는다. 그리고 문을 나서 거리로 내려가 담뱃불을 붙인다. 아직 상당히 이른 시간이다. 하지만 금방 택시 몇 대가 지나가고 세번째 택시가 와서 멈춘다. 나는 차에 타 운전사에게, 공항으로 가주세요, 라고 말한다.

도중에 내가 얼마나 손을 떨고 있는지 느낀다. 그래서 선글라스를 끼내 쓴다. 운전사가 백미러로 내 눈을 보고 마약중독자라고 생각하지 않도록. 시내에서 빠져나오는 길에, 공항 조금 못 미쳐서 나는 소리 내어 울기 시작한다.

나는 티켓 창구로 가서 바버 재킷에서 신용카드를 꺼낸다. 창구 여직원은 아직 잠이 덜 깬 듯하고, 내 손이 떨리는 것을 눈치채지 못한다. 나는 그 재수 없는 신용카드를 창구 위에 꺼내 놓는다. 마치 한 여자가 카드 모서리를 테이블 위에 딱 소리를 내며 튕기는 비자카드 광고에서처럼. 그러고서 나는 다음 비행기로 프랑크푸르트로 가겠다고 말한다.

그다음은 비흡연석과 창가 자리에 관해 늘 하는 무의미한 대화. 그리고 여직원이 아직 빈자리가 있는지 컴퓨터를 들여다보는 동안 나는 창구에 기대어 몸을 지탱한다. 지금 나를 제어하지 않으면 쓰러질 것 같은 느낌이 들어서.

나는 항상 비행기 타는 걸 엄청나게 좋아했던 것을 기억한다. 일곱 살 때였던가. 여행객들이 풍기는, 중요한 듯한 존재감을 사랑했다. 예전에 우리 가족이 이탈리아의 루카 근처에 정원이 딸린 집 한 채를 갖고 있었을 적에 내가 비행기로 피렌체에 가곤 했던 걸 생각한다. 달랑 혼자서. UM이라고 쓰인 비닐 명찰을 목에 걸고. 그게 보호자를 동반하지 않은 미성년자(Unaccompanied Minor)라는 뜻이라나 뭐 그 비슷한 뜻이었다. 알리탈리아 항공 스튜

70

어디스들은 언제나 나를 꼬마 왕자처럼 대해주었다. 내게는 언제나 조종석에 들어가는 것과 조종키를 만져보는 것이 허락되었다. 물론 나는 그때 이미 조종사들이 조종키를 자동으로 전환해놓았으므로 내가 혼자 비행기를 모는 게 아니라는 것을 알고 있었다. 조종사들은 옆에서 계속 그렇게 말했지만 말이다. Si, Si,라고 그들은 말했다, 너는 정말 어른처럼 하는구나, 진짜 파일럿처럼 말야. Come un vero Pilota. 그들은 치아가 하얗고 흰 모자를 쓰고 있었는데, 모자 앞쪽에는 알리탈리아라고 씌어 있는 은빛 브로치가 달려 있었다. 팔은 털이 아주 많이 나 있고 갈색이었는데, 그 북실북실한 털들 사이로 언제나 금빛 손목시계를 볼 수 있었다. 그건 제대로 된 파일럿 시계였다. 나는 조종키를 만지는 동안 언제나 그 시계들을 뚫어져라 쳐다보았다.

나는 내가 진실을 알고 있다는 것을, 지금 자동 조종장치로 날고 있을 뿐임을 이미 알고 있다는 것을 절대 파일럿들이 눈치채지 못하도록 했다. 어쨌든 그들은 모두 내게 친절했으니까.

루프트한자 여직원은 내게 탑승권을 주고 졸음이 덜 가신 미소를 짓는다. 내가 담배를 꺼내 불을 붙이니, 약간 놀라면서 쳐다본다. 내가 금연석에 앉고 싶다고 말했기 때문이다. 그녀가 눈썹을 치켜뜬다. 그 순간 그녀는 아주 아름다워 보인다. 거의 건방지게 새침하거나 비웃는 듯하다. 나는 경직된 웃음을 억지로 지어 보이고, 탑승권을 쥐고는 뒤 한 번 돌아보지 않고 안전 검사대를 통과한다.

삐 소리가 나서 잠이 덜 깬 머저리 같은 공항 직원이 내 주머니를 건드리다가 거의 내 가운데 부분을 만지기 직전까지 되었을 때, 나는 나이젤을 생각하고, 동시에 그에 대한 생각을 하지 않으려고 한다. 나는 그 사람이 내미는 작은 빨간색 플라스틱 통에서 선글라스와 동전 몇 닢을 집어들고 미소나 뭐 그런 것 없이 다시 주머니에 넣는다.

금속 탐지기 문을 통과해 게이트로 간다. 예의 그 익명성과 중요한 존재가 된 듯한 기분을 느낀다. 비록 함부르크에서 프랑크푸르트로 가는 아침 비행편보다 더 나쁜 것은 없다는 것을 알고 있긴 하지만 말이다. 볼베어링 공장의 여느 경영협의회* 대표도 요즘은 비행기를 타고 다닌다. 경영협의회들끼리는 서로 다 아는 사이인지라 그들은 게이트에서 느긋한 미소를 지으며 서로 인사하면서 넥타이와 겨자색 양복을 매만지고, 비행기에서는 지난번 푸켓

---

* 독일 기업에서 경영에 참여하는 노동자 협의체.

휴가에 관해 이야기한다.

어쨌거나 나는 원형 대기실로, 살라미를 넣은 빵과 발리스토*가 든 바구니 쪽으로 간다. 루프트한자는 그 바구니를 커피머신 옆에 놓아두었는데, 비행 중에 무언가를 차려 내기에는 스튜어디스들이 너무 게으르기 때문이다. 나는 살라미를 넣은 빵 네 개와 발리스토 여섯 개, 에르만 요구르트 두 개를 가져와 바버 재킷 안주머니에 넣는다. 갑자기 기분이 나아진다.

지금 막 소심하게 살라미를 넣은 빵 한 개를 쳐다보던 경영협의회 대표 한 사람이 비난하듯이, 눈살을 찌푸리고 나를 쳐다본다. 마치 내가 루프트한자에서 제공한 음식을 이렇게 다루는 것을 승인할 수 없다는 듯이. 내가 만약 외국인이고, 그가 월급의 반은 지불해야 살 수 있을 이런 재킷을 입고 있지 않다면, 그는 틀림없이 내게 한마디 했을 것이다. 그가 그렇게 무례하게 쳐다보고 전혀 시선을 거둘 기미가 없기에, 나는 발리스토 두 개를 더 주머니에 챙겨 넣고 요구르트 두 개와 흰색 플라스틱 숟가락 여덟 개를 더 챙긴다. 그다음에 나는 아주 빠르게 연속으로 요구르트 두 개를 다 먹는다. 그러면서 그 남자 얼굴을 뚫어져

---

* 초콜릿을 씌운 통밀 비스킷 바 스낵.

라 바라본다. 그가 눈을 돌릴 때까지. 그도 직접 대결을 원하는 건 아니니까. 이 사민당 돼지 같으니. 그러고 나서 나는 아주 참을 수 없이 심한 재채기가 나올 것 같다고 느 낀다. 그리고 실제로 재채기를 한다. 루프트한자에서 차 려놓은 이 형편없는 음식 위로 나는 미친 사람처럼 재채기 를 해댄다.

그 남자는 이제 정말로 화가 나서 중얼거린다. 저런 배 워먹지 못한 혹은 뭔가 그 비슷한 무의미한 말을. 나는 그 를 노려보고 아주 작은 소리로, 하지만 그가 들을 수 있을 정도로 말한다. 입 닥쳐, 너 사민당 나치.

그 남자는 아주 재빠르게 커피머신 쪽으로 달아나고, 나는, 이내 기분이 훨씬 나아진 것을 느낀다. 정말이지 현 저하게 나아졌다. 나는 주머니가 터질 듯이 꽉 찬 바버 재 킷을 입은 채 대기석으로 간다. 그러는 사이 내내 실실 웃 지 않을 수 없다. 그리고 자리에 앉아 에르만 요구르트를 플라스틱 숟가락으로 떠먹고, 다 먹은 후에 담배를 꺼내 불을 붙이고, 『쥐트도이체 차이퉁』을 하나 집어 든다. 일 간지만큼 내가 따분해하는 것도 없지만.

나는 신문지 가장자리 너머로, 조금 전 그 남자가 스튜 어디스와 이야기하면서 나를 힐끗힐끗 건너다보는 것을 관찰한다. 그리고 매번 우리 시선이 서로 교차할 때마다 나는 그를 보고 씩 웃어준다. 우리가 비행기 안에서 나란히 옆자리에 앉게 되기를 나는 정말로 바란다. 그렇게 되면 아직 요구르트도 더 있겠다 미친 사람처럼 요구르트를 마셔대고, 요구르트와 곤죽이 된 발리스토를 내뱉어줄 테니까. 나는 속으로 실실 웃다가, 갑자기 왜 나이젤이 항상 상표 로고가 새겨진 티셔츠를 입는지, 왜 그것이 그렇게 도발적인지 분명하게 알게 된다. 하지만 그다음에 엊저녁과 오늘 이른 아침의 모든 일을 생각하지 않을 수 없고, 나이젤이 갑자기 아주 어리석고 수치스럽게 느껴진다. 그에게 열쇠를 돌려준 것이 기쁘고, 지금부터는 더 이상 나이젤 생각을 하지 않을 것이다.

지금 프랑크푸르트행 비행기 탑승 안내방송이 나오고 있다. 이미 어릴 때부터 굉장히 감탄해 마지않던 전자 안내판의 초록색 작은 램프가 깜빡인다. 난 매번 그러듯이, 그때처럼 눈을 램프와 같은 박자로 깜빡인다. 왼쪽 불, 오른쪽 불, 왼쪽 불, 오른쪽 불. 자리에서 일어서서 담배를 재떨이에 버리고 출구로 간다. 유감스럽게도 방금 전 그 남자는 어디서도 보이지 않는다. 나는 탑승권을 뜯어내는 스튜어디스를 지나간다. 아까 그 남자와 이야기하던 바로 그 스튜어디스다. 나는 그녀에게 미소를 짓는다. 그러자 그녀도 미소를 보내며 내게 편안한 여행을 바란다고 말한다.

이제 나는 버스에 앉아 있다. 이 버스는 승객들을 비행기로 태워 간다. 나는 비행기 연료 냄새와 비즈니스맨들의 입 냄새와 비즈니스우먼들의 이터너티 향수 냄새를 맡는다. 함부르크 공항 건물들이 보인다. 작고 뚱뚱하며 기능적이다. 베를린 템펠호프 공항을 생각한다. 정말 훌륭한 공항이다. 여기 함부르크에서처럼 비행의 숭고함이 지워지지 않고 오히려 부각되기 때문이다. 버스는 비행기 앞에서 멈춘다. 비행기 이름은 레겐스부르크 혹은 파사우 혹은 노이뮌스터 뭐 그런 것이고, 나는 차에서 내려 비행기 계단을 올라간다.

이 순간이 비행기 여행에서는 거의 최상의 순간이다. 버스에서 내리면 바람이 외투깃을 불어 올리고, 우리는 트렁크를 손으로 더 단단히 쥔다. 계단에는 스튜어디스가 한 명 서 있다. 그녀는 한 손으로 유니폼을 가슴 앞에 모아 쥐고 있고, 엔진은 벌써 뜨겁게 아우성친다. 그런 순간에 우리는 한 삶에서 다른 삶으로 건너가는 것 혹은 용기의 시험 속으로 드는 것이다. 삶에서 무언가가 변하고 있고, 아주 잠깐 동안 모든 것이 보다 숭고해진다. 글쎄, 어쨌든 난 비행할 때면 언제나 그렇게 생각한다. 내 경우 그렇다는 말이다.

　나는 비행기 좌석에 앉아 있다. 내 옆에는 유감스럽게
도 아까 그 남자가 아니라 아주 나이 많은 부인이 앉았는
데, 인장 반지를 끼고 주름진 목에 바짝 조이는 진주 목걸
이를 하고 있다. 그녀는 머리를 뒤로 틀어 올리고, 지금
비행기가 활주로를 향해 천천히 나아가는 동안 손을 주물
러대고 있다. 아주 아름다운 손인데, 그 위에는 수없이 많
은 갈색 반점들이 있다. 이 부인은 말하자면 주근깨에서
바로 검버섯으로 넘어간 셈인데, 그건 물론 그리 나쁘지
않은 변화다. 그녀는 가느다란 손목에 얇고 납작한 카르티
에 손목시계를 차고 있다. 줄이 조금 커서, 그녀는 아래로
미끄러져 내려가는 시계를 자꾸만 위로 끌어 올린다. 그녀
는 비행기 여행을 싫어하는 게 분명하다고 나는 생각한다.
언제나 비행기 타기를 거부했지만 이제 남은 시간이 많지
않기 때문에 비행기를 타고 다녀야만 하는 것이다.
　그러니까 프랑크푸르트에서 그녀는 투자상담사를 만나
거나 유언장 문제를 확실히 해두기 위해 변호사를 만날 것
이다. 지금까지는 서면으로 처리했지만, 이번에는 서면으
로 되지 않는다. 은행에서 개인적으로 몇몇 문서들을 열
람하기 위해 변호사와 함께 가야 하기 때문이다. 그곳은

어떤 사설은행인데, 내부가 완전히 마호가니와 붉은 벨벳 커튼으로 꾸며져 있고, 직원들이 걸을 때 소음이 나지 않게 하기 위해서 오래되어 낡은 작은 양탄자가 여러 개 깔려 있다.

이미 1790년도부터 존속해온 그 은행은 전쟁 중에 폭격당해서 오늘날은 프랑크푸르트 베스트엔트의 흉한 신축 건물 속에 자리 잡고 있다. 하지만 안에서 보면 신축 건물 티가 나지 않는다. 천장이 낮아 신축 건물이라는 것을 간신히 알 수 있을 뿐.

그리고 나는 그렇게 비행기 좌석에 앉아 그 여자의 모습을 옆에서 바라보며 이 노부인은 어떤 냄새가 날까 곰곰이 생각한다. 그녀가 확실히 나쁜 냄새를 풍기지는 않기 때문이다. 씻고 싶은 욕망, 누군가를 위해, 특히 자기 자신을 위해 몸을 깨끗이 하는 것에 대한 욕망이 언제부터인가 사라져버렸기 때문에 몸을 더 이상 씻으려 하지 않는 많은 노인들 같지는 않은 것이다. 여기서 나는 갑자기 이사벨라 로셀리니를 생각하지 않을 수 없다. 그리고 매번 이사벨라 로셀리니를 생각할 때면, 약간 등골이 오싹해진다.

이사벨라 로셀리니는 이 세상에서 가장 아름다운 여자다. 너무 뻔하게 들리지만 사실이다. 심지어 천 퍼센트 진실이다. 그녀에게서 가장 아름다운 부분은 코다. 그 코는 말로 묘사해보고 싶어도 절대 묘사할 수 없다. 어쨌거나 나는 이사벨라 로셀리니와 아이를 갖기를 원한다. 아들이든 딸이든 머리에 리본을 단 진짜 예쁜 꼬마들. 그리고 우리 슬하의 모든 아이들은 엄마처럼 앞니가 아주 조금 짧아야 한다.

우리는 모두 함께 어느 섬에서 살 것이다. 하지만 남태평양의 섬 혹은 그런 더러운 곳이 아니라, 헤브리디스 외군도 혹은 케르겔렌 제도, 어쨌든 계속 비바람이 불고, 겨울에는 너무 추워 문밖을 나설 수 없는 그런 섬. 그러면 이사벨라와 아이들과 나는 집 안에 머물 것이고, 난방이 제구실을 못할 테니 우리는 모두 어부의 스웨터와 아노락*을 입을 것이다. 우리는 함께 책을 읽을 것이다. 그리고 가끔씩 이사벨라와 나는 서로 쳐다보며 미소를 보낼 것이다.

밤이면 우리는 침대 속에 누워 있을 것이다. 아이들은 옆방에 있고 우리는 아이들의 고른 숨소리를 들을 것이다. 아이들의 숨소리는 약간 둔할 텐데 날씨 때문에 코감기가 떨어질 줄 모르기 때문이다. 그때 나는 손으로 이사의 다리를 만질 것이다. 그리고 그녀의 배와 코를 만지리라. 나는 이미 많은 영화에서 이사벨라의 벗은 몸을 보았다. 나

---

* 모자가 달린 방수 보온 재킷.

이젤은 언제나 말했지, 그녀는 경악스러울 정도로 몸이 흉하다고. 하지만 그녀의 몸은 흉하지 않다. 다만 완벽하지 않을 뿐이지. 그것을 그녀는 알고 있다. 그래서 내가 그녀를 사랑하는 것이다.

그 모든 것을 내 머릿속에 다시 떠올리는 동안 비행기가 이륙한다. 내 옆좌석 노부인은 눈을 감고 아름다운 손으로 의자 팔걸이를 부여잡는다. 혈관이 두드러지고 뼈가 하얗게 보일 정도로 그렇게 꽉 잡는다. 흡연 금지 램프가 꺼지고, 나는 담배 한 대를 꺼내 불을 붙인다. 금연석에 앉아 있는데도 말이다. 하지만 난 언제나 그렇게 한다. 그곳이 사실상 인간이 자신의 권리를 주장할 수 있는 최후의 장소이기 때문이다. 비행기 금연석 말이다. 그렇게 하면 언제나, 재수 없는 비흡연자들에게 제대로 '파시스트 같으니!'라고 소리 지를 수 있는 기회가 생긴다. 그들은 여기가 결국 금연석이니까 담배를 꺼달라고 요구해오기 때문이다.

그렇게 나는 담배를 피운다. 담배 맛이 전혀 좋지 않다. 간밤에 잠을 자지 않았기 때문에 사실 내가 녹초가 되어 있어야 한다는 걸 깨닫는다. 하지만 이상하게도 전혀 피곤하지 않다. 오히려 피로감을 모두 극복한 것처럼 아주 완전히 정신이 깨어서 서비스 요청 버튼을 누른다. 스튜어디스가 오자 난 커피와 버번 위스키 한 잔을 주문한다. 이제 겨우 아침 여덟 시밖에 안 됐는데도.

나는 이사벨라 로셀리니를 계속 생각한다. 이렇게 말할 수 있는지 모르겠지만, 내 생각이 이사벨라 위로 미끄러져 흐르게 한다. 무슨 말이냐 하면, 나는 그녀를 건드리지 않고, 또한 직접 그녀를 생각하지 않고 내 생각의 가장자리에 그녀가 떠오르게 한다는 것이다. 그녀에게 다가가지도 않고, 그녀와 말을 하지 않고, 직접 쳐다보지도 않으면서.

커피와 버번이 온다. 나는 담배를 두 대째 피우고 있다. 이상하게 아무도 불평하지 않는다. 나는 노부인을 관찰한다. 그녀는 무심하게 『분테』지를 뒤적이다가 가방에서 책을 한 권 꺼내 책갈피를 꽂아둔 책 한가운데를 펼친다. 에른스트 윙어의 책이다. 아주 오래된 구판이다. 나는 그걸 즉각 알아차린다. 내가 독서를 많이 하지 않고 더군다나 에른스트 윙어는 전혀 읽지 않는데도.

나이젤은 에른스트 윙어가 전쟁을 찬미한 자라고 몇 번 이야기했던 것이다. 또한 나이젤 말이, 윙어의 소설을 읽으면 헤르만 헤세의 소설을 읽는 것과 비슷한 느낌을 받을 거란다. 나는 학교에서 헤세를 읽어야 했다. 『수레바퀴 밑에서』『데미안』『페터 카멘친트』, 뭐 그런 지독하게 지루하고 형편없는 졸작들. 그래서 헤세는 당시에도 이미 좋아하지 않았다. 어쨌거나 에른스트 윙어는 반쯤 나치였다고 한다. 그리고 나이젤에 따르면 윙어는 아직도 살아 있을 거라고 한다. 보덴 호 근처 어디라는데, 정확히 어디인지는 잊어버렸다.

이렇게 독일어 시간에 읽은 것들이 머릿속에 떠오르고, 커피와 버번이 뱃속에 들어와 몸은 아주 따뜻해진다. 그러다 보니 아까 말한 것처럼 전혀 피곤하지 않은데도 나는 거의 살짝 졸 지경이 된다. 그런데 그때 마치 오줌을 싸기라도 한 듯이 엉덩이가 축축해지는 느낌이 온다. 나는 천천히, 천천히 바지를 더듬어본다. 옆자리 노부인이 눈치채면 안 되니까. 하지만 그녀는 에른스트 윙어 책을 계속 읽을 뿐이다. 정말 내 바지 엉덩이 부분이 척척하고 끈적끈적하다. 얼굴이 벌게지지만 그 순간 척척한 것이 주머니에서 흘러나온 에르만 요구르트 때문이라는 것을 알아차린다.

나는 물론 엄청나게 난처하다. 정신이 아주 흐릿해진다. 그건 분명 버번 때문이기도 할 것이다. 어찌 됐든 나는 더러워진 바지를 입은 채 노부인 앞으로 빠져나가거나 아니면 그녀에게 화장실에 갈 수 있게 해달라고 부탁해야 한다. 그러면 그녀는 내가 나갈 수 있게 자리에서 일어설 것이고, 그 지저분한 꼴을 볼 테고 내가 완전히 망나니에 개새끼라고 생각할 것이다. 그녀가 지금 벌써 그렇게 생각하고 있지 않다면 말이다. 그래서 나는 차라리 자리에 그냥 앉아 있다. 요구르트가 좌석에 흘러내리고, 상당히 강하게 복숭아 냄새가 나기 시작한다. 나는 아까 복숭아 요구르트 두 개를 더 주머니에 쑤셔 넣었던 것이다. 복숭아 요구르트를 제일 좋아하기 때문에.

나는 담배를 또 한 대 꺼내 피우며 창밖을 내다본다. 시야 가장자리로 노부인이 보이지만, 그녀는 아무것도 눈치채지 못하고 있다. 아니면 그런 체하고 있는 것이거나. 밖에는 태양이 빛나고, 저 아래로 독일이 흘러간다. 구름 몇 점이 있지만, 그런데도 눈이 부시다. 모든 것이 너무나 밝다. 나는 선글라스를 꺼내 쓰고 싶은 심정이지만 선글라스는 바버 재킷 주머니에 복숭아 요구르트와 뒤범벅이 된 채 들어 있다. 이미 말했듯이 나는 그걸 꺼내서 깨끗이 닦을 수 있는 형편이 아니다.

착륙을 위한 비행이 시작된다. 비행기가 휙 고도를 낮추더니 엄청나게 큰 원을 그리며 선회한다. 나는 버번 잔을 비우고 내 앞 좌석에 붙은 작은 망에 플라스틱 잔을 집어넣는다. 거기에는 언제나 루프트한자 보드북이 꽂혀 있다. 보드북은 사람들이 뭔가 뒤적거릴 수 있게 비치된 잡지이다. 장거리 여행을 하는 사람들은 그 잡지 뒤쪽에 있는 지도를 보며 지금 막 레겐스부르크를 지나고 있는지, 오펜바흐 위를 지나고 있는지 확인할 수 있다. 이 잡지는 완전히 불필요한 것일 뿐 아니라 무지막지하게 엉터리로 만들어져 있다. 거기에는 늘 바이에른의 시계 제조 명인이나 뤼네부르거하이데의 마지막 모피 재봉사 따위의 기사가 실려 있다. 그리고 그 모든 것은 한심할 정도로 조악하게 영어로 번역되어 있다. 루프트한자는 독일을 그렇게 세계에 소개하고 있는 것이다.

비행기는 계속 프랑크푸르트 위를 선회하며, 구름 속에 잠겼다가는 다시 날개 위로 햇빛이 반짝인다. 나는 창밖을 내다보며, 착륙 비행 때면 언제나 「의지의 승리」의 대단한 첫 장면이 떠오른다는 사실을 생각하지 않을 수 없다. 거기서 머저리 같은 영도자가 뉘른베르크인지 어딘지에 착륙하는데, 어쨌든 그는 그렇게 위에서 아래로 국민에게 내려온다. 그러니까 그 장면이 아주 잘 만들어졌다는 거다. 마치 가서 깨끗이 청소하라고 신이 독일로 영도자를 보낸 것 같은 느낌이 들 정도로. 독일인들은 분명 그렇게 믿었을 거다. 당시에 말이다. 그 정도로 교묘하게 만들어졌다.

그 영화는 학교에서 「전함 포툠킨」과 함께 보여준 적이 있다. 영화를 통해 얼마나 교묘한 조작이 가능한지 깨우쳐주기 위해. 그러면서 선생들은 언제나 예이젠시테인은 천재고 리펜슈탈*은 범죄자라고 말하곤 했다. 왜냐하면 리펜슈탈은 이데올로기에 함몰되었고, 예이젠시테인은 그렇지 않기 때문이라는 것이다. 하지만 나는 그렇게 생각하지 않았다. 나중에 나는 그렇게 시작하는 영화, 그러니까, 비행기 장면으로 시작하는 영화를 또 한 편 보았다. 「베를린 천사의 시」가 그 영화였는데, 나는 그 영화를 보고 나서 늘 궁금해했다. 이 지독하게 민망한 빔 벤더스가 리펜슈탈을 슬쩍 베낀 것일까. 아니면 뭔가 반어적으로 비튼 것일까.

나는 빔 벤더스를 베를린에 있는 파리 바에서 어떤 이상한 화가와 함께 만난 적이 있다. 그의 이름은 잊어버렸는데 샤워하며 자기 몸을 더듬는 벌거벗은 남자들을 그리는 화가였다. 어쨌든 나는 그에게, 그러니까 벤더스에게, 그 영화의 도입부를 「의지의 승리」에서와 같은 뜻으로 만든 것인지 물어보았다. 그러자 그는 재수 없는 빨간 베르

---

* 「의지의 승리」 감독.

버 안경을 쓴 눈으로 나를 빤히 쳐다보기만 하고, 더 이상
아무 말도 하지 않았다. 틀림없이 내가 자기한테 문화적
질문을 던져서 뭔가 중요한 존재라도 된 것인 양 뻐기려는
멍청한 어린애라고 생각했을 것이다. 하지만 그건 정말
나의 관심사였다. 나는 이 일을 학교 때부터 알고 있었으
니까. 이 문제성을 말이다.

그래. 그리고 지금 그때 생각을 하니 알렉산더도 거기
있었던 것이 생각난다. 그는 프랑크푸르트 출신 친구인데,
일시적으로 베를린에서 살고 있었다. 나중에 우리가 파리
바에서 일어나 거리에 나왔을 때, 그와 나는 아주 제대로
다투었다. 그가 벤더스 같은 부류의 인간들에게는 아무것
도 물어봐서는 안 되는 거라고, 관심을 보여서도 안 되고,
최선의 방법은 그냥 무시해버리는 거라고, 빔 벤더스 같
은 그런 부류의 인간들은 그저 엄청난 뚱덩어리 같은 놈들
일 뿐이라고 했기 때문이다.

그때 나는 말했다. 아니, 우리는 그런 인간들에게도 뭔
가 물어볼 수 있어야 해. 그들이야말로 영화로 많은 사람
들에게 영향을 미칠 수 있기 때문이야. 그러자 알렉산더
는 내가 토론을 통해 사태를 변화시킬 수 있다고 믿는 재
수 없는 히피라고 했고, 그래서 나는 닥치라고 했고, 우리
는 싸웠다. 그러고 나서 우리는 동물원 역*으로 가서 마약

중독자들을 구경했지만, 어쩐지 더 이상 예전 같지가 않았다. 이 다툼으로 뭔가가 망가져버렸다. 어쩌면 꼭 그것 때문이 아니었을 수도 있다. 하지만 그렇다면 우리가 왜 더 이상 만나지 않았는지 기억이 나지 않는다. 그래도 분명 뭔가 더 생각날 거야.

알렉산더와 나는 살렘에서 한방에 기거했다. 우리는 언제나 술고래처럼 마셔댔고, 아비투어**에조차 술 취한 상태로 나타났다. 알렉산더는 기회 있을 때마다 악을 쓰고 고함을 질러댔다. 나는 사람들이 그를 선입견 없이 이해하도록 이렇게 말해두고 싶다. 그는 모든 시대를 통틀어 가장 큰 증오를 품은 인간이었다고. 이상하게도 그런 완벽한 반골적 태도가 여자들에게 언제나 아주 잘 먹혔다. 알렉산더는 낮이나 밤이나 시도 때도 없이 발기할 수 있고, 한 번에 여자애들 대여섯 명을 해치울 수 있었다고 한다. 그래서 여자들이 줄줄 따라다녔다. 게다가 그는 옷도 잘 입었다. 틀림없이 지금도 잘 입고 다닐 것이다. 그때의 다툼 때문에 나는 그를 더 이상 보지 못하게 되었지만 말이다.

---

* Bahnhof Zoo. 베를린의 동물원 Zoologischer Garten 부근의 기차역.
** 독일의 대입 자격 시험.

자 , 그러니까 나는 프랑크푸르트로 착륙 비행 중인 비행기 안에 앉아서 머릿속으로 이사벨라 로셀리니에서 레니 리펜슈탈을 거쳐 방금 알렉산더에까지 왔다. 그리고 착륙 비행이 정말 지독하게 오래 걸린다는 것을 깨닫는다. 게다가 그사이에 내 바지는 에르만 요구르트로 흠뻑 젖어버렸다. 나는 마치 그 때문에 프랑크푸르트로, 독일의 한가운데 속으로 날아가고 있는 듯한 느낌이 든다. 마치 어떻게 다르게 할 수 없는 것 같은 느낌. 모든 일이 어떻게 도저히 막을 수조차 없는 것처럼 그렇게 일어나고 있다. 나는, 누가 알랴, 되는대로 아무 데로나 떠돌고 있고, 정말 비행기를 타고 프랑크푸르트로 와야 할 이유도 없었고, 베를린으로든, 니스로든, 런던으로든 어디로든 갈 수 있었건만.

이미 상당 시간 전부터 흡연 금지 램프가 켜져 있는데도 나는 또 한 대의 담배를 꺼내 불을 붙인다. 그리고 이제는 정말로 누군가가 담배를 끄라고 내게 말하기 위해 온다. 하지만 스튜어디스일 뿐이다. 나한테 그 말을 하는 것이야 그녀의 일이니까 그녀로서도 어쩔 수 없겠지. 그래서 나는 즉각 담배를 의자 팔걸이 안에 달린 작은 금속 용기에 쑤셔 넣고 스튜어디스에게 미소를 보낸다. 옆자리의 노부인에게도 미소를 전해준다. 단, 상상으로만. 왜냐하면 실제로 그녀를 향해 미소 지을 엄두가 나지 않기 때문이다.

어쨌든 그 노부인은 막 붉은 생가죽으로 된 티파니 수첩에 메모를 하고 있다. 나는 살짝 그쪽으로 몸을 기울여 그녀가 뭘 그렇게 쓰는지 보려고 한다. 하지만 그저 숫자만 알아볼 수 있을 뿐이다. 상당히 단위가 높은 숫자들. 그리고 그 앞 괄호 안에 다양한 이름들을 적는다. 기데온과 발터 아저씨, 아론과 그레고르, 그리고 그레고르 뒤에 작은 물음표를 찍는다.

바로 이 순간 그녀는 내가 쳐다보고 있다는 것을 알아차린다. 나는 반대로 몸을 돌린다. 그리고 비행기는 상당히 격하게 프랑크푸르트에 착륙한다. 먼저 한쪽 바퀴, 그다음에 다른 바퀴로. 내 뒤쪽 흡연석에서 웅성대는 소리가 들리더니 이어서 상당히 요란한 박수가 터져나온다. 우리가 공중에서 착륙을 기다리며 빙빙 도는 비행기 안에 너무 오랫동안 앉아 있었던 데 대한 반어적인 코멘트이다. 나는 세게 박수 쳐대는 비즈니스맨들의 손과 경영협의회 사람들의 손을 생각한다. 그 기름진 소시지 같은 손들, 박수 치다가 아주 벌겋게 되겠지. 그리고 그들이 파타야에서 돌아올 때 방콕 면세점에서 산 스와치 언디스테이트 시계와 함께 죽어버리길 기원한다.

넷

프랑크푸르트 공항은 너무나 위압적이어서, 매번 그 기세에 기진맥진해진다. 나는 이곳에 도착할 때마다 공항 바닥에 검정 미끄럼 방지 돌기들이 있을 거라고 생각한다. 하지만 나중에는 그런 돌기들이 정말 있었는지, 내가 늘 그렇게 상상만 하는 건지 전혀 기억이 나지 않는다. 이 공항은 사람들을 이렇게 저렇게 현혹시킨다. 그리하여 어떤 거대한 세계가 나타난다. 이 세계는 가장 깊은 곳에서 만네스만과 브라운 보베리와 지멘스에 의해 지탱되고 있다. 도처에 배경을 조명으로 밝힌 이런 광고판들이 걸려 있어서 도착하는 사업가들에게 독일이 산업적으로 얼마나 대단한 입지인지를 과시하고 있으니까.

어쨌든 나는 이 통로를 걸어간다. 전부 살짝 잘못된 영어로 써 있는 안내판들을 지나치며. 그리고 담배를 연달아 피운다. 다행히도 바버 재킷 주머니에서는 아직 안에 들어 있는 요구르트가 뚝뚝 흘러내리지는 않지만, 이 재킷을 입고 있는 것이 극도로 불쾌하게 느껴진다. 그리고 곰곰이 생각해보니 실은 재킷도 더 이상 그다지 마음에 들지 않는다.

그래서 나는 벤치에 가서 앉는다. 이런 벤치에는 이 시
간이면 해외에서 온 사람들이 다들 눈 위에 손수건을 올려
놓고 잠자고 있다. 내 옆에는 중국인 사업가가 입을 쩍 벌
리고 싸구려 서류 가방을 다리 사이에 낀 채로 잠들어 있
다. 그의 입에서 코 고는 소리가 들려온다.

나는 바버 재킷을 벗어서 앞 바닥에다 내려놓는다. 그
리고 담배를 또 한 대 꺼내 불을 붙인다. 그리고 불 붙은
성냥을 재킷의 빌어먹을 안감에다 던진다. 아무 일도 일
어나지 않기에 나는 몸을 구부리고 또 한 개의 성냥을 긋
고 불 타는 그 나뭇조각을 바버 재킷에 갖다 댄다. 왠지
재킷에 불이 붙지 않고, 그저 약간 머리카락 타는 냄새가
날 뿐이다. 그래서 성냥갑에 통째로 불을 붙여 그것을 안
감에 쑤셔넣는다.

그러고 나서 나는 재빨리 일어나 출구로 걸어간다. 뒤
를 돌아보니 사업가는 여전히 입을 벌린 채 자고 있다. 모
든 성냥 대가리에 불이 붙었고, 안감은 노르스름한 오렌
지빛을 발하며, 작고 검은 연기 기둥이 재킷에서 솟아오
른다. 이 순간 나는 바버 재킷 주머니 안에 들어 있는 선
글라스를 잊고 있었다는 것을 깨닫는다. 빌어먹을. 하지
만 차라리 더 잘된 일이다. 사실 그 선글라스는 보기 흉하

고 우스꽝스러웠으니까.

나는 밖으로 나가 택시를 탄다. 하지만 어디로 가야 할지 잘 모른다. 택시 운전사는 고개를 반쯤 뒤로 돌리고 멍청한 표정으로 나를 쳐다본다. 그래서 나는 재빨리 프랑크푸르터호프 호텔로 가고 싶다고 말한다. 그러자 택시 운전사는 이제 공감 어린 얼굴로 고개를 끄덕인다. 내가 이 아름다운 도시를 찾아온 존경스런 손님이고 여기서 많은 돈을 지출할 것이며 그건 그에게도 어떤 식으로든 득이 되리라는 것을 그가 알기 때문이다. 그는 주택 부금과 S 클래스 메르세데스 택시의 꿈을 떠올린다. 그리고 우리는 출발한다. 도중에 나는 창밖을 내다보고, 독일의 그 어느 도시도 프랑크푸르트보다 더 추하고 역겹지는 않다는 것을 새삼 깨닫게 된다. 심지어 잘츠기터나 헤르네도 이렇지는 않다.

나는 프랑크푸르트에서 알렉산더를 방문할까 하는 생각을 했었다. 우리는 이미 말했듯이 약간 멀어져버렸고 그렇게 된 것이 내게는 아쉽다. 알렉산더는 언제나 멋진 녀석이고 좋은 친구였으며 머리가 영리했는데. 프랑크푸르트를 달리는 동안 나는 알렉산더의 얼굴을 떠올리려고 해보지만 좀처럼 잘 되지 않는다.

큰 코에 길쭉한 얼굴. 그의 외모는 어쩐지 중세적이다.

마치 발터 폰데어포겔바이데 또는 클레르보의 베르나르가 그린 그림에 나오는 사람처럼. 두 사람 다 중세 화가들이다. 나는 그걸 알고 있다. 나는 그들이 그린 사람들이 어떻게 생겼는지를 정확히 알지는 못하지만, 중세를 항상 「장미의 이름」이라는 영화에 나오는 모습으로 상상한다. 「장미의 이름」은 사실 영화로서는 정말 변변치 못했지만, 그래도 알렉산더는 이 영화에 출연해도 좋을 뻔했다. 그는 우리가 살고 있는 이 시대의 사람이 아니라 정말 중세에서 온 사람처럼 보이기 때문이다.

내가 그런 생각을 하고 있는데도, 알렉산더의 모습은 내 머릿속에서 그저 세부적으로만 떠오르고 아무것도 합쳐지지 않아서 전체적인 상을 그려볼 수가 없다. 그의 얼굴의 부분 부분이나 걸음걸이, 또는 말투 같은 것만 생각난다.

그는 몇 번 무슨 휴양지 같은 데서 사진을 보내온 적이 있다. 그중 한 사진에서 그는 나무 요트의 갑판에 서 있다. 키클라데스 제도나 쥐앙레팽 어딘가이다. 머리카락은 상당히 길어서 어깨까지 내려오고, 기름기가 끼어 번들번들하다. 사진상으로 그는 짙게 그을려 있고, 몸은 약간 구부린 채 상당히 자연스러운 자세로 어마어마하게 큰 조인트를 손에 들고 있다. 나는 우편으로 이 사진을 받았고 또

늘 그러하듯 끔찍한 악필로 쓴 편지도 함께 받았는데, 이때 나는 그가 얼마나 지독하게 낯설어져버렸는지 갑작스럽게 깨달았다. 그는 내가 이해할 수 없는 일들을 써보냈던 것이다. 그 사실이 나를 슬프게 하지는 않았다. 하지만 어쩐지 슬프게 하기도 했다. 어째서 그랬는지는 나도 모르겠다.

또 다른 사진에서 그는 FC-장크트 파울리 티셔츠를 입고 카이로의 어느 다리 위에 서 있다. 그의 뒤로 무에진 탑*이 보이고, 그는 오른팔을 쭉 뻗어 집게손가락으로 사진 밖의 무언가를 가리킨다. 하지만 정작 자신은 카메라를 쳐다보고 있다. 그의 사진이 한 장 더 있다. 여기서 그는 아프가니스탄에 있다. 그는 머리에 무슨 두건 같은 걸 두르고 채소를 실은 트럭 앞에 서서 씩 웃고 있다. 그의 옆에는 무자헤딘이 칼라시니코프 소총을 높이 쳐들고 서 있고, 알렉산더는 그의 어깨를 팔로 감싸고 있다. 무자헤딘 역시 씩 웃고 있다. 둘은 그저 햇빛 때문에 눈이 부셔서 그렇게 웃음 짓고 있는 것 같다는 느낌이 살짝 들기는 하지만.

방금 내가 이해할 수 없는 편지라고 한 것이 무얼 말하

---

* 무에진은 이슬람교 사원의 기도 시간을 큰 소리로 알려주는 사람으로, 무에진이 기도 시간을 알리기 위해 올라가는 모스크의 첨탑이 무에진 탑이다.

는지 더 설명해야 할 것 같다. 그러니까 알렉산더는 아비투어를 마친 뒤 여러 해 동안 그저 떠돌아다니기만 했다. 전 세계를. 그러면서 예컨대 자기가 모던 토킹의 노래 'You're my heart, you're my soul'의 발자취를 찾고 있다는 식의 편지를 내게 보내왔던 것이다. 그건 정말, 정말 형편없는 노래이지만 어쨌든 그는 'You're my heart, you're my soul'이 얼마나 멀리까지 퍼져 있는지 보기 위해 돌아다니고 있다는 것이다. 푸에르테벤투라 같은 곳이 아니라, 뭐 거기서 그런 노래를 즐겨 듣는 거야 이미 알려진 사실이니까, 그런 데 말고 파키스탄, 방글라데시, 캄보디아 같은 곳을. 알렉산더의 부모는 일찍 세상을 떠났다. 자동차 사고였다. 그래서 그는 상당히 많은 돈을 상속받았다. 그런데 그는 그 돈으로 투자를 하거나 포르셰 일곱 대를 장만하거나 혹은 뭐라도 하는 대신 부모님이 남긴 돈을 세계를 여행하고 팝음악의 전파에 관한 아주 기이한 이론을 탐구하는 데 써버리고 있다.

한번은, 사실은 이 일 때문에 편지 얘기를 하는 건데, 그가 내게 꽤 긴 편지를 인도에서 보내왔다. 편지에 의하면 그는 파키스탄과 접하고 있는 국경선을 넘기 직전에 어느 작은 황무지 마을에 접어들었다. 그리고 이 마을에서, 마을 이름은 이제 생각이 나지 않는데, 맥주, 혹은 선인장으로 만든 황무지 독주 같은 거라도 한잔하러 바에 들어갔다. 파키스탄에 가면 술이 없으니까.

그렇게 바에 앉아 있는데, 어떤 인도 남자가 구석에서 기타를 뚱땅거리고 있다. 기타는 그, 즉 인도인에게 어느 방랑하는 히피가 헤로인 한 뭉치를 받고 판 것이다. 그런데 갑자기 그 인도인이 알렉산더에게 기타를 내밀며 무언가 연주해줄 수 있느냐고 묻는다. 재미있는 것은 알렉산더가 딱 두 곡만 연주할 줄 안다는 사실이다. 하나는 펠파르벤*의 「앞으로 나아가고 있어」이고, 또 하나는 모던 토킹의 'Brother Louie'이다. 어쨌든 알렉산더는 기타를 잡아 들고 'Brother Louie'의 거지 같은 도입 부분을 치기 시작한다. 인도인이 싱긋이 웃으며 손가락을 튕기고 발로 바의 진흙 바닥을 이리저리 구른다. 그러자 갑자기 바 전체가 인도인들로 가득 찬다. 모두 음악에 끌려 알렉산더 주위로 떼를 지어 모여든 것이다. 그리고 이제 사건이 일어난다. 모두가 그 노래를 아주 정확히 알고 있다. 그리하여 황무지 한가운데 지저분한 바에서 남성 합창이 울려 퍼진다. 브라더 루이, 루이, 루이……하우 유 두이, 두이, 두이.

---

* Fehlfarben. 독일의 포스트펑크 밴드. 1979년 결성.

어쨌든 간에 알렉산더는 그렇게 썼다. 그는 저녁 내내 그 노래를 연주해야 했고, 이어서 그와 인도인들은 가장 작은 소리로 'Brother Louie'를 따라 부를 경우 독주 한 잔을 원샷으로 마시는 게임을 했다는 것이다. 결국 모두 어마어마하게 취했고, 모두가 기쁨과 행복에 겨워 울었다.

내가 말하려는 것은, 그 편지에서 알렉산더가 하고자 한 이야기를 내가 이해했다는 것이다. 하지만 다시 이해할 수 없게 되었다. 모든 것이 정확히 이해되는 그런 순간들이 있다. 티셔츠에 대한 나이젤의 태도를 이해했을 때처럼 말이다. 하지만 그러고 나면 갑자기 다시 모든 것이 내게서 빠져나간다. 나는 그것이 뭔가 독일과 관련되어 있다는 것, 더 나아가 독일의 끔찍한 '나치적 삶'과 관련되어 있다는 것, 그래서 내가 알고 좋아하는 사람들은 어떤 투쟁적 태도를 가지게 되고, 일단 그렇게 되고 나면 그러한 태도를 바탕으로 행동하고 사고하지 않을 수 없게 된다는 사실과 관련되어 있다는 것을 안다. 거기까지는 이해가 간다. 하지만 나는 때때로 이러한 태도의 발단을 이해할 수 없다. 그것이 시작되는 방식을. 그럴 때면 나는 자문해본다. 그렇게 늘 이해할 수 없었던 걸까? 그리고 나도 어쩌면 그런 것이 아닐까? 그러니까 다른 사람들이 볼 때는 나도 도저히 종잡을 수 없는 게 아닐까?

밖에는 프랑크푸르트가 쌩쌩 지나간다. 고층 빌딩들, 메세투름. 그 건물 안에는 아무도 없다. 아무도 월세를 감당할 수 없어서. 나는 모든 것을 보며 알렉산더를 생각하지 않을 수 없다. 그가 요트 갑판에서, 조인트를 손에 들고, 자연스럽게 몸을 약간 굽히고 서 있는 모습을. 이 사진 속에서 빛은 너무나 밝고 모든 것이 완전히 환하게 비추어져서 아주 또렷하게 보인다. 나는 그를 만나면 좋겠다고 생각한다. 그래, 정말 만나면 좋을 거야.

나는 그와의 다툼이 도대체 정확히 어떻게 일어났는지 지금 막 생각하지 않을 수 없다. 그리고 프랑크푸르터호프 호텔 앞에 도착했을 때 나는 완전히 생각에 빠져 있고, 운전사는 내 트렁크를 호텔 보이에게 넘겨준다. 나는 택시비를 치른 다음 리셉션에서 체크인을 한다. 그러면서도 여전히 정신은 완전히 다른 데 팔려 있다. 계속 알렉산더와의 싸움에 대해 생각해야 하니까. 그러고 나서 나는 호텔 방에 앉아 있다. 그리고 호텔 보이는 보라는 듯이 커튼을 열었다 닫고, 미니바를 열고, 욕실 등 스위치를 올린다.

나는 이런 식으로 빙빙 돌리며 징징대는 것은 참을 수가 없다. 원하는 것이 있으면 직접 말할 일이다. 그래서 나는 보라는 듯이 침대에 앉아 호텔 보이를 노려본다. 그러자 그는 멈칫하더니 잔기침을 하고는 다소 당황한, 그러면서도 어쩐지 뻣뻣한 표정으로 쳐다보다가 방문을 닫고 나간다. 내게 편안히 지내시라는 인사의 말도 하지 않고. 재수 없는 녀석 같으니. 나는 생각한다. 그러고 나서 텔레비전을 켜고, 소리를 죽이고, 새 시트를 깐 침대 위에 눕고, 눈을 감는다.

머릿속이 윙윙거린다. 피곤하다. 하지만 나는 잘 수 없다는 것을 안다. 나는 알렉산더와의 다툼을 생각한다. 어쩌다 그렇게 되었을까. 그러자 바르나가 다시 떠오른다. 바르나. 그녀는 당시 알렉산더와 친하게 지냈던 여자애다. 바르나는 언제나 전시회 오프닝에 다녔고, 어디에나 초대받았으며, 내가 앞서 이야기했던 끔찍하게 퇴락한 뮤직바들에 가면 거기 있는 거의 모든 사람과 아는 사이였다. 함부르크의 쿨, 또는 조르겐브레허 같은 곳처럼. 다만 바르나는 프랑크푸르트에 살았고, 항상 로만티카나 그와 유사한 술집에 다녔다. 중요한 것은 그 바들이 다 끝장난 곳이었다는 사실이다. 그리고 중요한 건, 흘린 지 나흘은 된 맥주의 악취가 난다는 사실이다. 맥주를 그렇게 오래 치우지 않고 내버려두면 오래된 토사물 냄새와 약간 비슷해진다. 하지만 어떤 사람들은 그런 것을 마음에 들어 한다. 심지어 그런 것을 아주 좋아하기까지 한다. 왜 그런지는 곧 이야기하겠다.

그러니까 바르나는 매일 저녁 놀러 나갔다. 놀러 나가
지 않으면 전시회 오프닝에 갔다. 뭐 그런 인물이었다. 나
도 몇 번 이런 전시회 오프닝에 함께 간 적이 있다. 알렉
산더와 같이.

나는 때때로 함부르크에서 나이젤 때문에 그런 전시회
에 따라갔다가 그녀와 마주치곤 했다. 흥미로운 건, 바르
나가 한 사람과 절대로 34초 이상 상대하지 않는다는 점
이다. 그러고는 맥주를 병째 한 번 쭉 들이켜고—그녀는
오프닝 행사 때는 늘 맥주병을 들고 다녔고, 그 병은 결코
비는 법이 없는 것처럼 보였다, 정말 단 한 번도—무슨
예술가가 있는 방향으로 사라졌다. 그런 예술가들은 일부
러 옷을 형편없이 입고 있었다. 그러니까 코듀로이 작업
복, 추하고 두꺼운 운동화, 기름기가 덕지덕지 낀 머리에
작업모가 그들의 옷차림이었다. 때로 이 예술가들이 신고
있는 운동화는 물감 따위로 얼룩져 있었다. 하지만 대부
분은 설치미술 작업을 했고, 할 말이 많지 않았다. 자세히
들어보면 그들은 도대체 말할 거리라곤 전혀 없었다.

이런 인간들은 실상 그 잡지, 아마 제목이 『예술에 대
한 텍스트』로 기억되는데, 거기서 읽은 내용을 그저 그대
로 따라 지껄이고 있었다. 그리고 이 잡지에 실린 글들 자

체도 특별히 흥미로울 것이 없었다. 어쨌든 바르나는 언제나 이 인간들에게 달려갔고, 그러면서 방금 34초 동안 나와 함께 서 있었던 것을 엄청나게 민망해하고 있다는 느낌을 주었다. 내가 가장자리 선이 박음질된 구두를 신고 있고, 예술에 관해, 혹은 『스펙스』에 언급된 인디밴드에 관해, 혹은 고개를 드는 극우파, 바르나가 말하는 것처럼 그 갈색 똥덩어리들*에 대해 토론하기를 거부하기 때문이다. 사태가 더 악화되는 것은 그녀가 힙합에 대해 말할 때다. 힙합, 그것이야말로 바로 새로운 펑크 음악이고 진정한 반항이고, 어쩌구저쩌구, 끝없는 얘기.

알렉산더는 바르나에게 홀딱 빠졌다. 어떻게 그렇게 됐는지 나는 잘 모르겠다. 알렉산더는 원래는 언제나 영리한 친구였다. 그런데 바르나에게 반했던 것이다. 그는 그녀에게 아프가니스탄 여행에 대해, 그리고 나도 잘 모르는 어떤 곳으로의 여행에 대해 긴 편지를 보내곤 했다. 아마 당시 내게 썼던 것보다 더 긴 편지였으리라. 그는 그녀에게 전화를 했고, 독일에 돌아오면 그녀와 허름한 술집에서 데이트를 했다. 구렛나루를 길게 기른 사람들이 여기저기 서서 맥주를 병째 마시며 지겨운 듯한 표정을 하

---

* 갈색은 나치의 색깔이다.

고 있다가, 문으로 누가 들어오기라도 하면 빤히 쳐다보고는 이내 다시 권태롭게 맥주를 마시기 위해 몸을 굽히고 자기보다 더 머저리 같은 친구들과 퍼블릭 에너미*의 최근 콘서트에 관해 이야기하거나 디드리히 디더릭슨**의 최근 글에 관해 이야기하는 그런 술집.

처음에 나는 그래도 그에게 경고했다. 하지만 그런 경고는 알렉산더에게 전혀 통하지 않았다. 그는 내가 아는 사람 중에 대략 가장 고집스런 인간이다. 그래서 그는 바르나에게 단번에 빠져버렸던 것이다. 그러고 보니 바르나가 이름이 왜 바르나인지 내가 이야기하지 않았다는 것이 생각난다. 그건 동독 출신인 그녀의 부모가 바르나라는 흑해의 도시에서 만났기 때문이다. 그 후 부모가 서독으로 오자 바르나는 학교에서 이름 때문에 늘 놀림을 당했다. 아이들은 노래를 불러댔고, 학교 운동장에서 그녀를 괴롭혔다. 오프닝 파티나 뮤직 바 같은 데서 늘 인기 있는 사람이 되고자 하는 병적인 집착은 거기서 온 것이다.

당시에 가장 중요한 것은 내가 바르나를 받아들이지 않았다는 사실이었다. 나는 그녀의 이야기를 한 번도 경청하지 않았다. 사실 나는 보통은 모든 사람의 이야기가 다

---

* 미국 힙합 그룹.
** 독일의 문화비평가. 팝 문화 이론가.

어딘지 흥미롭기 때문에 늘 경청하는 사람인데도. 알렉산더는 뜨겁게 사랑하는 애인의 말에 내가 귀 기울이지 않는다는 사실을 받아들일 수가 없었다.

그녀의 얘기를 듣는 것은 나로서는 도대체 불가능한 일이었다. 바르나는 너무나 싸구려였고, 너무나 뻔했고, 너무나 자유주의적 바보여서, 터무니없는 그녀의 생각을 듣고 있으면 광분해서 그녀에게 발길질을 하거나 적어도 주둥이를 갈기고 싶은 마음을 억누를 길이 없었다. 하지만 알렉산더가 내 친구이기 때문에 그렇게 할 수는 없는 노릇이었다. 그래서 나는 그냥 그녀의 말을 듣지 않았다. 그리고 가끔은 그저 무슨 말이라도 하기 위해서 완전히 반대되는 말을 하기도 했다. 하지만 그것은 대개 다음과 같은 문제를 놓고 진행되는 대화에는 맞지 않는 것이었다. 그래도 사실 녹색당에 투표해야 한다거나, Think globally, act locally라는 극도로 멍청한 구호에 따라, 모범을 보이기 위해 자동차를 타고 다니지 말하야 한다거나 뭐 그런 대화였다. 그러면 나는 항상 모든 주에 관장(灌腸) 병원을 하나씩 세워서 정치 상황에 대해 흥분하는 사람은 모두 행정명령에 따라 관장을 받게 해야 할 거라는 식으로 말했다.

바르나는 항상 내가 나치이고 완전히 비정치적이라고 대꾸하곤 했다. 그러면 나는 언제나 나치이면서 동시에

완전히 비정치적이라는 게 어떻게 가능한지 항상 묻고 싶
었다. 하지만 물어보지 않았다. 알렉산더가 같이 있었고,
그는 바르나를 너무나 사랑하고 있었기 때문이다. 사태는
점점 더 악화되었다. 나도 어떻게 다르게 해볼 수가 없었
다. 그 여자는 한마디로 멍청이였다. 그러다가 언젠가 진
짜 싸움이 붙었는데, 알렉산더는 바르나를 선택한 것이다.
그렇게 된 것이다.

그러니까, 나는 여기 프랑크푸르트의 호텔 방 침대에
누워 있다. 그리고 밖에서는 창을 통해 해가 비쳐 들고,
나는 조금 자보려 하지만 잘 수가 없다. 머릿속에서 이런
저런 생각이 어지럽게 날뛰고 있기 때문이다. 이상하게
속도 살짝 울렁거린다. 나는 그게 아마 어제 함부르크에
서 나이젤이 내게 주었던 그 마약 때문일 거라고 생각한
다. 몸을 옆으로 돌리고 새로 세탁한 흰 시트 냄새를 맡는
다. 그러고 나서 담배를 꺼내 불을 붙이고,. 그다음에는 콜
라를 한 잔 마시고 싶다고 생각한다. 룸서비스에 전화하
려고 수화기를 들었다가 실수로 알렉산더의 번호를 돌린
다. 전화선에서 지직 소리가 나다가 뚜뚜 신호가 가고 전
화를 받는 알렉산더의 목소리가 들린다.
수화기를 들고 있는 손이 떨린다. 그리고 겨드랑이 밑

으로 가는 땀방울이 허리께까지 흐른다. 나는 오른쪽 옆구리를 내려다본다. 정말 하늘색 셔츠 색깔이 저 아래쪽 허리띠 바로 앞부분에서 진해진다. 나는 담배를 빨고, 알렉산더가 여보세요, 말씀하세요 하고 말한다. 갑자기 머릿속이 온통 흐릿해진다. 마치 뒤로 나자빠지는 것 같은 느낌이 든다. 검은 것과 노란 것이 눈앞에 보인다. 그게 무엇인지 나는 알지 못한다. 수화기에서 다시 한 번 여보세요 하는 말소리가 들린다. 그러고는 딸깍 하고 연결이 끊어진다. 알렉산더가 수화기를 내려놓은 것이다.

나는 일어선다. 수화기가 손에서 아래로 떨어진다. 그리고 마호가니로 된 나무 테이블에 쾅 하고 부딪힌다. 검은 플라스틱 조각 몇 개가 산산이 흩어지며 밝은 회색 양탄자 위에 기이한 무늬를 만든다. 플라스틱 조각들은 영국 땅 모양, 또는 영국 지도처럼 보인다. 나는 그 윤곽선을 뚫어져라 본다. 그러자 토하지 않을 수 없다. 많은 양의 노란 토사물이 양탄자를 철퍼덕 친다. 부서진 수화기 바로 옆에. 나는 몇 번 헛구역질을 한다. 그러고 나서는 재수 없게도 지독한 토사물이 높이 뿜어져 나와 내 양복 상의와 셔츠가 악취 나는 누런 액으로 뒤덮인다.

나는 잠시 침대가에 앉아 있다. 토한 직후에 늘 그러하듯이 상태가 눈에 띄게 좋아졌다. 재킷과 셔츠와 바지는 초토화되었다. 그래서 나는 옷을 벗고 호텔 보이가 텔레비전 옆에 있는 일종의 받침대 위에 놓아둔 트렁크 쪽으로 가서 트렁크를 연다. 찰칵 찰칵 소리가 난다. 깨끗한 셔츠, 베이지색 바지 몇 벌, 트위드 재킷을 꺼내 침대에서 토사물이 묻지 않은 쪽에 늘어놓는다. 그다음 욕실로 가서 거기서 라디오를 켠다. 로드 스튜어트의 'I am sailing'이 흘러나오는 동안 나는 샤워기로 펄펄 끓는 뜨거운 물을 틀어놓은 채 호텔 비누로 몸에 비누칠을 한다.

몸을 완전히 깨끗이 씻은 다음, 수챗구멍을 막고 욕조에 물을 가득 채운다. 그다음 라디오를 끄고 욕조에 들어가 몸을 눕힌다. 그 안이 아주 기분 좋게 따뜻하고 깨끗하고 안락해서 나는 잠이 든다. 잠이 드는 것조차 느끼지 못한다.

얼마 후에 나는 다시 깨어난다. 욕조 안의 물이 식었다. 얼마나 오래 잔 것인지 전혀 알 수가 없다. 나는 언젠가부터 숙취 같은 것은 알지 못하게 됐다. 처음엔 알코올 중독자가 되었다고 생각했지만, 요즘은 더 이상 그렇게 생각하지 않는다. 이틀 낮 이틀 밤을 계속 마셔대고 그러고서도 숙취를 느끼지 못하는데도 말이다. 나는 욕조에서 나와 호텔 방에 비치된 좋은 부드러운 수건으로 몸을 말리고 그러면서 거울을 보지 않으려고 애쓴다. 그러고 나서 옷을 입으러 침실로 간다.

내가 욕조에 있는 동안 누군가가 침대 시트를 갈고 양탄자의 토사물을 닦아내고 고장 난 전화기를 교체하고, 토해서 잔뜩 더럽혀진 내 옷을 가져갔다. 그게 어쩐지 미치도록 감동적이고 친절하게 느껴진다. 발가벗은 채로 침대 가에 앉는다. 그런데 갑자기 어렸을 때 쥘트에 갔을 때 캄펜에 사는 한젠 가족의 집에 초대받았던 일을 생각하게 된다.

한젠 가족은 쥘트 토박이다. 내 기억에 아버지는 음료수 가게나 뭐 그 비슷한 걸 했다. 어쨌든 나는 해변에서 모래성을 쌓으며 놀다가 헤닝 한젠을 알게 됐고, 우리는 친하게 지냈다. 무엇보다도 헤닝이 바나나 모양 안장이 달린 자전거를 가지고 있어서 언제나 둘이서 자전거를 타고 길가 매점에 가서 그뤼노판트 아이스크림을 사 먹었기 때문이다.

음, 실상은 이렇다. 헤닝은 베리를 사 먹을 돈밖에 없었고, 당연히 돈이 더 많은 내 덕택에 우리는 항상 그뤼노판트를 사먹은 것이다. 우리는 언제나 모래언덕에 가서 아이스크림을 먹었다. 기억해보면, 그때는 그게 정말 무지무지하게 정상적인 행위로 여겨졌다. 내 나이의 모든 소년들이 세상에 대한 생각은 단 한시도 하지 않고, 그저 바나나 모양 안장이 달린 자전거를 타고 놀면서 그뤼노판트를 먹을 거라고 믿은 듯하다. 어떤 예외도 없이 모두가. 나는 헤닝이 그런 것들에만 매달리는 것이 대단하다고 느꼈다. 즉 그의 삶은 정상이었던 것이다.

내 기억에 한번은, 때는 벌써 가을이었고, 밖은 벌써 꽤나 추워졌는데, 우리는 당연히 그뤼노판트를 또 먹었고 거기다 각자 베리를 두 개씩이나 더 먹었다. 그러고 나서 헤닝 한젠의 집으로 갔다. 나는 사실 남의 집에 가는 것이 금지되어 있었는데도. 우리는 함께 지하실에 앉아서 담배를 씹어 먹었다.

나는 그 맛을 아주 정확히 기억한다. 헤닝은 언제나 히터에 마르크화 동전을 집어넣어야 했다. 그건 전쟁 직후에 나온 기계였는데, 히터 옆에는 병조림용 병 속에 헤닝의 아버지가 일일이 세어놓은 마르크화 동전이 들어 있었고, 헤닝은 히터가 돌아가도록 그 동전을 히터 안에 집어넣어야 했다. 우리는 담배를 각자 적어도 세 대씩은 씹어 먹었다. 물론 아이스크림도 아직 뱃속에 들어 있었다. 나는 속이 울렁거리기 시작했고, 그래서 뛰쳐나갔다. 문밖으로, 재킷도 입지 않고. 그러고서 헤닝 한젠네 집 정원에 토했다. 그때 내 머리에 떠오른 생각은 단 한 가지뿐이었다. 세상에, 재킷도 입지 않고 집 밖에 나가서는 안 되는데.

그 후 우리는 몇 번 더 길거리 매점에서 아이스크림을 사 먹었다. 하지만 어쩐지 김이 빠져버렸다. 게다가 헤닝은 병조림 병에서 돈을 빼내다가 아버지한테 들켰다. 지금 생각해보면 헤닝으로서는 자기는 늘 베리밖에 못 사고 나는 늘 그뤼노판트를 살 수 있다는 것이 견디기 어려워서 그랬던 것 같다. 우리는 점점 더 뜸하게 만났고 결국 다시는 보지 않게 되었다.

그 모든 일이 떠오르는 동안 나는 미소 짓지 않을 수 없다. 정말 친절한 미소다. 나는 거울로 벌거벗은 채 침대 가에 앉아 있는 나 자신을 본다. 그리고 나에게 미소를 지어 보인다. 그 순간이 썩 괜찮아서 나는 한참을 그렇게 앉아 있다. 그러고는 자리에서 일어서서 좀 전에 잘 개놓은 내 옷가지들을 챙겨 입는다. 밖은 벌써 어두워졌지만, 몇 시인지는 전혀 알 수가 없다. 나는 재킷 주머니에 방 열쇠를 찔러넣고 호텔을 나와서 택시를 타고 카페 에크슈타인으로 간다. 도중에 택시 계기판의 시계를 보고, 그다음에는 내 손톱을 들여다본다.

이미 상당히 늦은 저녁 시간이다. 에크슈타인은 사람들로 가득 찼다. 아래, 지하에서 무슨 싸구려 테크노 음악이 흘러나온다. 나는 위층 바의 둥그런 의자에 앉아 사과 와인을 한 잔 시킨다. 프랑크푸르트에 오면 항상 사과주를 마신다. 둘째 잔을 마신 뒤에 왼쪽 눈 뒤로 오는 그 찌르는 듯한 통증이 나는 좋다. 멋지다. 앱블봐이*를 마시면 취하기도 전에 숙취 같은 느낌이 들기 때문이다.

바 뒤에는 커다란 거울이 하나 있다. 거울을 들여다보며, 눈썹을 추켜올려서 이마에 주름이 벌써 얼마나 잡혔는지 관찰하고 있는데, 뒤에서 예쁜 여자애들 몇 명이 들어오는 것이 보인다. 나는 담배를 꺼내 불을 붙이고, 물결무늬 유리잔에 담긴 사과주를 한 모금 마신다. 무늬를 넣은 이 단순한 앱블봐이 잔들이 정말 예쁘다고, 몇 개 사야겠다고 생각한다. 하지만 그 잔들을 어디다 진열해야 할지 모르겠다. 그러자 무슨 유리잔을 사려고 하는 것이 사실 상당히 어리석다는 생각이 든다. 그러는 동안 나는 방금 들어온 예쁜 여자애들이 한 테이블에 앉아서 담배에 불을 붙이고 바보같이 지껄이는 것을 바라본다.

프랑크푸르트의 여자애들에게는 독일의 어느 다른 곳에서도 찾아볼 수 없는 어떤 자연스러움 같은 것이 있다. 함부르크에서는 모든 여자애들이 녹색 바버 재킷을 입고

---

* 사과주(Apfelwein)를 가리키는 프랑크푸르트 지방의 사투리.

다니고, 베를린 여자애들은 예술가처럼 보이려고 일부러 옷을 형편없이 입는다. 뮌헨에서는 푄 현상 때문에 여자 애들이 뭔가 기이한 내면적 빛을 발한다. 하지만 프랑크 푸르트의 여자애들은 그저 꾸밈없이 자연스럽다. 내가 말하는 건 바르나 같은 애들이 아니다. 바르나에 대해서야 앞에서 묘사한 바도 있지만, 그런 애들이 아니라, 원피스 차림에 머리는 밝은 갈색에 약간 긴 편이고, 코는 조금 위로 들려 있고, 그런 모습으로 할 일 없이 술집에 앉아 웃어대는 애들 말이다.

이런 생각을 곰곰이 하는 동안, 나는 테이블에 앉은 여자애들 가운데 한 명이 계속 바의 거울을 바라보고 있는 것을 알아차린다. 거울을 통해 내 눈을 직접 쳐다보고 있는 것이다. 그녀는 상당히 공세적으로 쳐다보고 있어서 나는 몇 번 표가 날 정도로 고개를 돌려버렸다가, 재빨리 다시 거울을 들여다본다. 그래도 그녀는 계속 내 눈을 쳐다보고 있다. 나는 거의 당혹스러운 지경이 된다. 원래 그런 식의 노골적인 애정 공세를 어떻게 대해야 할지 잘 알지 못하기 때문이다. 나는 사과주를 한 모금 더 마시고, 담배를 재떨이에 비벼 끄고, 거울을 향해 미소를 지어 보인다. 대단히 매력적인 내 나름의 미소, 반쯤은 아래에서부터 올라오는 미소다. 여자애 역시 미소로 화답한다. 아니 사실은 환한 웃음을 보내온다. 나는 거울로 희디흰 그녀의 이를 본다. 정말 그녀의 앞니가 아주 조금 깨져 있다.

등줄기에 약간 기분 좋은 전율이 찾아온다. 그것은 말하자면, 공중 화장실에서 주사위 모양의 방향제에다 오줌을 누면 방향제의 달콤한 냄새가 좀더 강한 오줌 냄새와 섞여 올라오는데 그 냄새를 들이마실 때 찾아오는 바로 그 전율이다. 그것은 척추 뒤쪽 어딘가에서 시작되어 빠르게 위로 올라와 귓가에서 멈춘다. 그러고 나면 나는 언제나 아주 기분 좋게 몸을 떨지 않을 수 없다. 그래서 지금도 몸을 떤다. 분명 그런 모습이 멋있어 보일 리는 없다. 그러고서 바 의자에 앉은 채 뒤를 돌아본다. 앱블봐이 잔을 손에 들고 얼굴에는 대단히 매력적인 미소를 담고서. 그건 내가 정말 잘하는 거니까. 나는 발을 바닥에 디디고 내려와 테이블에 앉아 있는 여자애한테 가서 내 소개를 하려고 하는데 그 순간 에크슈타인의 문이 열리며 알렉산더가 들어온다. 그는 아인트라흐트 프랑크푸르트 마크가 붙은 아주 낡아빠진 녹색 바버 재킷을 입고 있고 어깨까지 내려오는 기름기 낀 금발 머리가 걸을 때 이리저리 흔들린다.

나는 당연히 놀라 자빠질 지경이다. 완전히 당황해서 어쩔 줄을 모르겠다. 한편으로 미칠 듯이 기쁘지만, 다른 한편으로는 놀라서 죽을 것 같다. 왜냐하면 그를 만날 준비가 전혀 되어 있지 않기 때문이다. 그런데 진짜 사건은 지금부터다. 그는 나를 보지 않는다. 그는 나를 전혀 보지 않는다. 한번 상상해보라. 그는 나를 그냥 지나쳐버린다. 내가 바로 바에, 그 거지 같은 바 의자에 앉아서 그를 뚫어져라 쳐다보고 있는데 말이다.

알렉산더는 에크슈타인을 가로질러 간다. 나의 시선이 그를 따라간다. 아마 알렉산더도 볼 거야. 나는 생각한다. 내가 쳐다보면 알렉산더도 볼 거야. 어쩌면 내가 너무 변해서 못 알아보는 것인지도 모른다. 아마도 그래서일 거다. 하지만 그는 뒤돌아보지 않는다. 정말로. 그는 바버재킷을 벗어서 의자 등받이에 걸쳐놓고 사내녀석들과 수다를 떨면서, 테이블에 놓여 있는 몇 병의 맥주를 다 마셔버린다. 예전의 알렉산더 그대로다. 나는 생각한다. 그는 언제나 다른 사람들이 남긴 것을 마저 마시곤 했다. 그러고 나서 계단으로 내려간다. 테크노 음악이 흐르는 지하로 사라져버린다.

나는 바에서 앱블봐이 값을 계산한 다음, 알렉산더의 재킷이 걸려 있는 테이블로 간다. 전혀 오래 생각해보지 않고, 의자 등받이에 걸려 있는 바버 재킷을 집어서 몸에 걸친다. 아무도 나를 쳐다보지 않는다. 그런데도 나는 킷

불이 빨갛게 달아오르는 것을 느낀다. 보통은 절대 그러지 않지만 밤색 코듀로이 칼라를 세워 올리고, 카페 에크슈타 인에서 뛰어나간다. 아무도 나를 따라오지 않는다. 아무도 뒤에서 나를 부르지 않는다. 바버 재킷은 속에 안감이 없는데도 꽤 따뜻하다. 나는 바깥 주머니에 손을 찔러넣고 포석 위를 달려간다. 철커덕 철커덕 소리가 난다. 내 구두 밑창에 무슨 금속 조각이 달려 있기 때문이다. 그걸 정확히 무어라 부르는지는 잊어버렸다. 나는 그 이름을 기억해 내려고 하지만, 정말 더 이상 생각이 나지 않는다.

다섯

　그러고 나서 나는 상당히 빨리 프랑크푸르트를 빠져나왔다. 알렉산더와의 일로 너무 침울해져서가 아니라, 이 도시에서 뭘 해야 할지 도대체 알 수가 없었기 때문이다. 이미 말한 것처럼 프랑크푸르트는 너무나 지독하게 정떨어지는 곳이기도 하니까. 그래서 나는 남쪽으로 가는 인터레기오 기차편 하나를 잡아타고서, 약간 땀 냄새를 풍기며 상당히 까다롭게 구는 차장에게서 카를스루에로 가는 차표를 산다. 독일에는 내가 한 번도 가보지 않은 도시들이 있다. 아헨, 뒤셀도르프. 카를스루에도 그런 도시다. 나는 이제 카를스루에를 좀 제대로 구경할 것이다.

　이제 나는 다시 상상할 수 없을 만큼 흉칙한 보드-트레프*에 앉아 있다. 보드-트레프는 ICE의 식당칸과 똑같이 생겼다. 보드-트레프가 약간 더 끔찍하게 꾸며져 있다는 점만 빼고. 나는 거기서 크리스티넨-브룬넨 미네랄 워터를 마신다. 좀 전에 프랑크푸르트 중앙역에서 약간 정

———————————

* 보드는 비행기 기내를, 트레프는 만남을 뜻한다.

신이 몽롱했고, 이제는 알코올을 더 이상 배겨내지 못할 것 같은 느낌이 들기 때문이다. 물론 크리스티넨-브룬넨은 프롤레타리아들이 마시는 끔찍한 물이지만 새로 나온 스웨덴이나 벨기에의 생수, 예컨대 스파, 람뢰사, 뭐 그런 것보다는 그래도 낫다.

나 말고는 보드-트레프에 아무도 없다. 이름이 정말 그렇다. 보드-트레프. 이 얼마나 뻔뻔스러운 이름인가. 이 얼마나 무지막지하고 비열한 뻔뻔스러움인가. 대체 누가 이런 이름을 지어냈을지 곰곰이 생각해본다. 그러니까 컬러풀한 안경을 쓴 몇몇 인간들이 카셀의 디자인 사무실에 모여 앉아서 멋대가리라고는 없는 열차의 한가운데 있는 이 흉물의 이름을 보드-트레프로 지어야 할지 말지에 대해 정말로 골머리를 썩이고 있었단 말인가? 아마도 누군가 말했겠지. 아뇨. 가스트로 룸이라고 하는 게 어때요. 아니면 그냥 먹자방이라고 하든가. 에이, 모두들 말했다. 그건 아니지. 우리는 무언가 아늑하고 고향의 느낌이 나면서 동시에 하이테크, 비행기, 속도감 같은 것도 환기하는 이름이 필요해. 그리하여 그들은 마침내 보드-트레프라는 이름에 합의한 것이다. 에이전시는 3백만 마르크를 거둬들이고, 모두들 아르마니 양복에 컬러풀한 안경을 쓴 채 토스카나로 여행을 떠나, 거기서 키안티 와인을 마시고 삶의 활력을 충전한다. 어처구니없는 일이다. 하지만 정말 그랬을 것이다.

이 순간 식당칸의 문이 열리고 한 남자가 들어온다. 마티아스 호르크스와 똑같이 생겼다. 나는 그의 옆 모습을 쳐다보는 순간 그가 정말 마티아스 호르크스임을 알아차린다. 알아두어야 할 것은 이 호르크스라는 자가 함부르크 출신의 무슨 트렌드 연구가로서, 언제 어디서나 메모를 하고 있다는 사실이다. 누군가가 중요해 보이거나 어쩐지 트렌디할 수도 있다고 여겨지면, 호르크스는 이 사람이 무슨 말을 했는지, 무슨 복장을 하고 있는지 등등을 적어두는 것이다. 호르크스는 언제나 펄럭이는 검은 외투로 몸을 감싸고 아주 듬성듬성 난 백발을 길게 기르고 다니는데, 그 모습이 「폴터가이스트 2」의 방랑하는 미치광이 목사와 정말 한 치도 다름없이 똑같다.

다행히도 그는 나를 알아보지 못한다. 내가 이미 여러 차례 파티에서 그에게 귀찮게 군 적이 있는데도 말이다. 당시 나이젤과 나는 마티아스 호르크스를 위한 뮤지컬을 쓰겠다는 아이디어를 냈다. 우리는 뮤지컬 제목을 '호르크시아나!'라고 붙였는데, 그것은 「스타라이트 익스프레스」와 「오페라의 유령」을 대충 섞어놓은 작품이 될 것이었다. 다만 마티아스 호르크스가 유령이 되어 롤러스케이트를 타고 계속 돌아다녀야 하고, 더 이상 아무런 트렌드도 머리에 떠오르지 않기 때문에 그는 결코 안식에 이를 수 없을 것이다.

어쨌든 나는 그 이야기로 그를 여러 번 귀찮게 했다. 이런저런 바에서 잔뜩 취해서 그 뮤지컬이 가장 위대한 작품이 될 것이라고, 당장 제작에 들어가야 한다고 그를 설득했다. 아니 당시에 나는 프로듀스해야 한다고 말했지. 그러고는 언제나 이 멍청한 호르크스가 그 얘기를 메모하기를 기다렸다. 하지만 유감스럽게도 그런 일은 결코 일어나지 않았다. 그런데 이제 이 인간이 프랑크푸르트와 카를스루에를 오가는 인터레기오 열차의 보드-트레프에 앉아 웨이트리스에게 나무랄 데 없이 단정하게 맥주 한 잔을 주문하고 있다.

그는 여전히 나를 알아보지 못한다. 아니, 내 생각에, 나를 알아보고 싶지 않은 듯하다. 그는 내게 안녕하시오, 하고 말해야 한다는 게 수치스러운 것이다. 내 생각에 이 호르크스라는 자가 내게 아주 커다란 부정적 매력을 행사하고 있다는 점을 덧붙여 밝혀두어야 할 것 같다. 그래서 나는 그를 향해 몸을 돌리고, 그가 맥주를 받고 있을 때 크리스티넨-브룬넨 미네랄 워터가 담긴 잔을 들어올리며 말한다. 마티아스, 건배.

물론 이제는 그도 나를 더 이상 못 본 체할 수 없다. 그는 슬픈 방랑 목사의 눈으로 나를 건너다보고 눈썹을 약간 모은 뒤 내 테이블로 온다. 어디 가는 길이냐고 내가 묻자 그는 너무도 진지하게 트렌드 콘퍼런스 참석차 카를스루에에 가는 중이라고 말한다. 사실은 자동차로 가려고 했지만, 어쩐지 양심에 걸려서 더 이상 그럴 수가 없다고 한다. 자동차로 가는 것 말이다.

　나도 카를스루에에 가느냐고? 내 앞 테이블 위에 연방 철도의 안내 팸플릿이 놓여 있다. 나는 재빨리 그것을 들여다본다. 다음 역은 하이델베르크. 마티아스 호르크스와 카를스루에에까지 계속 거기서 열리는 트렌드 콘퍼런스에 대해 수다 떠는 것보다 더 끔찍한 일을 상상할 수 없기에, 하이델베르크까지만 간다고 재빨리 대답한다. 아, 하고 그가 말한다. 하이델베르크. 올드 하이델베르크. 그러고 나서 그는 그 특유의 지혜로운 호르크스-미소를 씩 하고 지어 보인다.

　올드 하이델베르크. 이 말이 머릿속을 지나간다. 나는 마티아스 호르크스에게 작별 인사를 한 다음 몇 번 혼잣말로 중얼거려본다. 올드 하이델베르크. 올드 하이델베르크. 여기서 나는 내린다.

　미국인들은 2차 대전 이후에 하이델베르크에 사령부를

두려고 했고, 그래서 하이델베르크에는 한 번도 폭격을 하지 않았다. 그 덕에 옛 건축물들이 고스란히 살아남았다. 마치 아무 일도 없었던 것처럼. 물론 그 꼴불견 피자헛이나 무슨 스포츠 용구 전문점을 빼면 말이다. 그리고 물론 거대한 보행자 전용 구역도 조성되어 있다. 하지만 기차역만큼은 여전히 진짜 기차역이다. 그러니까 1950년대의 역사 모습 그대로. 역에서 나오면 눈앞에 어마어마한 네온 세계지도가 번쩍거리고 그 위에는 세계 제1의 하이델베르크 인쇄 기계 어쩌구 하는 문구가 적혀 있다.

이제 하이델베르크다. 그곳은 봄이 정말 아름답다. 봄이 되어도 독일의 다른 지역은 아직 어디나 흥하고 잿빛인데 이곳의 나무들은 벌써 푸르러지고 사람들은 네카라우엔*에 앉아 햇볕을 쬔다. 그곳은 정말 그렇게 불린다. 우선 머리에 떠올려보아야 한다. 아니, 차라리 아주 큰 소리로 말해보아야 할 것이다. 네카라우엔. 네카라우엔. 이 단어는 사람의 머릿속을 아주 유순하게 만든다. 독일도 그럴 수 있었을 것이다. 전쟁이 없었다면, 유대인들이 가스실에서 학살당하지 않았다면 말이다. 그랬다면 독일도 네카라우엔이라는 단어와 비슷했을 텐데.

---

* 네카 강가의 초원.

세상에, 멋지군, 하고 나는 생각한다. 어느새 나는 역 앞에 서서 남부 독일의 공기를 들이마신다. 그러고 나서 택시를 잡아 타고 알트 하이델베르크 호텔로 간다. 나는 이 호텔에 가본 적이 없다. 보통 나는 늘 가본 적이 있는 호텔에서만 묵지만, 하이델베르크에서는 도대체 아는 게 없어서 역의 홀에 비치된 추천 호텔 목록을 오래 들여다보았다. 그것도 상당히 오랫동안. 틀림없이 더 좋고 더 비싼 호텔이 있을 텐데도 나는 알트 하이델베르크라는 이름의 호텔을 택한다.*

나이젤은 꽤나 자주 여기 왔었다. 그 이유는 나도 모르지만. 어쨌든 그는 늘 이야기하곤 했다. 수많은 일본인과 미국인, 끔찍한 프롤레타리아들이 있는데도 하이델베르크는 정말 멋진 곳이라고. 그래서 나는 지금 여기 하이델베르크에 와 있는 것이다. 나이젤이 늘 그렇게 말했기 때문에.

그리고 정말로. 택시는 거리를 미끄러져 간다. 다른 곳의 택시와는 전혀 다르다. 택시는 보통 그저 달릴 뿐 미끄러져 가지는 않는 것이다. 그리고 앞에는 무뚝뚝한 대학생이 운전을 하고 있는데, 덕지덕지 뒤엉킨 머리에서는 대마초 냄새가 나고, 카 오디오에서는 밥 말리의 'I shot

---

* 호르크스가 말한 '올드 하이델베르크'와 관계가 있다.

the sheriff'가 흘러나오고 있다.

아마도 연방장학법에 따른 학자금 지원이 너무 적은 모양이다. 그는 아직 부모에게서 용돈을 받지만 그러면서도 이 택시를 몰고 있는 것이다. 대학생으로 살자면 더럽게 돈이 많이 들고 대마초 쪼가리 값도 지불해야 하니까. 하지만 이런 녀석조차도 독일의 심장을 미끄러져가는 이 엄청난 느낌에 흠을 내지는 못한다.

나이젤이 옳았다고 나는 생각한다. 비록 잠깐 동안 그걸 시인하는 게 어렵게 느껴지긴 하지만 말이다. 물론 내가 나이젤이 옳다고 말로 시인하는 것도 아니고, 그저 속으로 그렇다고 생각할 뿐인데도, 옳다고 인정해주고 싶지 않은 사람이 옳다는 것은 정말로 조금은 난처한 일이다.

호텔은 사실 그렇게 오래된 건물이 아니다. 비록 열 지어 늘어서 있는 오래된 건물들 끝에 나란히 서 있지만, 지어진 시기는 기껏해야 세기전환기이고, 1950년대에 대충 보수 공사가 이루어진 정도다. 맞은편에는 태닝숍이 보이는데, 나는 그럼에도 불구하고 호텔이 아주 좋을 거라고 생각한다. 태닝숍에서는 항상 개성파 남성들이 나와서 오토바이에 올라타는데도 말이다. 그들은 모두 문신을 했다. 하기야 요즘음 독일에서는 거의 모든 사람이 문신을 하고 다니지만. 또한 그들은 모두 멋지게 그을린 탱탱한 갈색 피부를 자랑하며 장차 암이 될 싹을 품고 다닌다.

나는 안에 들어가서 호텔이 전혀 비싸지 않음을 알게 된다. 호텔은 좀 나이 든 남자가 운영하고 있다. 그는 아래층 리셉션에 서 있는데 그의 손등에 흰 털이 자라나 있다. 내가 그에게 묵을 방이 있느냐고 묻자, 그는 고개를 끄덕이고 먼저 방을 보겠는지 묻는다. 나는 아니, 괜찮아요, 하고 말한다. 그러자 그가 내게 방 열쇠를 준다.

물론 이런 방식은 대단히 훌륭한 것이다. 요즘 무슨 리조트 호텔에서처럼 시간을 끌며 주절주절 떠드는 것을 듣지 않아도 되고, 그저 방을 먼저 보겠느냐는 한마디 질문이면 그만이다. 방을 보고 나서 마음에 들지 않으면, 마음에 들지 않는다고 말하고, 다른 방을 더 보거나 호텔을 떠나면 된다. 누구도 언짢아지거나 마음에 상처를 받거나 할 일이 없다. 일은 깔끔하게 진행되니, 모름지기 그래야 하는 법이다. 나는 이 호텔에 들어온 이후로 기분이 시시각각으로 좋아지고 있다. 갑자기 기차에 더 이상 앉아 있지 않다는 사실이 미치도록 기쁘다. 기차를 계속 타고 갔다면 마티아스 호르크스와 함께 카를스루에에서 열리는 트렌드 학술대회에까지 가야만 했을 것이다. 그뿐만 아니라 사실 나는 카를스루에에 관심이 없다. 아까 한 말은 그저 말뿐이었던 것이다.

리셉션의 남자는 미안하지만 내가 직접 트렁크를 들고 올라가야 한다고 말한다. 자기는 허리가 아파서 아무것도 들어올릴 수 없다는 것이다. 나는 그가 그렇게 말하는 것에 대해 충분히 수긍할 만하다고 생각한다. 그거야 정말 그로서도 어쩔 수 없는 노릇이니까. 그는 짙푸른 스웨터 위에 낡아빠진 짙은 갈색 콤비를 입고 있다. 그는 말하는 동안 두 손을 비비면서 마치 뾰루지가 난 것처럼 손등에 난 털 위를 손톱으로 긁적인다. 그는 무슨 서식을 작성하면서 왼손으로는 내 방 열쇠를 가지고 노닥거린다. 그의 왼손에 새끼손가락과 약지가 없는 것이 보인다.

나는 두 손가락이 분명 동부전선에서 동상에 걸려 떨어져나갔을 거라고 생각한다. 그는 아주 젊은 청년이었을 때, 그러니까 한 열일곱 살쯤 되었을 때, 사실상 이미 완전히 패배한 전쟁에 투입되었다. 그래서 캅카스나, 아니면 또 다른 어떤 곳으로 가게 된 것이다. 어쨌든 이미 봄이 왔는데도, 날씨는 아직 지독하게 추웠고, 언젠가 엄청난 규모의 퇴각 행렬 속에서 그는 손가락의 감각이 사라져버린 것을 깨닫는다.

그는 장갑처럼 손에 끼고 있던 양모 양말을 벗겨내고 팔을 빙빙 돌려보았다. 그래도 소용이 없자 손에 오줌을 갈겼다. 이제 그는 진짜 겁이 나서 위생병에게 갔다. 위생

병들이 말했다. 저런, 정말 큰일 날 뻔했군. 최악의 사태
는 간신히 막을 수 있겠어. 그러고는 행군 중 짧은 휴식
시간에 백색과 회색 천으로 된 천막 안에서 마취도 없이
손가락을 톱으로 잘라냈다. 그것이 캅카스에 대한 그의
기억이다.

손가락이 여덟 개인 호텔맨이 내게 열쇠를 준다. 이제
나는 트렁크를 들고 계단을 올라간다. 방 앞에 거의 다 와
서 손에 든 열쇠의 냄새를 맡아보니 비누 냄새가 난다. 갑
자기 이 비누 냄새와 뭔가 관련된 일이 있었다는 생각이
난다. 하지만 정확히 무슨 일인지는 떠오르지 않는다. 다
만 그것이 언젠가 내가 반지 주머니에 넣어둔 비누 조각
과 관계된다는 것만 알고 있을 따름이다. 마데이라 제도
에서였던 것 같다. 나는 아버지와 거기 간 적이 있으니,
꽤 오래 전의 일임이 분명하다.

우리는 레이즈 호텔에서 묵었는데, 아버지는 무슨 업
무를 봐야 했기 때문에 하루 동안 호텔을 떠나 있었다. 한
번 상상해보라. 마데이라 제도에서 업무를 보다니. 뭐 어
쨌든 그건 그렇고. 그래서 나는 지독하게 고상한 이 오래
된 식민지 시대의 호텔을 돌아다니며 무지무지하게 따분
해하고 있었다. 그러다 당구대가 있는 방에서 3주 전에

나온 『브라보』를 읽었는데, 『브라보』는 당시만 해도 요즘 같이 열일곱 살짜리 레즈비언 둘이 다 벗고 샤워기 아래 등장하는 그런 포르노 잡지는 아직 아니었고, 정액에 대한 낯뜨거운 기사들과 더 틴즈의 로비 뮐러, 스모키, 또는 텔레비전 시리즈 「팀 탈러」의 토미 오르너에 대한 포토 스토리 따위가 실려 있었다. 말이 나온 김에 덧붙이면 「팀 탈러」는 흰색 버뮤다 반바지와 금장 버클이 달린 로퍼를 신은 사람이 나오는 최초의 시리즈물이었다.

나는 그 잡지를 앞에서부터 읽고 뒤에서부터도 읽었다. 옆으로도 읽고, 모조리, 정말이지 그 빌어먹을 『브라보』의 모든 문장을 낱낱이 읽었다. 결국 한 호텔 직원에게 발견될 때까지. 그는 우선 내게서 『브라보』를 빼앗은 다음, 아래 풀장에서 하는 무슨 게임을 같이 하자고 설득했다. 일단 눈을 안대로 가린 다음 다리는 벨트로 다른 사람의 다리에 묶고 하는 게임이었다. 지금은 모든 게 대단히 기괴하게 들리지만, 그때는 전혀 이상하지 않았다. 나는 그때 아마도 겨우 열한 살이었단 말이다.

참가자들은 그렇게 2인 1조로 묶인 채 일렬로 서야 했고, 출발 명령에 따라 모두 깡충거리며 뛰어나갔다. 결승선을 향해서. 이 결승선은 풀장 바로 앞에 있었는데, 아무도 거기까지 가지 못했다. 모두들 넘어졌다. 나만 넘어지지 않았다. 왜냐하면 나는 반바지를 입고 있었기 때문이다. 그래서 나를 나의 파트너와 묶어놓은 벨트가 너무나 세게 다리를 쓸어대는 바람에 다리에서 피가 나기 시작했던 것이다. 파트너는 나보다 훨씬 더 컸고, 그래서 다리가 그렇게 심하게 쓸릴 수밖에 없었다. 글쎄, 그러니까 그로 인한 고통이 정말 너무나 심해서, 지금은 멍청하게 들릴지 모르지만, 그럼에도 불구하고 말하겠다. 그 고통이 너무나 심해서 나는 넘어질 수가 없었다.

벨트는 내 다리 안쪽을 쓸고 또 쓸어댔고, 물론 나는 안대 때문에 아무것도 보이지 않았지만, 내 다리가 흘러내리는 피로 아주 뜨겁게 젖어드는 것은 느낄 수 있었다. 그래도 나는 쓰러지지 않았다. 다른 사람들은 모두 어른이었고 큰 소리로 웃어댔다. 그들은 나와는 다른 식으로 재미를 느끼고 있었기 때문이다. 하지만 나는 오직 목표를 향한 일념으로 풀장을 향해 달려갔다. 물론 나는 그들이 내 눈을 가리기 전에 풀장의 위치가 어디인지 정확히 기억해두었던 것이다. 이제는 전혀 기억도 나지 않는 내 파트너와 나, 우리는 그 게임의 승자가 되었다.

부상은 하루 동안 렌터카로 마데이라를 탐사하는 것이었다. 나는 꽤나 거지 같은 상이라고 생각했다. 운전을 못하는 데다가, 재수 없는 마데이라 따위에는 털끝만큼도 관심이 없었기 때문이다. 대체 상품 같은 것도 없었다. 하다 못해 무슨 책이나 장난감 같은 거라도 말이다. 호텔 측의 입장은 요지부동이었다. 나는 상당히 실망했다. 직원에게서 『브라보』를 돌려받지도 못했다. 그때는.

내가 이 이야기를 한 것은 그것이 비누 냄새와 뭔가 관계가 있기 때문이다. 이미 말했듯이, 내 반바지 속에는 비누가 있었다. 그리고 그때도 비누에서는 오늘과 같은 냄새가 났다. 가벼운 노신사 냄새랄까. 깨끗하지만, 어쩐지 안 씻은 듯한 냄새. 흠. 어쨌든 나는 열쇠로 호텔 방문을 연다. 마데이라에서 한 그 말도 안 되는 게임을 회상하고 있는 동안에도 나는 여전히 알트 하이델베르크에 있는 것이다. 나는 방으로 들어가서 우선 불을 켠다. 방 안이 상당히 침침하기 때문이다. 약간 곰팡내도 난다. 오래된 침대와 코듀로이 쿠션, 진공청소기를 돌린 지 아주 오래되어 먼지가 쌓인 양탄자의 냄새다.

나는 재빨리 담배를 꺼내 불을 붙이고 연기를 앞으로, 방 안을 향해 불어넣는다. 그러고 나서 문을 닫고 아도 커튼을 열어젖히고 창문을 아주 활짝 연다. 밖은 아직 한창 밝다. 아직도 한참을 밝을 것 같은 기분이 든다. 이런 빛은 북부 독일에는 없다.

자동차 몇 대가 지나간다. 수많은 대학생들이 자전거를 타고 간다. 교차로를 지날 때 왼쪽도, 오른쪽도 보지 않는다. 오후의 공기가 온화하다. 여기 위에서 내려다본 풍경은 아주 평화로워 보인다. 모든 게 너무나 유유자적하여 아름답다. 내가 유유자적이라고 할 때는 정말 진지하게 그렇다는 것이지 비꼬는 것이 아니다. 혹시 지금 이 대목에서는 약간 그렇게 들릴지도 모르지만. 나는 담배를 끝까지 피운 다음 꽁초를 창문 밖으로 던져버리고는 또 한 대를 꺼내 불을 붙인다.

　우선 옷을 갈아입는다. 그러면 이상하게도 항상 기운이 많이 난다. 옷을 갈아입으면 말이다. 알렉산더의 바버 재킷을, 이제는 내 소유가 된 그 재킷을 상의걸이에 걸친 다음 문 뒤의 못걸이에 건다. 아인트라흐트 프랑크푸르트 마크는 떼어버린다. 그것이 알렉산더를 기억하게 하기는 하지만, 나는 축구에 전혀 관심이 없기 때문이다. 더구나 그런 걸 재킷에 붙이고 돌아다니고 싶지는 않다. 그건 한마디로 있을 수 없는 일이다. 나도 기본적으로 왜 알렉산더가 그 마크를 재킷에 박아가지고 다녔는지 이해는 한다. 반은 재미로, 반은 프롤레타리아적 연대의 표시로 그랬겠지. 하지만 내게는 그런 마크 나부랭이가 그저 멍청하게 여겨질 뿐, 전혀 재미있지 않다.

이제 나는 아주 예쁘게 주름 잡아 다린 깨끗한 셔츠를 입는다. 쿼트에서 비나가 셔츠를 전부 빨아서 풀을 먹였는데, 전부 여덟 벌이고 그중 아직 입지 않은 것이 다섯 벌이다. 내 셔츠는 전부 브룩스 브라더스 제품이다. 그 어떤 셔츠 제조사도 이렇게 멋진 물건을 만들어내지는 못한다. 이 셔츠들은 칼라가 약간 둥글게 말리고, 하늘색은 언제나 신선해 보여서 정말 언제라도 입고 다닐 수 있다. 브룩스 브라더스 셔츠와 랄프 로렌 셔츠의 차이는 물론 랄프 로렌 셔츠가 훨씬 더 비싸고, 만들기도 훨씬 잘못 만들고, 모양도 사실 개떡 같으면서, 대개는 왼쪽 가슴에 거지 같은 폴로 마크를 달고 다녀야 한다는 점이다.

나는 아래층에 내려가 여기 젊은이들이 저녁에 대충 어디로 놀러 나가느냐고 늙은 남자에게 묻는다. 머리 긴 애들 말고, 정상적인 애들이 가는데요, 하고 나는 말한다. 나는 그가 안내 데스크 안쪽에서 싸구려 전쟁소설을 읽고 있을 거라고 생각했다. 하지만 그가 나를 올려다보았을 때, 그가 전쟁소설이 아니라 뭔가 기독교와 관련된 책자를 읽고 있는 게 보인다. 그 책자는 아마 『파수대』일 것이다. 무지개 같은 것이 표지 위에 그려져 있다. 그는 내가 그 책자가 정확히 무엇인지 알아보려고 하는 것을 눈치채고 책자를 두 손으로 덮으며, 젊은이들은 피셔스나, 탕겐테, 또는 막스 바에 잘 간다고 말한다. 나는 이러한 안내에 대해 예의 바르게 감사의 인사를 하고 문을 열고 거리로 나온다.

모르겠다. 탕겐테라니. 이건 무슨 1980년대 초처럼 들린다. 네온 간판과 하얀 타일이 있는 그런 바. 그리고 피셔스라니, 이건 뭔가 저녁이면 대학생들이 술 마시는 바로 이용하는 그런 레스토랑 이름처럼 들린다. 그래서 나는 막스 바로 가기로 한다. 적어도 그곳에 관해서는 아무것도 아는 것이 없고, 그곳이 단지 바일 뿐이라는 것은 이름 자체가 말해주고 있기 때문이다. 한참을 기다리자 빈 택시가 온다. 나는 택시를 잡고, 막스 바로 가주세요, 하고 말한다. 도중에 담배를 한 대 피운다. 운전사는 연금생활자다.

나도 이 말이 이상하게 들리리라는 것을 안다. 하지만 그렇다 해도 말하겠다. 일정한 나이 이상의 독일인들은 모두 다 완벽한 나치처럼 보인다. 이 운전사도 마찬가지다. 은퇴 노인들이 아주 많은 곳에 가보면 그렇다는 것을 당장 알 수 있다. 예컨대 바덴바일러가 그렇고, 발트 해 해변도 어디나 다 그렇다. 그곳에서는 그런 은퇴한 노부부들이 산책로를 따라 해변으로, 또는 해변이 없으면 공원을 향해 걸어가고 있다. 어쨌든 그들은 항상 쿠어무셸*

방향으로 간다. 그게 또 그런 괴상한 단어다. 뭐 그런 게 있다는 게 전혀 믿기지 않지만, 실제로 은퇴 노인들이 모이는 곳에는 꼭 쿠어무셸이 하나씩 있다. 언제부턴가 모든 도시마다 재수 없는 텔레비전 송신탑이 하나씩 생긴 것처럼.

그리고 그들, 은퇴 노인들은 쿠어무셸 앞에 선다. 대체로 그들은 뒷모습만 보인다. 뒷짐을 쥔 모습. 그들은 발바닥 앞쪽의 튀어나온 부분으로 서서 몸을 앞뒤로 흔들흔들한다. 그들은 모두 코와 귀가 거대하다. 코와 귀는 늙어서도 계속해서 자라나기 때문이다. 그리고 이런 은퇴 노인들은 모두 한때는 금발이었다. 장담할 수 있다.

옛날 사진들을 보면 어떤 금발의 남자가 작은 호수에서 뛰쳐나오고 태양은 이미 다소 낮게 걸려 이 사진의 세피아 톤을 넘어서는 뭔가 독특한 빛이 갈대에 깃든다. 정말 아주 기이하게도. 나는 그런 사진들을 볼 때마다 어떻게 이런 아름다운 인간들이 세상에, 지금 50년 뒤에 그토록 가련한 모습으로 전락할 수 있는 것인지 거듭 자문하게 된다. 이들『벨트 암 존타크』** 독자들은 다림질 주름선이 없어지지 않는 개버딘 바지에 칙칙한 색깔의 잠바를 입고,

---

  * 휴양과 조개의 합성어로 야외 공연장을 가리킨다

** 독일 일간지 벨트의 일요판.

너무나 큰 금테 안경 때문에 마마 자국이 남아 있는 코와 눈이 더욱 두드러져 보인다. 나는 이해할 수 없다. 예전에 그들은 나치처럼 생기지 않았는데.

카린이 쥘트 섬에서 차로 칠 뻔한 그 은퇴 노인, 코듀로이 모자를 쓰고 있던 그 노인도 분명 예전에는 나치처럼 생기지 않았었다. 또한 지금 나를 막스 바로 태우고 가는 택시 운전사도 역시 그렇지 않았을 것이다. 그런데 그의 얼굴을 보면 그가 한때 강제 수용소 감독관이었다고 씌어 있다. 또는 동료들이 저녁 때 멍청한 히틀러에 관해 농담이라도 하면 군법회의에 서게 만든 일선 군발이였거나, 매리슈-오스트라우*에 있는 딱딱한 나무로 된 사무실에서 어느 봄날 아침에 열일곱 명의 파르티잔과 그 아내와 아이들에 대한 처형 결정에 서명한 관리였을 것이다. 나는 그런 생각을 하지 않을 수 없다.

막스 바는, 글쎄 뭐라고 묘사해야 할까, 쾌활한 하이델베르크의 젊은이들이 서빙을 하는 그런 바이다. 나는 맥주를 한 잔 주문하면서 웨이터와 바텐더 들이 쥘트 섬의 오딘에서와 비슷하다고 생각한다. 그러자 오딘에서 손님

---

* 현재 체코의 오스트라바의 일부. 2차 대전 당시 독일에 점령됨.

들 다리 사이로 계속 뛰어다니던 그 개 이름도 막스였던 것이 머리에 떠오른다. 그리고 두번째 맥주를 마시면서 바를 좀더 자세히 관찰하는데, 그러다가 마티아스 호르크스에서 몇 개의 철자를 빼면 그것도 막스가 된다는 생각을 하게 된다. 나는 맥주 두 잔으로 지독하게 취해가고 있다는 걸 느낀다. 이런 허튼 짓을, 그러니까 사실 아무 근거도 없는 패턴 찾기 같은 것을 하고 있으니 말이다. 원래 내가 그런 생각을 하는 것은 만취 상태에서일 뿐이다. 이어서 내가 쥘트 섬을 떠난 뒤로는 함부르크 공항에서 그 복숭아 요구르트를 먹은 것 외에는 아무것도 먹지 않았다는 생각이 떠오른다. 하지만 전혀 배고프지도 않다. 정말로. 하지만 역시 먹은 게 없어서 이렇게 빨리 취하는 것이다. 당연히 위가 텅 비어 있으니까.

그러거나 말거나. 그냥 계속 마신다. 이미 다 겪어본 일이다. 이럴 때는 그냥 견뎌야 한다. 이따금 담배를 한 대씩 피우면 상태는 곧 괜찮아진다. 이제 바 안은 아주 시끄럽다. 귓속이 약간 윙윙 울릴 정도지만, 나는 구석에 앉아서 사람들을 관찰한다. 윙윙거리는 소리도 불쾌하지는 않고, 나는 천천히 만취 상태가 된다. 두 테이블 건너에 한 무리의 대학생들이 앉아 있는데, 사실상 여기 이 안의 소음 대부분을 그들이 내고 있다. 모두들 옷을 아주 깔끔하게 입고 있고, 맥주를 마시며 떠들어댄다.

때때로 어떤 녀석이 일어서서 어리석게도 뭔가를 떠벌인다. 무슨 천치 같은 시 나부랭이 따위, 대학생들이 취하면 지어내는 뭐 그런 것을.

그들 중 한 명은 얼굴이 짙게 그을려 있었는데, 그가 일어나 뭔가를 말하면 나머지는 조용해진다. 나는 그를 꼼꼼히 관찰한다. 이마에서 머리카락이 자라나기 시작하는 부분은 햇빛이 들지 않아 하얀 테가 형성되어 있다. 그는 일어나서 맥주를 한 모금 마신 다음 뭔가 전혀 연결이 안 되는 이야기를 늘어놓는다. 하지만 그러면서도 이미 말한 것처럼 모두가 조용히 귀 기울이게 만든다. 나는 그의 이름이 오이겐이라는 것도 알게 된다. 그런데 아무래도 내가 너무 뚫어지게 쳐다봤던지 갑자기 그가 이쪽 구석을 건너다보더니 허튼소리를 중단하고는 비틀거리며 내쪽으로 와서는 자기 테이블에 와 앉지 않겠느냐고 묻는다.

이루 말할 수 없이 난감하다. 그가 비꼬아 말한 건지 아닌지 잘 판단이 서지 않는다. 다른 때 같으면 누구를 기다리고 있는 중이라고 했겠지만, 지금은 아, 좋죠, 하고 대답한다. 나는 잔을 손에 집어든다. 함께 그쪽 테이블로 가는 도중에 오이겐이 내 어깨에 팔을 두르고 하이델베르크 사람이냐고 묻는다. 전에는 나를 여기서 본 적이 없다

는 것이다. 나는 아니라고 대답하는데, 그때 양파 생각이
난다. 절인 양파가 가득 담긴 통들. 왜 그런지는 전혀 알
수 없다. 그의 입에서 양파 냄새가 난다거나 뭐 그런 것도
아니다. 우리는 그의 테이블에 가서 앉는다. 몇몇 학생들
과 악수를 나누지만 이름을 기억하지는 못한다.

모두들 아주, 아주 친절하다. 내 생각에 그 친절한 태
도는 전혀 반어적인 것이 아니다. 내가 맥주를 다 마시자
즉시 새 맥주가 온다. 혹시 내가 너무 취해서 더 이상 충
분히 조심하지 못하는 것일 수도 있다. 어쩌면 숨은 반어
적 의미를 내가 그저 눈치채지 못하고 있을 뿐인지도 모른
다. 어찌 됐든, 모두들 어느 순간 무슨 파티에 가자고 하
고 오이겐은 나도 가겠느냐고 묻는다. 그는 내게, 파티를
여는 사람들은 모두 자기와 잘 아는 좋은 친구들이니 걱정
할 것이 없다고 말한다. 그런 다음 그는 내 어깨를 두드리
며 미소 짓고, 그러자 백설처럼 하얀 이가 드러난다.

그래서 나는 오이겐과 함께 간다. 이 순간까지는 그렇
게 한 것이 잘한 결정이라고 생각한다. 나로서는 새로 사
람을 사귄다는 것이 워낙 쉽지 않은 일이라, 온전해 보이
는 사람을 하나 알게 된 것이 기쁘다. 이건 마치 오이겐에
대한 사랑 고백처럼 들리는데, 절대로 그런 뜻으로 하는

말이 아니다. 하지만 제대로 된 사람을 사귀기란 정말이지 지독하게 어려운 것이다. 오이겐은 좋은 재킷을 입었고, 스웨터를 허리에 두르고 있고, 이가 하얗다. 그는 때때로 농담을 던지는데, 파티에 함께 가기로 한 모든 사람들이 웃는다. 어느 순간 우리는 일어서고 오이겐이 맥줏값을 전부 계산한다. 적어도 서른 잔은 됐는데.

우리는 어느 영화관 옆 광장에서 택시 몇 대를 잡는다. 나는 전혀 모르는 사람들과 함께 택시에 타다가, 아주 잠깐 동안 유리 진열장 속의 포스터를 본다. 진열장에 비친 나 자신의 모습과 그 뒤로 지금 상영 중인 영화 포스터가 보인다. 「스탈린그라드」다. 다시 손가락이 여덟 개인 호텔의 노인네 생각이 난다. 그런 다음, 나는 이미 말했듯이 유리에 비친 내 모습을 본다. 갑자기 나는 머리에 철모를 쓰고 있다. 그리고 이 순간 그 모든 일이 내게 일어났을 수도 있다는, 아니, 훨씬 더 심한 일이 일어났을 수도 있다는 생각이 든다. 아무도 열일곱의 나이에 전선에 나가지 않아도 되는 민주적인 독일에 사는 어마어마한 행운을 누리고 있다는 생각. 내가 지금 하는 생각은 물론 사민당의 헛소리 같은 것이다. 하지만 나도 무지막지하게 취했으니까.

이제 택시가 출발한다. 이미 말했듯이 함께 택시를 탄

이들 중에는 아는 사람이 아무도 없었기 때문에 나는 앞좌석에 앉았고, 그 바람에 택시 운전사를 바라본다. 하지만 그가 어떤 인물인지 생각해내기에는 어쩐지 너무 피곤하고, 너무 귀찮고, 너무 술이 많이 취했다. 어쨌거나 그는 여드름이 정말 대단하다.

그래서 나는 창밖을 내다본다. 이따금 내 머리가 툭 굴러 떨어진다. 너무나 취했기 때문이다. 그러면 뒤에 타고 있는 여자애가 킥킥거린다. 뭐 그녀가 아주 못생겼다는 건 절대 아니다. 그녀는 나름대로 섹시하기까지 하고, 그녀가 뒤에서 그렇게 킥킥대는 소리도 아주 듣기 좋다. 밖은 아직 밝다. 나는 하늘을 쳐다보고, 택시 위로 줄지어 선 나무들을 쳐다본다.

이곳의 하늘은 아주 다르다. 북부 독일에서는 하늘이 너무나 커서 사람을 거의 짓눌러버릴 것만 같다. 때로는 북독의 하늘 아래서 제대로 숨을 쉬는 것이 어렵게 느껴지기도 한다. 평평한 땅 위에 서 있는데, 그 엄청난 먹구름이 머리 위로 지나가면, 더 이상 숨을 들이마실 수가 없다. 마치 폐가 다가오는 뇌우를 견뎌내지 못하겠다는 듯이 그렇게. 하지만 여기 아래 남쪽에서는 모든 게 다르다. 이곳에서 하늘은 땅의 일부이고 세계의 일부다. 여기서는 뇌우가 온다고 해도, 아주 평온하고 부드럽게 온다. 저 위

북쪽의 바그너-나치 뇌우 같지는 않은 것이다.

택시들은 그늘진 이면도로에 있는 어느 집 앞에 멈춰선다. 모두가 뛰어내린다. 아는 사람이 아무도 없어서 내가 탄 택시의 요금은 내가 지불한다. 여드름 범벅인 운전사에게 영수증을 발급해달라고 요구하고, 택시가 떠나기가 무섭게 그 영수증을 구겨서 길에 버린다.

나는 심하게 휘청거리며 걸어간다. 갑자기 이상하게도 내가 더 이상 신발을 신고 있지 않다는 망상이 들고, 그러자 옛날에 알렉산더가 카메룬에서 알게 된 어떤 사내에 대해 썼던 편지가 떠오른다. 맨발로 걸어서 세계를 일주하는 것이 그 사내의 목표였다. 알렉산더는 야운데 근교에 있는 허름한 바에서 그에게 말을 붙이고 주절댔는데, 그러다가 그가 땅속에 있는 중요한 미네랄을 놓치지 않기 위해서 신발을 신고 있지 않다는 것을 알게 됐다.

한번 생각해보라. 그 작자는 정말로 자기 발을 통해서 미네랄과 기타 미량 성분들을 몸속에 빨아들일 수 있다고 확신했다는 것이다. 알렉산더도 처음에는 웃었지만, 이 남자가 너무나 오래 그를 붙들고 집요하게 자기주장을 펴는 바람에 결국에는 그걸 해보게 됐다. 맨발로 걸어다니는 거말이다. 알렉산더의 편지에 따르면 두 사람은 만취한 상태로 야운데를 맨발로 돌아다녔고, 완전히 어리둥절해진 슬럼가의 주민들에게 신발을 다 벗어던지고 비타민과 미네랄을 빨아들이라고, 그러면 당장에 지금 같은 나쁜 처지에서 당장 벗어나게 될 거라고 소리를 질러댔다고 한다.

이 순간 나는 야운데의 슬럼가 주민들이야 어차피 신발이 없는 사람들이고 그 얘기도 알렉산더가 지어낸 것이 틀림없다는 생각이 든다. 그리고 왜 알렉산더가 그런 이야기를 내게 꾸며대는지, 혹시 다른 이야기들도 전부, 파키스탄인가 인도인가에서 있던 모던토킹 노래 이야기도 지어낸 것은 아닌지 자문해본다.

오이겐 친구들의 파티가 열린다는 그 집은 대단히 크고 길에서부터 약간 뒤쪽에 자리 잡고 있다. 그러니까 우선 정원을 통과한 뒤 몇 계단을 오르면 집으로 들어가게 되어 있다. 안은 상당히 서늘하다. 돌로 된 집이기 때문이다.

나는 사람들을 따라서 마지막으로 들어간다. 어디선가 음악이 흘러나온다. 무슨 불쾌한 음악이 아니라 그저 가벼운 바 음악이다. 뭔가 재즈풍이지만 낑낑거리거나 삑삑댐이 없이 그저 아주 편안하다는 거다. 정확히 어떤 곡인지는 떠오르지 않는다. 하지만 예전에 그 음반을 가지고 있었다는 것은 분명히 기억한다. 아까 다른 택시를 탔던 오이겐은 또다시 내 어깨에 팔을 두르며 여기서 마음 편하게 있으라고 말하고는 뭘 마시고 싶은지 묻는다. 맥주는 저 뒤에 있고, 샴페인은 부엌에 있어. 그가 말한다. 나는 고맙다고 하고, 맥주가 정말 마시고 싶다고 대답한다. 그 러자 즉시 뚜껑을 딴 맥주 한 병이 내 손에 쥐여진다. 사 람들은 모두 내게 엄청나게 친절하다. 이미 말한 것처럼 나는 여기서 정말 아무도 모르는 처지인 데도 말이다.

그건 나로서는 당연히 기쁜 일이다. 나는 기분이 극도 로 좋아진다. 그런 순간이면 늘 내가 지극히 간단하게 꼬 임에 넘어갈 수 있는 인간이라는 생각이 든다. 뭐 어쨌거 나. 나는 맥주를 병째 마시며, 넓은 계단에 서 있다. 그리 고 이따금씩 새 손님들이 문으로 들어온다. 그건 여느 파 티에서와 같다. 몇 번 누군가를 알아본 것 같은 생각이 들 지만, 그건 나의 헛된 상상에 지나지 않을 것이다. 이 집 은 정말 아름답다. 벌써 여러 해째 대학생들이 살고 있어 서 살짝 퇴락한 듯한 인상을 주긴 하지만, 그 공동 주거* 같은 느낌은 없고, 넓직하고 쾌적하고 환하다. 그리고 집 안이 좀 서늘해서, 재킷 위에 바버 재킷을 껴입고 있는 것 을 다행스럽게 생각할 정도이다.

그러니까 나는 계단에 서서 일단 담배를 몇 대 피우고

---

* Wohngemeinschaft. 약칭으로 WG라고 하며, 한 집 안에서 여러 사람, 또는 여러 가족이 공동으로 생활하는 형태.

먼저 밝은 회색 헤링본 재킷을 입은 젊은 법대생과 법학에 관해 수다를 떤다. 사실 내가 법학에 대해 아는 바가 전혀 없고 아마도 세상에서 법학만큼 흥미를 느끼지 못하는 것도 없는데도 말이다. 그다음으로 아까 택시 안에서 아주 섹시하게 킥킥거렸던 여자애와 이야기를 나눈다. 그녀는 나디아인데 이미 상당히 취기가 올라온 상태다. 나는 벌써 맥주를 세 병째 비웠고, 그전에는 얼마나 부어댔는지 알지도 못할 지경이기 때문에, 그녀가 말하면서 나에게 윙크를 보내고 있다고 계속해서 거의 내 멋대로 상상해본다.

우리는 하이델베르크에 대해 약간 이야기를 나누는데, 그러다가 그녀가 나를 여기서 공부하는 대학생으로 여긴다는 사실이 드러난다. 나는 그녀에게 사실 여기 온 지 몇 시간밖에 되지 않았다고 말하지 않는다. 왜 말하지 않는지는 나도 모르겠다. 그녀는 가끔 가다 한 번씩 내 바버 재킷을 잡아당긴다. 그것도 내가 좀 전에 호텔에서 아인트라흐트 프랑크푸르트 마크를 뜯어내어 다른 데보다 좀 더 색깔이 짙어 보이는 자리를 말이다. 지금 그 자리에는 실밥이 늘어져 있는데, 그녀는 가끔씩 실밥 하나를 당겨본다. 그저 아주 대수롭지 않게, 아마도 아무 생각도 없이. 그럴 때 그녀는 정말로 매력적이다. 정말 그렇다.

나는 완전히 확인해보기로 결심하고 계단 위에 앉는다.

142

그러자 정말로 그녀 역시 따라 앉는다. 옳지, 이 수법이 제대로 통하는구나. 대개 나는 사람들이 나하고 어디까지 갈 마음이 있는지 알아보기 위해 이런 트릭을 동원한다. 그리고 그 결과 또한 대부분 유효하다. 이제 나디아는 재잘거리며 이야기한다. 내가 맥주를 가지러 가야겠다고 하니까 그녀는 부엌에서 자기 것도 하나 가져다 달라고, 자기는 계단에서 날 기다리고 있겠다고 말한다. 그녀는 정말 사랑스럽다. 특히 참신한 느낌을 줄 만큼 멍청하기 때문이다. 무슨 말이냐 하면 그녀는 자기가 무슨 얘기를 하는지 아무 생각도 하지 않고 그냥 마구 떠들어댄다는 거다. 그녀는 뭐 복잡한 구석이 없다. 그렇다고 내가 복잡하다는 건 아니지만. 하지만 나는 사람들과 상대하려면 따르지 않을 수 없는, 서로 완전히 얽혀 있는 어떤 패턴들이 있다. 글쎄, 어쩌면 패턴은 적합한 단어가 아닐지도 모르겠다. 나는 내가 생각하는 것을 정확히 묘사하지 못하겠다. 그건 말하자면 회전하는 톱니바퀴 같은 것으로 다른 톱니바퀴에서 꼭맞는 짝을 만나면 그 자리에 맞물려 돌아가기 시작한다. 그 과정 전체는 어느 정도는 애니메이션의 장면을 상상하면 될 것 같다.

부엌에서 내가 마실 맥주 한 병, 나디아가 마실 맥주한 병을 가져오는데 오이겐이 내 어깨를 두드린다. 그는 정말로 대단한 금발이고, 이제서야 그의 왼쪽 뺨에 난 칼자국이 눈에 들어온다. 그가 무언가 뻔한 얘기를 늘어놓는 동안 나는 줄곧 그것을 뚫어져라 쳐다본다. 얼굴에 난 흉터를. 그는 냉장고에 기대어 이야기를 하고 있는데 나는 전혀 귀 기울이지 못하고 오직 그 이상한 흉터만 뚫어져라 쳐다보는 것이다. 그러다가 정신을 차리고 미안하지만 가볼 데가 있다고 말하고는 맥주 두 병을 들고 현관 쪽 홀로 간다.

오이겐은 심지어 나를 따라오기까지 한다. 나는 재빠르게 담배를 꺼내 불을 붙이고 나디아를 찾는다. 그녀는 더 이상 계단에 앉아 있지 않다. 이때 갑자기 오이겐이 내 목덜미를 잡는다. 그는 얼굴을 내 얼굴에 상당히 가까이 들이댄다. 내가 괜찮다고 느끼는 거리보다 훨씬 더 가까이. 나는 맥주 냄새가 섞인 그의 숨을 들이마시고, 그가 나한테 계속 얘기를 해대는 동안 오르락내리락하는 그의 목젖 주위가 깔끔하게 면도되어 있지 않다는 것을 발견한다. 빳빳한 짧은 수염들이 더덕더덕 붙어 있다.

이 인간 정말 무지하게 추근덕대는데. 하지만 나는 그래도 예의를 차려야 한다고 느낀다. 왜냐하면 모두들 정말 엄청나게 친절하기 때문이다. 이제 그의 얼굴에 난 칼자국이 점점 커져서 아까는 어째서 이 흉터를 보지 못했는지 나 자신도 전혀 이해할 수 없을 지경이지만, 어쨌거나 오이겐은 내게 그저 무언가를 이야기하려는 것뿐이다. 나는 미소 짓고 고개를 끄덕이고 담배를 빤다. 그나저나 나디아, 애는 어디 간 거지? 이제 오이겐은 내게 뭔가를 보여주겠다고 말한다. 그는 내 팔을 잡고 계단을 올라간다. 2층으로 올라가는 동안에도 그는 내게 쉴 새 없이 뭐라고 이야기를 해댄다.

그는 나를 어떤 방으로 데려간다. 그가 문을 닫는 동안 나는 재빨리 맥주를 한 모금 꿀꺽 마신다. 이 방은 그가 상당히 속속들이 알고 있는 것으로 봐서 분명 그의 것인 듯하다. 그는 또 여기가 자기 방이라는 듯이 행동한다. 나는 그가 공연히 물건들에 손을 대는 것이 여기가 자기 집이라는 걸 보여주기 위해서인 것 같다는 인상을 받는다.

구석 소파에는 어떤 여자애와 늙수그레한 남자가 앉아 있다. 둘은 키스를 하고 있다. 아니, 뭐 어쩌면 늙었다는 건 지나친 말인지도 모르겠다. 하지만 마흔은 족히 된 사내다. 그는 손을 그녀의 스웨터 아래로 집어넣어서 더듬더듬 만져댄다. 둘은 오이겐과 내가 들어가도 멈출 줄을 모른다. 스피커에서는 모차르트인지 베토벤인지 피아노 소나타 같은 곡이 흘러나오고 있다. 나는 클래식 음악을 그렇게 정확히 알지는 못한다. 둘은 여전히 서로를 더듬어 만져대고 있다. 나는 그 모든 게 도대체 마음에 들지 않고 방에서 나가 다시 아래로 가고 싶은 마음이 굴뚝같다. 하지만 예의상 그렇게 하지 않는다. 정말 멍청한 거지만, 나는 원래 그렇게 예의바른 인간이고, 그런 경우에는 뭐 어떻게 할 방법이 없는 것이다.

이제 오이겐은 모차르트 CD 케이스를 집어서 소파 옆 테이블에 놓고 재킷 주머니에서 접혀 있는 종잇조각을 몇 개 꺼낸다. 그러고는 그 종잇조각들을 털어서 CD 케이스에 코카인을 산더미같이 쏟아놓는다. 내가 아직 담배에 불을 붙이고 있는 동안, 그는 쉬지 않고 뭐라고 말을 하면서 작은 은색 빨대 같은 것을 손에 쥐더니 그것을 코카인 더미 한가운데에 꽂고 엄청난 양을 코로 빨아들인다. 그러고 나서 그는 코를 훌쩍이며 싱긋이 웃고는 내게 그 작은 빨대를 내민다.

나는 자리에서 일어나 고맙지만 괜찮아, 하고 말한다. 소파에 앉아 있는 남녀가 킥킥대기 시작한다. 나는 음악 소리가 점점 더 커지고 있는 것을 알아차린다. 오이겐은 내 팔을 붙잡고 말한다. 그냥 한번 시험해보라고. 아무 일도 없을 거라고. 나는 말한다. 미안하지만 마약은 원칙적으로 하지 않으며, 아래서 누군가가 기다리고 있어서 내려가봐야 한다고. 그러자 오이겐은 앞쪽 내 바지 허리띠

를 잡더니 다른 손을 내 엉덩이에 댄다. 소파 위의 두 남
녀는 이제 키스를 그만두고 미친 듯이 킥킥거리기 시작한
다. 그리고 이 순간 내게는 이 인간의 칼자국과 다소 긴
금발머리만 보인다. 그리고 그가 내 엉덩이를 만지작거리
는 것이 느껴진다. 세상에, 거짓말이 아니다. 그는 내 바
지를 뚫고 손가락을 내 엉덩이 속에 찔러 넣으려고 한다.

   그의 힘이 상당히 강력하다. 내가 빠져나오자 그의 손
이 앞으로 미끄러진다. 그는 내 무릎을 붙들고 나는 뒤로
넘어진다. 나는 재빨리 일어서서 뭔가 더듬더듬 말하고는
문밖으로 달아난다. 방에서 푸핫 하는 웃음이 터져 나온
다. 내려가는 계단에서 또다시 무릎이 떨리는 것이 느껴
진다. 고개를 뒤로 돌려보지만, 다행히 오이겐은 따라오
지 않는다. 나는 부엌으로 가 테이블에서 미지근한 진이
들어 있는 병을 들어 한 모금 꿀꺽 마신다.

   나디아는 어디에서도 보이지 않는다. 갑자기 나는 이
파티에서 너무나 외롭고, 심하게 위협받고 있다고 느낀다.
이제 일단 이 나디아를 찾으러 가겠다고 결심한다. 그녀
는 부엌에도 없고 아까 그 계단에도 없었다. 나는 주위를
둘러보면서 담배를 피우는데 내가 정말 지독하게 취했다
는 걸 깨닫는다. 담배가 취기를 더욱 심하게 하고 마치 뇌
속의 회전축이 더 이상 중심을 잡지 못하기라도 한 듯 머

리가 이리저리 요동치는 느낌이 드는 걸 보면 그렇다는 걸 알 수 있다. 속이 울렁거린다.

다행히 오이겐은 완전히 사라졌다. 나는 벽에 기대어 맥주를 마시고 있는 몇몇 대학생들에게 나디아를 보았는지 물어보지만, 아무도 아는 것이 없다. 그들은 아예 나디아라는 애를 알지도 못하는 듯하다. 그녀가 어쩌면 내게 가짜 이름을 말했을 수도 있지 않을까 생각해보지만, 이와 동시에, 무엇 때문에 그녀가 그러겠나 싶기도 하다.

기분이 정말 더럽다. 세상에, 기분이 정말 더럽다. 하지만 그게 최악이 아니다. 부엌 옆으로 문이 하나 열려 있다. 지하실로 가는 문이다. 무슨 이유에서인지 나는 그리로 가서, 계단을 내려간다. 여기 아래는 위보다 훨씬 더 춥다. 습하고 공기에서 곰팡내가 난다.

지하실 구석, 와인 병들이 담긴 상자 옆에 나디아가 누워 있다. 그녀는 한 손으로 상자를 짚고 다른 손으로 주사기를 꼭 쥐고 있다.

주사는 그녀의 발목, 신발 바로 위에 꽂혀 있다. 그녀 옆에는 나이젤이 누워 있다. 그는 오른팔을 가죽띠로 동여맸고 팔오금에 난 작은 상처에서 가는 핏줄기가 졸졸 흘러나온다.

정말 믿을 수가 없다. 내적으로 완전히 광란 상태가 된 느낌이다. 기댈 곳이 완전히 사라져버린 듯한 느낌. 마치 중심이 더 이상 존재하지 않는 것처럼. 나이젤. 나는 소리 친다. 젠장. 나이젤. 그는 대답하지 않는다. 나는 이런 빌어먹을, 대체 나를 몰라, 하고 묻는다. 그러자 그가 말한다. 정말 이렇게 말한다. 우리 아는 사이던가요?

그러고 나서 그는 미소를 지으며 눈을 휙 돌려버리는 바람에, 눈의 흰자위밖에 보이지 않는다. 그리고 얼굴에 완전히 만족한 표정이 떠오르고 이어서 고개가 앞으로 툭 떨어지면서 머리카락이 이마 위로 내려온다. 그의 베이지색 바지에는 약간 토한 자국이 있다. 나디아는 발목에서 주삿바늘을 빼고, 위를 올려다보더니 신음소리를 내기 시작한다. 하지만 그녀도 나를 보지는 않는다. 그녀가 손에 든 주사기 속의 맑은 액체 안에는 아주 얇은 빨간 실가닥이 꿈틀거리고 있다.

나는 눈을 감고 지하실 계단을 뛰어오른다. 그러다가 몇 번을 넘어지고 무릎이 까진다. 나는 그냥 눈을 계속 뜨지 않고 있다. 위쪽 홀에는 아까부터 들리던 그 조용한 재즈 음악이 계속 흐르고 있다. 이 순간 스탄 게츠가 생각난다. 그래, 스탄 게츠다. 아스트루드 지우베르투와 함께 만든 CD가 한 장 있었다. 워크맨-재즈라는 CD. 아니, 카세트테이프였나? 그때 이미 CD가 있었나? 나는 아직도

눈을 감고 있어서 문으로 가는 중에 맥주병을 몇 개 쓰러
뜨린다. 병이 산산이 깨져 바닥에 흩어지고, 누군가 뒤에
서 내게 뭐라고 외치고, 그러자 또 누가 웃음을 터뜨린다.
바깥으로 나와 문 앞에 서자 아직 눈을 감고 있는데도 모
든 게 노래진다. 그러고는 상당히 빠르게 실신해버린다.

넘어지는 순간 나는 더 이상 나이젤도 나디아도 생각하
지 않는다. 나는 다가올 몇 년 동안 상황이 어떻게 될지
모른다는 생각을 한다. 다른 때에는 언제나 모든 것이 조
감할 수 있는 범위 안에 놓여 있었다. 하지만 이제는 무슨
일이 일어날지 도대체 모르겠다. 그렇게, 보라색, 연두색,
검은색 등 색색의 트레이닝복 분위기로 계속 갈 것인지?
동쪽 사람들은 다 그렇게 입고 다닌다. 그리고 그곳 사람
들은 더 참을성이 많고 더 조용하고 훨씬 더 아름답다. 아
마도 동쪽은 그 평온한 태도와 트레이닝복으로 서쪽을 덮
칠 것이다. 그렇게 된다면 안심할 수 있을 텐데, 하는 생
각이 든다. 정말로 깊이 안심할 수 있을 것이다. 왜냐하면
나는 보라색의 동쪽 사람이 무슨 아케이드에서 굴을 후루
룩 먹는 점잔 빼는 서쪽 사람보다 백만 배는 더 좋으니까.
씻지 않은 엄청난 무리의 사람들이 동쪽에서, 몰다비아,
우크라이나, 벨라루스에서 몰려올 것이다. 거기까지는 확
실하다.

여섯

　내가 정확히 어떻게 하이델베르크에서 빠져나와 결국 뮌헨에 떨어지게 되었는지는 나로서도 여전히 수수께끼로 남아 있다. 아마도 기차를 잡아 탔을 것이다. 하지만 이 기차 여행은 내 머리에서 지워져버렸다. 아무것도 남아 있지 않다. 나는 아마 기차에서 레이브 파티가 열리는 뮌헨 근교의 초원으로 가는 젊은이들과 함께 앉아 있었음이 틀림없다. 추측건대 역에서 초원까지 가는 택시비는 내가 내준 것 같다.

　어쨌든 나는 이 초원에, 피라미드 모양의 천막 근처에 앉아 있다. 내 주위로 수백 명의 젊은이들이 있다. 심지어 수천 명, 혹은 그 이상일 것도 같다. 그들은 그다지 영리해 보이지 않는다. 대부분은 이미 뭔가 마약을 한 상태인 듯했다.

　저 뒤쪽이 무도장이다. 몇 개의 대형 스피커가 연결되어 있고 섬광등도 하나 설치되어 있다. 자외선 램프가 번쩍이며 모든 것을 이 기이한, 실제로 존재하지 않는 빛 속에 빠뜨린다. 하얀 이, 하얀 셔츠, 청바지가 스스로 빛을 발한다. 그렇게 스스로 빛을 발하는 듯해도 사실은 조명을 받아서 그런 것이다. 다만 그 빛 자체는 보이지 않는다.

그러니까 나는 초원에 앉아 있고 롤로가 내 옆에 앉아 있다. 우리는 사람들을 관찰한다. 롤로는 내 오랜 친구다. 이제, 이 순간, 모든 것이 다시 생각난다. 롤로는 하이델베르크에서 갑자기 내 위로 나타났다. 그 집 정원에서 말이다. 그도 파티에 와 있었는데 내가 뛰쳐나와 실신하는 것을 보고 내게로 와서 계속 얼굴을 때려댔다. 그렇게 해서 결국 나를 깨우고 일으켜 세워 자기 자동차에 태웠다. 그러고서 우리는 함께 뮌헨으로 온 것이다. 그래서 여전히 낯익은 사람들이 있었던 것이다. 하이델베르크에서 같이 온.

나는 조수석에 앉아 내내 잠들어 있었다. 그사이 롤로는 미치광이처럼 아우토반을 질주했음이 틀림없다. 시간이 그리 많이 지나지 않았기 때문이다. 나는 그가 나를 무언가로부터 구해낸 것이라는 생각까지 들 지경이지만 그에게 고맙다고 하지 않는다. 그랬다가는 상당히 민망해질 것이기 때문이다. 무슨 말인가 하면 그가 날 구했는데 그렇다고 무슨 거창한 말을 늘어놓아야 할 필요는 없다는 거다.

롤로는 보덴 호 출신이다. 나는 당시, 살렘에서 쫓겨나기 직전에 그를 만났다. 지금 그는 뮌헨에서 살고 있고, 때때로 즐기기 위해 레이브 파티에 다닌다. 그가 그 끔찍한 하이델베르크 파티에 있었던 건 얼마나 다행인가. 내가 어떻게 기차로 여기 왔다는 생각을 할 수 있었는지 정말 모르겠다. 그런 말도 안 되는 생각을.

우리는 각자 맛이 그저 그런 맥주를 마시고 있다. 우리가 제대로 된 옷차림을 하고 있어서, 그러니까 테크노 부츠에 오렌지색 티셔츠와 군복 바지 차림이 아니기 때문에, 게다가 머리를 박박 밀지도 않고 코에 코걸이를 하지도 않고 목덜미에 용 문신도 하지 않았기 때문에, 사람들은 쉬지 않고 우리를 유심히 쳐다보고 의심하듯 곁눈질한다. 겉모습으로 사람들을 도발할 수 있다는 건 사실 정말 즐거운 일이다. 롤로에 따르면 이곳의 미친놈들은 우리가 마약관리국에서 왔다고 생각할 거라고 한다. 가끔씩 수놓은 양모조끼를 입은 히피들이 우리에게 와서 차를 따라준다. 그들은 그걸 차이라고 하지만. 나는 이 모든 게 너무나 즐겁다. 여기 조금도 심각하게 생각해줄 수 없는 엄청난 무리의 사람들이 있다. 하지만 그들도 그들 나름으로는 다 옳다. 롤로나 나보다는 훨씬 더 옳다.

나는 다만 그들이 어떤 방식으로 옳은지 모를 뿐이다.

어쩌면 우리도 벌써 너무 늙었는지도 모르겠다. 하지만 바로 그 순간 여기 마흔 살이 넘는 사람도 있다는 것을 생각한다. 심지어 재수 없는 어린애들과 같이 온 엄마들도 돌아다니고 있다.

한참이 지나서 히피 한 명이 우리 옆에 와서 앉는다. 아마도 그는 우리가 마약 단속반이 아니며, 자기가 지저분한 가죽끈에 매달아 목에 걸고 있는 작은 은제 케이스를 열더라도 체포되거나 수색당하지 않으리라는 걸 알아차린 모양이다.

사실 그는 결코 히피가 아니다. 무슨 말이냐 하면, 그는 물론 귀걸이를 하고 청조끼와 코듀로이 바지를 입고 신발도 없이 구멍 난 낡은 양말만 신고 있지만, 그래도 진짜 제대로 된 히피는 아니라는 것이다. 반쪽짜리 히피라고 할까. 게다가 그는 머리 긴 히피로 여겨지지 않기 위해 머리를 깨끗이 밀기까지 했다. 그는 이런저런 디제이들에 대해 이야기한다. 모비에 대해, 여기 뮌헨의 DJ 헬에 대해, 무엇이 되었든 독일 최고의 인텔리전트 테크노를 틀어주는 함부르크의 퍼가토리 클럽의 모리츠에 대해. 그는 그냥 나오는 대로 마구 지껄인다. 하지만 그가 너무나 친절해서, 롤로와 나는 사실 그에게 어떤 반대도 할 수 없다.

그는 이야기하기를, 펠릭스와 다비드가 이 퍼가토리

클럽의 천장에 빨간 물감으로 무슨 문장을 써놓았는데 자기는 그걸 읽을 때마다 광분하게 된다는 것이다. 이 문장은 거짓말 안 보태고 다음과 같다고 한다. 순수한 진리. 사람을 그렇게 흥분시키는 문장이 그거라니 약간 서글프다는 생각이 든다. 하지만 롤로는 그게 아주 잘 이해가 된다고 한다. 롤로는 정말 지독한 냉소주의자다.

히피는 그렇게 한참을 이야기하더니 무엇을 가져오겠다며 잠깐 사라진다. 나는 담배를 피우고, 롤로와 대화를 나눈다. 잠시 후 히피가 배낭을 가지고 돌아온다. 그런데 기이하게도 배낭이 마치 헝겊으로 된 동물 인형처럼 보인다. 그는 배낭을 정말로 가슴에 꼭 안더니 우리한테 건네주며 한번 느껴보라고 한다. 배낭의 감촉이 아주 기가 막히고 정말 부드러울 거라며. 그 머저리 같은 배낭은 정말 양 옆에 귀가 달려 있다. 토끼처럼 커다란 처진 귀. 배낭은 플러시 천 느낌을 주는 더러운 베이지색 인조모로 덮여 있다.

롤로와 나는 서로 쳐다본다. 우리는 아주 잠깐 배낭을 잡아본다. 롤로는 심지어 몇 번 쓰다듬기까지 한다. 히피는 우리를 보고 미소를 짓더니 바지 주머니에서 알약 두 알을 꺼내 우리에게 각각 한 알씩을 내밀며 말한다. 이거 받아.

롤로는 그다운 자신만만한 태도로 재킷 주머니에서 바리움 두 알을 꺼내서 히피에게 내밀고 이걸 한번 해보라고 그게 훨씬 더 좋다고 말한다. 그 작자는 바리움을 받아서 보지도 않고 입속에 밀어 넣는다. 정말 믿을 수 없을 정도로 코믹한 모습이다. 롤로와 나는 히피가 준 약을 입에 집어넣는 척한다. 나는 롤로에게 그저께 함부르크에서 정말로 그런 걸 먹어봤다는 얘기는 하지 않는다.

무대 위의 음악은 꽤나 시끄럽다. 우리 뒤편 피라미드형 천막에서는 조금 더 조용한 음악이 흐르고 있다. 쿵쿵대는 비트도 아니고 아스트랄한 느낌이다. 안드레아스 폴렌바이더의 음악, 또는 영화 「코야니스카시」의 음악처럼 들린다. 나는 최근 이 영화를 텔레비전에서 봤는데 보다가 30분 만에 꺼버렸다. 도저히 참고 볼 수 없는 영화였기 때문이다. 무슨 말이냐 하면, 영화 속에서 도대체 아무런 일도 일어나지 않았다. 카메라는 그저 이런저런 풍경 위를 죽 훑어갔고 모든 것이 빨리 지나가버렸다. 영화는 따지고 보면 지나치게 긴, 끝없이 지루하기만 한 뮤직비디오에 지나지 않았다. 설마 누가 진심으로 그런 걸 두 시간 동안 보고 있을까 하는 생각이 들었다. 알렉산더 같은 녀석이 바르나를 끼고 볼지는 모르지.

우리는 일어서고, 히피는 이제 춤을 추러 갈 거라고 말한다. 우리는 재미있게 놀라고 하면서, 우리는 그동안 좀 돌아다니겠다고 말한다. 그자는 무도장 쪽으로 건너간다. 나는 오늘 밤 우리가 그를 어디선가 또 한 번 만나게 될 거라고 확신한다.

상황 전체가 이미 상당히 기괴하다. 모든 것이 뭔가 특정한 방식으로 중세적이다. 정신 나간 자들 둘이 장대를 짚고 돌아다닌다. 그들은 머리가 지상 3미터 위까지 올라가 있다. 한 남자는 검은 두건에 옷 전체가 완전히 검은색이고 나머지 한 남자는 긴 붉은색 가운을 입고 있다. 그는 얼굴에 붉은 물감이 마구 칠해져 있고 역시 두건을 쓰고 있다. 그들은 이따금 몸을 아래로 굽혀 사람들에게 종이꽃을 나누어준다. 눈을 가늘게 뜨고 보면 장대를 탄 두 남자 중 한 명은 죽음이고 다른 한 명은 악마인 것처럼 보이기도 한다. 또는 전자는 페스트, 후자는 콜레라. 그렇다면 그들이 아래에 있는 사람들 손에 쥐여주는 종이꽃은 전염병의 원천일 것이다.

지금, 그런 생각을 하다 보니, 이곳 레이브 파티의 모든 것이 내가 언젠가 스페인의 박물관에서 본 어떤 그림 속 장면처럼 보인다. 그것은 히에로니무스 보스의 「쾌락의 정원」이었다. 나는 박물관의 그림을 전혀 좋아하지 않지만 이 그림은 정말 매력적이라고 생각했다. 거기엔 수없이 많은 것들이 그려져 있다. 예를 들면 둥둥 떠다니는 무슨 공 같은 것 속에 탄 사람들, 수많은 수녀들, 연인들, 그밖에 지옥으로 떨어지기 전에 먼저 손이 절단되고 다음으로 혀가 잘린 사람들.

나는 중세를 언제나 그렇게 상상했다. 어디나 그런 모습일 거라고, 특히 카셀의 산지에서 플랑드르에 이르는 북부 독일의 저지대에서는 더더욱 그럴 거라고 생각했다. 중세는 내게 언제나 서유럽적인 것이다. 그 모든 참혹한 일들이 동쪽에서는 전혀 없었다. 무슨 말이냐 하면, 핏빛 지평선에 거대한 바퀴들이 배경의 하늘과 대비를 이루며 검게 모습을 드러내고, 이 바퀴 위에는 고문당한 자들이 누워 있고, 그들 위로 까마귀들이 빙빙 돌며 운다고 상상해보면, 그건 리에주나 아헨, 또는 겐트 어디께의 장면이라는 거다. 바르샤바나 빈에는 결코 중세가 없다. 이 밝은 하늘은 동쪽엔 없는 것이다. 이 창백한 빛, 그건 확실히 뭔가 독일적이다.

나는 롤로와 이에 관해 이야기하고 싶지만 그가 관심을 보일 것 같지가 않아서 아무 말도 하지 않는다. 그런데 그가 정말로 이 테크노 음악에 따라 발끝을 까딱거린다. 내 얘기는 춤추는 사람들이 발을 구르는 것 역시 중세의 참회자, 편타고행자, 자학가 들과 뭔가 통하는 데가 있다는 거다. 그 모든 것은 언제나 단 하나의 속도만이 있다. 하지만 그 속도는 너무나 절대적이어서 이 세계 바깥에는 아무것도 없다.

글쎄, 내가 이 말을 하는 것은 그저 알렉산더가 언젠가 내게 독일의 레이브란 그가 라그나뢰크*라고 부른 어떤 것의 현대적 형태라고 편지에 쓴 적이 있기 때문일 뿐이다. 그건 게르만 특유의 종말론적 사건이라는 것이다. 그는 그렇게 말한다. 나는 그 문제에 대해 전혀 숙고해보지 않았지만, 그의 말은 당연히 백 퍼센트 옳다.

롤로와 나는 남은 맥주를 다 마신다. 우리는 여기 더 앉아서 계속 사람들을 관찰하고 싶은 생각은 이제 조금도 없다. 그래서 우리는 자리에서 일어서고, 롤로는 꼭 그 재수 없는 커트 코베인처럼 생긴 어떤 작자에게 다가간다. 긴 금발머리와 파자마 차림까지 똑같다. 나는 롤로의 뒤를 따라간다. 그 코베인 사내는 완전히 정신이 빠져 있다. 롤로가 왜 그자와 이야기를 나누는지 나는 도저히 이해하지 못하겠다. 그런데 그때 롤로가 그에게 뭐라고 말을 붙이면서 아까 대머리 히피에게서 받은 알약 두 개를 차이가 담긴 그의 종이컵 안에 몰래 집어넣는 것이 보인다. 물론

---

* 고대 노르드어로 신들의 운명을 의미. 오딘 신과 그 적들의 전쟁, 이로 인한 세계의 몰락을 노래한 북구 신화.

아주 멋지다.

그러고 나서 우리는 롤로의 자동차로 간다. 도중에 우리는 정말로 그 히피를 보게 된다. 머리를 박박 밀고 앞에 구멍이 난 양말을 신은 그자를. 그는 풀밭에서, 주차된 자동차 옆에 누워 입을 벌린 채 깊은 바리움-잠을 자고 있다. 그는 인조모피 배낭을 아주 꼭 껴안고 있다. 롤로는 씩 웃으면서 말한다. 이제 그걸 가졌네. 자신의 순수한 진리를 말이야. 나는 어쩌면 그게 그렇게 좋은 장난은 아니었는지도 모르겠다는 생각이 든다. 혹시 그가 다시는 깨어나지 못할지도 모르니까 말이다. 때때로 나는 롤로에게 상당히 사악한 피가 흐른다고 생각한다.

그가 베이지색 포르셰의 문을 연다. 우리는 차에 탄다. 롤로의 차는 1966년산 포르셰 912다. 그것은 물론 포르셰이긴 하다. 즉 사실 전혀 쓸 만한 차가 못 되지만, 대신 이 풀밭 주차장에서는 가장 아름다운 자동차다. 내부는 도대체 조금도 포르셰 같은 모습이 아니고, 꼭 폴크스바겐 비틀 안에 들어온 것 같다. 좌석의 가죽은 다 닳아서 뜯어져 있고, 모든 것이 뭔가 덜 된 듯한 거친 느낌, 오늘날의 자동차에서는 더 이상 볼 수 없는 그런 느낌을 준다.

나는 담배를 꺼내 불을 붙이고 손잡이를 돌려서 창을 연다. 그리고 우리는 출발한다. 초원을 건너서 다시 도로로, 아우토반으로, 뮌헨으로 들어간다.

　벌써 밤 한 시다. 그래서 우리는 먼저 슈만스로 간다.
하지만 5분 만에 거기서 다시 나온다. 한쪽 구석에서는
막심 빌러가 또 자기 사교 모임을 가지고 있고 다른 구석
자리에서는 그 멋진 잡지『퀵』의 편집장이 싱글몰트 한 병
을 마시다가 정신을 잃고 쓰러져 있다.『퀵』이 폐간된 이
후 그는 쉬지 않고 술만 마신다.
　그래서 차라리 곧바로 크사르로 가기로 한다. 크사르
는 대개는 어느 정도 참아줄 만한 사람들이 와서 맥주를
마시는 그런 시내의 바이다. 나는 예전에 한 번 간 적이
있는데, 도무지 마음에 들지 않았고, 그냥 엄청나게 취하
도록 마셔댔다. 내가 아직 스스로 즐겨 P1에 드나들던 시
절의 이야기다.
　우리는 이제 크사르에 가서 수다를 떨며 맥주를 마시고
있다. 그런데 갑자기 내 눈에 바로 그 인간이 보인다. 그
자가 구석에 앉아 누군가에게 소리를 지르고 있다. 우베
코프, 그 칼럼니스트인가 뭔가 하는 작자. 그는 완벽한 대
머리다. 그리고 그게 아주 잘 어울린다. 왜냐하면 그는 상
당한 강성 나치이기 때문이다.
　나는 그가 프랑켄 지방 숲에 동성애자 군인체육 클럽을

운영한다고 들었다. 그들은 하루 종일 공포탄을 여기저기 쏘아대고 무개 군용차로 돌아다니며, 저녁에는 숲 속 산장에서 고참들이 젊은 신입에게 나치즘의 정수를 아주 제대로 전수한다고 한다.

그러니까 그 인간이 저기 구석에 앉아 있는 것이다. 나는 언젠가 어떤 파티에서 그와 이야기를 나눈 적이 있는데, 게다가 바로 그 파티에서 그는 내 이마에 방풍 라이터를 던지기도 한 터라, 나는 크사르에서 그가 있는 쪽은 피하는 게 좋겠다고 생각한다.

그래서 나는 마시던 맥주를 집어 들고 음식 코너로 간다. 어차피 롤로는 어떤 다른 사람과 이야기하고 있다. 여기서 설명이 필요한데, 이런 음식 코너는 오직 뮌헨의 바에만 있는 것이다. 사실 이런 곳을 실제로 뭐라고 부르는지는 나도 모른다. 거기 가면 담배가 있는데, 함부르크나 프랑크푸르트에서처럼 담배자판기가 놓여 있는 게 아니라 저녁 내내 한 사람이 거기 서서 직접 담배를 팔고 있는 것이다. 아니, 담배만 있는 건 아니고 구미베어와 뱀파이어, 뱀, 개구리 등 온갖 것들이 다 있다. 개구리는 하얀 배 부분이 초록색 등보다 늘 더 부드럽고 더 맛이 없다.

이 조그마한 방 안에 한켠을 차지하고 판매대 뒤에 서 있는 건 한나다. 그녀의 앞에 놓인 통에는 과자, 담배, 직

162

접 버터를 바른 빵, 감자칩 등이 담긴 여러 가지 봉지가 잔뜩 담겨 있다. 한나는 눈 위에 아주 가는 선밖에 없을 정도로 눈썹을 잡아 뜯어놓았지만 그래도 정말 미인이다.

그녀는 나를 더 이상 알아보지 못하는 것 같다. 우리는 예전에 P1에서 자주 대화를 나눈 사이였건만. 그녀하고 이야기하고 싶다. 이 작은 방에 머무르며 바의 메인 홀에서 우베 코프에게 발각당할 위험을 피하기 위해서라도 그러고 싶다. 이 인간이 진짜 폭력적이라는 거, 이 한 가지만은 분명하기 때문이다.

한나는 나를 거들떠보지도 않는다. 그러나 그녀를 바라보는 것만도 즐겁다. 그녀는 아는 손님들에게 슬쩍슬쩍 뱀 젤리를 찔러 넣어주는데 그런 모습까지도 꽤나 매력적이다.

어떻게 말을 거는 게 가장 좋을까 생각해본다. 하지만 사실은 꼭 그녀와 얘기하고 싶은 것도 아니다. 나는 그저 여기 서서 그녀를 바라보고 싶을 뿐이다. 그녀가 물건들을 이렇게 저렇게 다루는 모습을, 사탕 값을 받아드는 그녀의 손가락과 물어뜯은 손톱을, 머저리 같은 자들, 개자식들, 추근대는 자들 할 것 없이 누구에게나 보내는 그녀의 미소를. 특히 추근대는 자들을 향한 미소. 한나는 그들에게 너무 착하고 너무 상냥해서 내 가슴이 아플 지경이다. 나는 담배를 꺼내 불을 붙이고 성냥불로 내 얼굴을 밝게 비춰본다. 그래도 그녀는 나를 보지 못한다.

나는 그렇게 한동안 그녀를 바라보고 있는데 롤로가 와서 나를 찾아다니던 중이었다고 말한다. 그는 눈꺼풀을 아주 괴상하게 깜빡거린다. 이런 건 전에 딱 한 사람에게서 보고 처음이다. 그건 오나였는데 이 여자애는 뭔가 압박을 느끼면 눈꺼풀을 세차게 깜빡거렸다. 하지만 롤로가 압박을 느낄 리 없다. 그는 그게 뭔지 잘 모르겠지만 무슨 염가 맥주 주점에 관해 어쩌구저쩌구한다. 나는 때때로 롤로를 정말 이해할 수가 없다. 그러고서 그는 한나에게 다가가더니, 그녀의 오른쪽 뺨에 한 번, 왼쪽 뺨에 한 번 키스한다. 이 순간 내 뒤의 바에서는 한바탕 소동이 벌어진다.

어떤 사내가 자기 귀가 어떻게 됐다고 소리를 지른다. 그건 분명 그 우베 코프와 뭔가 관련이 있을 거라고 나는 생각해본다. 그는 틀림없이 자기보다 훨씬 큰 누군가의 이마에 방풍 라이터를 던졌을 것이다. 그리고 이제 진짜 난리가 난 것이다.

이런 식으로 치고받는 바는 절대 생각이 있는 인간이 올 곳이 못 된다고 롤로가 말하고, 나는 응, 맞아 하고 대답한다. 사실 나는 이 우베 코프란 자가 가슴에 일격을 당하는 것을 정말 보고 싶은 심정이지만 말이다. 우리는 재킷을 집어 들고 롤로는 한나에게 손을 흔들어 작별 인사를 한다. 우리는 갈색 문을 통해 바깥으로 나온다.

우리는 차를 타고 롤로의 집으로 간다. 가는 길에 나는 롤로가 한나한테서 얻어온 동물 젤리 하나를 먹는다. 끔찍하게 달고 이에 달라붙는다. 나는 손잡이를 돌려 창을 내리고 조금 깨물어먹은 동물을 길에 내버린다. 그러고 나서 담배를 한 대 피운다.

롤로의 집은 보겐하우젠에 있고 어마어마하게 크다. 방이 적어도 아홉 개는 되는 것 같다. 방을 다 봤나 싶으면 어디선가 또 한 개가 나타난다. 벽에는 19세기 풍경화들이 걸려 있고 서로 전혀 어울리지 않는 가구들이 곳곳에 놓여 있다. 예를 들면 분명 이인용으로 만들어진 것 같은 중국제 아편 침상이 있다. 롤로는 항상 거기 누워서 켄 폴릿, 존 러카레이의 스릴러를 읽는다. 그는 다른 책은 읽지 않는데, 그건 그가 어리석어서가 아니라 그냥 스릴러와 스파이 소설에만 마음이 끌리기 때문이다.

롤로의 얘기에 따르면 이 중국제 아편 침상은 한때 독일 땅이었던 칭다오, 당시 이름으로 하면 칭다우에서 온 것이라고 한다. 그의 증조할아버지는 그곳 총독부의 고위

관리였고 그전에는 역시 독일령이었던 태평양의 어떤 섬에 가 있었다. 비스마르크 제도라고 불리는 곳이었던 것 같다. 그건 그렇고, 이 침상에 그러니까 롤로의 증조할아버지가 누워 있었다는 건데, 그래서 나는 이런 생각을 한다. 그는 어떻게 생긴 사람이었을까, 매일 하얀 양복을 입고 다녔을까, 그 남자가 더위로 하루에 몇 번이나 셔츠를 갈아입어야 했을까. 나는 자문해본다. 그는 외로운 사람이었을까, 아니면 파티의 제왕이었을까? 또는 아주 형편없는 시를 썼을까? 중국 고용인들에게 잔인하게 대했을까?

어쨌든 나는 상상이 잘된다. 특히 눈을 가늘게 뜨고 보면, 롤로가 뮌헨-보겐하우젠 집에서 침상에 누워 있는 모습이 내 머릿속에서 거대한 독일 식민제국 어딘가, 늪지에서 심한 열병으로 죽은 그의 증조할아버지의 모습과 서서히 겹쳐진다.

이어서 나는 생각한다. 모든 것을 고정시킬 수 있는 이런 침상 같은 물건을 소유한다면 얼마나 좋을까. 세계 속에서 모든 것이 확고한 제자리를 가지고 있다는 것을 보여주는 이런 목재 물건을. 그러나 사실 그것은 짐덩어리에 지나지 않을 것이다.

이제 롤로는 아편 침상에 앉아 있다. 그리고 내일 메어스부르크에서 있을 그의 파티에 대해 이야기한다. 그의 생일 파티다. 나는 당장 곤란해진다. 내일이 생일이라는 것을 전혀 몰랐으니까 말이다. 하기야 아까 야외 레이브 파티에서 그를 만난 것도 우연일 뿐이긴 했다. 하지만 그가 지금 백만 마디의 말을 쏟아내며 나를 안심시키고, 아니, 괜찮아, 네가 함께 갈 수 있어서 기뻐, 내일 점심 때 내 차로 내려가자, 보덴 호로, 이렇게 말하지 않는다면 롤로가 롤로가 아닐 것이다. 세상에서 손님을 가장 잘 접대하는 주인 롤로.

이어서 우리는 텔레비전을 켠다. 이미 꽤 늦은 시간이기 때문에 아무것도 나오지 않는다. 그래서 이제 롤로는 내게 잠잘 방을 알려준다. 나는 옷을 벗고 침대에 눕는다. 잠이 오지 않아서 부엌에서 물을 한잔 가져온다.

나는 방으로 돌아오는 길에 롤로 방의 문틈을 들여다본다. 그가 여전히 침상에 앉아 책을 읽고 있는 것이 보인다. 무슨 책인지는 알 수 없다. 아마도 존 러카레이일 테지. 그는 나를 알아차리지 못하고, 나는 내 방으로 돌아와 잠이 든다.

일곱

이제 우리는 독일의 이 끝없는 아우토반을 타고 프리드리히스하펜 방향에 있는 린다우로 가는데, 이곳은 당연히 벌써 여름이 한창이라, 그러니까 왼쪽 오른쪽으로 사과나무들이 꽃을 피우고, 초원과 들판에 짙은 초록과 노랑이 가득해서 이젠 좀 심하다 싶을 정도가 되었다. 가는 도중에 롤로는 베를린의 자율주의자*들에 대해 이야기한다. 그들은 프랑크푸르트에서 중고 피아트 우노를 여러 대 사서 배편으로 북아프리카로 보낸 다음, 거기서부터는 그 차들을 가지고 사하라 사막을 가로질러 카메룬 해안에 있는 두알라까지 달려가서는 거기서 다섯 배 가격에 판다는 것이다. 그래, 지금 생각이 나는 것이지만, 어쨌거나 자율주의자들이 사하라 사막 한가운데서 총에 맞아 죽은 채 발견되곤 하는 것은 사실이다. 물론 자동차 없이.

어떤 유목민족, 투아레그 족이나 폴리사리오 게릴라 전사, 또는 다른 누군가가 그들을 노리고 기다리고 있다.

---

* Autonome: 극좌적 무정부주의 정치 운동 그룹. 자율주의자들은 빈집 점거 운동을 벌이기도 했다.

저 아래서. 그들은 휘발유 통으로 길을 막아놓고 자율주
의자들이 너무나 어리석어서 차를 멈추면 이들을 쏘아 죽
이고 자동차들을 그냥 가져간다. 그런 일이 벌써 여러 번
일어났다고 롤로는 말한다. 나는 그 장면을 머리에 떠올
리는 순간, 무엇이 더 우스꽝스러운 것인지, 헝클어진 보
라색 머리카락에 코걸이를 하고 거지 같은 닥터 마틴 신발
도 없이 사막에 자빠져 바짝 말라가는 자율주의자들의 시
체가 더 우스운지 아니면 저 아래서 한 떼의 투아레그 족
들이 새파란 터번을 두르고 닥터 마틴 신발을 신고 피아트
우노를 몰고 다니는 모습이 더 우스운지 잘 모르겠다고 느
낀다. 아마도 그들은 무단 거주자들의 카세트테이프를 자
동차 오디오로 틀어보고 스피커에서 톤 슈타이네 셰르벤
이나 아니면 더 클래시, 그 자율주의자들이 사막을 달릴
때 가지고 다니는 뭐 그런 것들이 스피커에서 꽝꽝 울려나
오면 손뼉을 치며 좋아할 것이다.

　나는 상상해본다. 더 클래시가 'Sandinista'나 'Spanish
Bombs in Andalucçia' 같은 선동적 노래를 부르고 투아
레그 족들은 그 거지 같은 소형 차를 타고 작열하는 사막
을 가로질러 열불 나게 달려간다. 이따금 누군가가 차창
밖으로 허공에 대고 총질을 하고 모두들 그게 재미있어 미
칠 지경이다. 게다가 자율주의자들은 자동차에 커다란 대

마초 보따리와 잭 다니엘스 여러 병을 숨겨놓았다. 이게 원래 완전히 반동적인 미국의 빨간 목덜미 돼지들이 마시는 술인데도 말이다. 하지만 베를린 자율주의자들이 그걸 마신다는 데야 할 말이 없다. 그자들은 약간 머리가 돌았고, 지금은 어차피 죽어서 길가에 쓰러져 있다. 태양이 말라빠진 낙오자의 얼굴에서 피부를 벗겨내고 부리에서 시체 냄새가 나는 독수리들이 그들의 눈을 쪼아 먹는다. 거지 같은 무단 거주자들의 눈을. 진짜 멍청이들 같으니라고.

글쎄 뭐, 롤로가 그런 이야기를 하고, 나는 그것에 대해 곰곰이 생각하며 담배를 피우면서 차창 밖을 내다본다. 그러다가 언젠가 린다우를 알리는 표지판이 보이고, 이제 그럼 보덴 호다.

나는 이 호수를 아주 잘 안다. 살렘에 산 적이 있기 때문인데, 그 이야기는 이미 아까 했다. 사실 독일의 보덴 호만큼 쾌적한 곳은 없다. 어디나 꽃이 피어 있고, 주유소에서는 어린 꼬마들이 플라스틱 굴착기를 가지고 놀고 있다. 그곳은 봄철에는 매우 조용하고 여름에는 정말 더워진다. 심지어 진짜 야자수도 있다. 독일 한복판에 말이다.

우리는 호숫가를 따라서 달린다. 양쪽 차창을 열어둔 채 우리는 상당히 천천히 달린다. 시속 약 40킬로미터로. 우리 뒤로 약간 정체 현상이 빚어진다. 하지만 사람들은 앞에 포르셰 한 대가 천천히 달리고 있으니 경적을 울려댈 엄두도 내지 못한다.

이따금 창을 통해 기름 지진 냄새가 들어온다. 금방 풀을 벤 냄새와 휘발유 냄새도 들어온다. 이런 건 아마도 독일에서 성장한 사람이라면 누구나 어려서부터 당연히 알고 있는 냄새일 거라는 생각이 든다. 물론 새로 간 커피 냄새도 그중 하나일 거다. 하지만 우리 가족은 예전에 커피를 전혀 마시지 않아서 내게 커피는 추억의 냄새 목록에 들어가지 않는다.

나는 어렸을 적에 언제나 랍상소우총 차나 우유와 설탕을 잔뜩 넣은 얼그레이 홍차를 마셨고, 아침 식사 때는 콘 프레이크를 곁들여 먹었다. 그리고 비나는 언제나 토스트를 구워서 가장자리를 깨끗이 잘라 주었는데, 내가 그 부분을 먹지 않았기 때문이다. 우유를 탄 홍차는 내게 언제나 암소 냄새 같은 것을 풍기며 그 속에서 목욕이라도 할수 있다면 정말 좋겠다는 생각이 들게 한다. 그것은 그 정도로 고운 집과 안식의 냄새이다. 하지만 우유를 탄 홍차 냄새를 길가에서 그렇게 자주 맡을 수 있는 건 아니지.

롤로는 나의 다른 친구 알렉산더처럼 살렘에서 산 적은 없다. 롤로는 보덴 호의 발도르프 학교를 다녔다. 왜냐하면 그의 부모도 어지간한 히피들이었기 때문이다. 엄청난 부자들이 히피 세계로 빠져들어가는 일이 왕왕 있다. 그것은 아마도 그들이 다른 것은 모두 보고 체험했고 뭐든지 살 수 있기 때문일 것이다. 그러다가 그들은 어느 날 공포스러운 내면의 공허를 발견하는데, 그 공허를 채우기 위해서는 돈 쓰는 생활을 벗어나 내면으로 침잠하는 수밖에 없는 것이다. 물론 그들은 그 뒤로도 계속 엄청난 돈을 지출하지만 말이다. 나이젤 녀석도 약간은 그렇다. 그게 바로 내가 그의 낡아빠진 문패와 바버 재킷을 두고 얘기하려 했던 바다.

하여튼 그래서 롤로는 어렸을 때 그 발도르프 학교에서 동으로 된 막대를 휘두르고 춤으로 자기 이름을 표현해야 했다. 평화로운 척하는 이 모든 짓거리에 진력이 나더라도 구석에 가서 앉아 있을 수도 없었다. 잘 알려진 것처럼 발도르프 학교에는 구석 자리 자체가 없기 때문이다. 거기서 특히 좋지 않았던 것은 자기 이름을 춤으로 표현하는 것이 아니었을까 생각해본다. 왜냐하면 롤로라는 이름을 어떻게 표현할지는 충분히 상상이 가기 때문이다. 게다가 롤로는 전혀 뚱뚱하지 않은데도 말이다. 아마 그의 성격적 문제는 거기서 비롯된 것이리라.

롤로의 아버지는 인도 남부, 방갈로르 근처에 있는 한 아시람의 최고회원이다. 최고회원이 된 것은 그가 그곳의 구루와 아시람 시설에 상당한 거액을 후원하고 있기 때문이다. 연간 거의 50만 마르크에 달하는 돈을. 그가 벌써 약 20년째 그렇게 후원하고 있기 때문에, 그 아시람에서는 도무지 돈 걱정을 할 일이 없다.

언젠가 롤로가 얘기한 바로는 냉수와 온수가 나오는 수도가 이제 마을 전체에 연결되어 있을 뿐만 아니라 비디오 명상 센터와 컴퓨터실도 하나씩 마련되어 있고, 심지어 롤로의 아버지 이름을 딴 건물도 있는데, 그곳은 채식주의 레스토랑으로 사용되고 있다. 구루는 그 돈으로 소아병원도 한 채 짓게 했는데, 그 병원의 이름은 롤로의 아버지가 아니라 구루의 이름을 따서 지었다. 하지만 그 구루의 이름은 더 이상 생각나지 않는다.

롤로의 아버지가 저 남쪽 지방에 한번 나타나면 그를 위해서 엄청난 규모의 채식주의 축제가 사흘 낮 사흘 밤 동안 열린다. 그것도 술 한 방울 없이 말이다. 한번 상상해보라. 모두가 그를 위대한 기부자로 대접한다. 그가 그런 사람인 것은 사실이기도 하고. 그, 즉 롤로 아버지는 당연히 그런 대접을 바라지 않는다. 하지만 모든 것이 조금도 꼼짝할 수 없게 정해져 있고, 구루와 아시람과 마을 전체가 그에게 의존하고 있는 데다, 모두가 그를 정말로 좋아하기 때문에, 그는 당연히 명상과 성찰, 내면으로의 침잠 등, 그런 아시람에서 원래 해야 할 일은 더 이상 하지 못하게 되었다. 그런 사실이 그를 슬프게 하지만, 이미 말한 것처럼 그는 지금 상황에서 더 이상 헤어 나오지 못한다. 사실 이 모든 게 어리석기 짝이 없다. 하지만 꼭 그런 것만도 아니다. 그 자신이 그런 상황을 자초해놓고, 이제 와서 그것 때문에 괴로워하고 있는 것이다.

롤로의 부모님 댁은 메어스부르크에 있다. 집은 바로 호수 앞이다. 우리는 차창을 열어놓은 채로 이 작은 도시를 달려간다. 차의 엔진이 마치 폴크스바겐 엔진처럼 덜덜거리고 그 소리가 좁은 골목길에 울려 퍼진다. 해가 벌써 호수 위에 낮게 걸려 있지만 아직 곱게 빛난다. 잠시 후 긴 자갈길을 따라 올라가니, 그 길 끝에는 오랜 비바람에 시달린 큰 대문이 열려 있다. 우리는 문을 통과하여 롤로네 가족의 사유지 위로 달려간다.

롤로는 앞에 여러 기둥이 있는 큰 저택 앞에 차를 세운다. 짐은 차 안에 놔두자. 누가 와서 챙겨줄 거야, 하고 롤로가 말한다. 차에서 내릴 때 나는 그를 옆에서 바라본다. 그가 눈치채지 않게 하면서. 그는 부모님 댁에 돌아와서 몹시 기뻐하고 있다. 하기야 그는 여기서 태어났으니까. 아마 프리드리히스하펜의 병원에서 태어났을 테고,

그 후로는 이곳 메어스부르크에서 자란 것이다.

롤로는 흥분하거나 술에 취하면 이따금 이 아래쪽 사람들 말씨가 나오곤 한다. 그럴 때면 그의 목소리는 약간 뭉개지고, 대개는 반쯤 슈바벤 사투리가 섞인 말로 첫 콘서트 경험에 대해 이야기한다. 그건 프리드리히스하펜의 체펠린 홀에서 열린 버클레이 제임스 하비스트 콘서트였다. 엄청난 조명쇼를 이용하는 돼지 같은 록 밴드. 그는 거기서 콘서트가 시작되기 전에 처음으로 조인트를 피웠다. 그게 열네 살 때였다. 또 롤로는 정말로 취하면 그 우스꽝스러운 잡종 언어로 자신의 첫 자동차에 대한 이야기를 꺼낸다. 하늘색 폴크스바겐 비틀이었는데, 그는 그 차로 저녁때 비르나우로 달려갔다. 거기서 그는 보덴 호 최고의 모드 족이었던 열네 살에서 열여덟 살 사이의 시절을 뒤로하고 더 어렸을 때 좋아한 허풍스런 록음악을 재발견했다. 그는 모드 족으로서의 삶을 다시 재빨리 내팽개쳤다. 비록 그의 자동차 뒤에는 여전히 The Kids are alright라고 적힌 스티커가 붙어 있었지만 말이다.* 그는 비틀을 세워놓고 담배를 피웠고, 카세트플레이어로 무디 블루스의 노래 'Nights in the White Satin'을 계속 되감아 들었다. 그

---

* 'The Kids are alright'는 그룹 더 후의 곡으로, 더 후는 모드 족이 즐겨 들은 대표적인 그룹이다.

러면서 일부러 담배로 팔에 구멍을 내곤 했다.

이 모든 게 이제는 너무나 애수에 찬 이야기로 들린다. 잃어버린 청춘이나 뭐 그런 것을 향한. 보통 나는 그 히피 나부랭이들이 지독하게 피곤한 인간들이라고 생각한다. 하지만 롤로에 대해서만은 그런 느낌이 들지 않는다. 그는 뭐랄까 매너가 아주 나이스하다. 예전 같으면 뭐 그런 걸 상당히 엿 같다고 여겼을 것이다. 무슨 말이냐 하면, 누군가가 주차장에서 혼자 끔찍하게 형편없는 노래들을 듣고, 저녁 해를 바라보며 자기 연민에 빠진다면, 그의 아버지는 남부 인도의 어느 아시람에 가 있는데 역시 아무일도 제대로 감당하지 못하고 있다면, 그리고 롤로는 절대 어머니 얘기를 하지 않지만, 그의 어머니는 틀림없이 알코올 중독자이고, 저택 정원에서 하루 종일 캔버스 앞에 앉아 보덴 호를 그리는데 그녀 앞에는 계속 비어가는 페르노 술 한 병이 놓여 있다면, 그렇게 생각했을 거란 말이다.

내가 롤로의 삶에 대해 생각해내는 이 모든 것은 물론 싸구려 그림에 가깝다. 이미 말했듯이 예전 같으면 나는 이 모든 것을 아주 어리석다고 여겼을 것이다. 하지만 요즘은 그런 것에 흥미를 느낀다. 왜 달라졌는지 잘 모르겠다. 눈에 띄게 더 싸구려 같은 일들을 상상해내는 것은 아

176

마도 나이 탓일지도 모른다.

어쨌든 자갈길을 걸어가는 동안 롤로는 정말로 눈이 반짝반짝해진다. 그가 저택의 문 앞에서 초인종을 누르자, 하인 한 사람이 문을 열고, 롤로를 보고는 정말 몹시 기뻐한다. 그는 우리를 현관 홀로 안내하고, 롤로는 몹시 흥분해서 이리저리 뛰어다니며, 이 물건 저 물건 집어 들어보더니, 붉은 장미와 노란 장미가 꽂혀 있는 엄청나게 큰 화병을 만진다. 나는 그가 아마 이제 이 화병의 역사를 이야기하겠구나 생각하지만, 그는 그러지 않는다. 나는 두 손을 어찌해야 할지 몰라 담배를 한 대 꺼내 불을 붙인다.

롤로는 마치 미친 사람처럼 이리저리 뛰어다닌다. 머리를 손으로 쓸어 넘기고 게다가 이제는 혼란스럽게 지껄여댄다. 나는 하인이 이 자리에 있지 않고 차에서 짐을 내리고 있어서 다행이라는 생각을 하는데, 바로 그 순간 커다란 담뱃재 덩어리 하나가 중국제 비단 양탄자에 떨어진다. 하지만 롤로는 뮌헨에 있는 그 빌어먹을 방 여덟 개짜리 아파트에서 살면서 다 잃어버렸다고 여겼던 집안 물건들과의 재회에 너무나 몰두해 있다.

요리사가 문으로 들어온다. 필리핀 출신 여자인데, 롤로에게로 가더니 무릎을 살짝 굽히며 인사하고 그와 악수를 나눈다. 그녀의 얼굴 전체가 환하게 빛난다. 롤로를 다시 보는 일이 그녀는 그토록 기쁜 것이다. 그녀는 앞니가 하나 없다. 내 말은, 나도 이런 게 익숙하다는 거다. 비나도 똑같으니까. 내가 어쩌다 들를 때면, 그녀도 번번이 기뻐 날뛴다. 내 생각에, 비나와 이 필리핀 출신 여자에게 젊은이들을 위해 요리하고 그들의 셔츠를 다려주는 것보다 더 행복한 일은 없는 것 같다. 아마도 이 여인들이 자식을 둔 적이 없기 때문일 수도 있다. 사실 약간 슬픈 일이다. 하지만 이 또한 인간들이 교묘하게 스스로 빠져 들어가는 그런 일이다. 그런 의존성 말이다.

요리사가 내 쪽을 본다. 그리고 내가 손을 마치 접시처럼 해서 타고 있는 담배 밑에 받치고 있는 것을 보고는 부엌으로 달려가 재떨이를 가져다준다. 나는 감사하다고 말한다. 하지만 정말 안타깝게도 그 모든 것이 다시금 극도로 민망하게 느껴진다. 내가 손에 녹색 유리로 된, 그것도 아주 볼품없는 재떨이를 들고 이렇게 서 있다는 것이. 지금 롤로는 큰 유리잔에 얼음을 넣은 셰리주를 가져와서 대리석 계단 맨 아래에 앉아서 마시는데, 그 순간 나이젤이 떠오른다. 팔에 바늘이 꽂혀 있고, 눈은 멍한 채, 주사기 속에는 아주 가는 핏줄기가 흐르던 그 모습. 나이젤이 그냥 그렇게 내 머릿속으로 들어와 자리를 잡고 떠날 생각을 하지 않는다. 두 눈을 감아보지만, 그는 사라지지 않는다.

요리사가 내게 진토닉 한 잔을 가져다준다. 세 모금을 마시자 나의 뇌리에서 나이젤이 다시 사라진다. 그가 왔을 때처럼 그렇게, 약간은 마치 유령처럼. 나는 이런 환영을 두려워한다. 하지만 술을 많이 마시면, 그것도 다시 없어져버린다.

롤로와 나는, 각자 담배를 피우면서, 양쪽으로 열리는 큰 문을 통해 정원으로 나가, 두 개의 흰색 나무의자에 각각 앉는다. 지금은 진토닉이 딱 맞는다. 롤로는 의자 등받이를 앞쪽으로 해서 양다리를 벌리고 앉아 있다. 팔은 나무 등받이 위에 걸치고, 얼음을 넣은 두번째 셰리 잔을 두 손에 든 채로. 호수에서 아주 가벼운 바람이 불어온다. 집 안 어딘가에서 전화벨이 울리는데, 저 멀리서는 돛단배 두 척이 미끄러져 가고, 저녁이 오고, 나이젤의 모습은 이제 맨 가장자리에 어른거릴 뿐이다. 아주 작고 흐릿하게.

덤불 속을 가르며 부는 바람 소리와 우리 두 사람의 유리잔 속에서 나지막하게 달그락거리는 얼음 소리가 나를 아주 편안하게 한다. 심지어는 살짝 잠이 올 지경이다. 나는 생각한다. 예전에는 나도 호숫가에 자주 앉아 있었는데. 또 나는 빛이 저물어가고 사람이 아주 기이한 것들에 더 예민해지는 이런 시간이 멋지다고 느끼는데. 이렇게 앉아 생각에 잠긴 채 약간 술을 마시면, 그림자나 호수 위 하늘을 빙빙 도는 새들에 대해 더 민감하게 반응하게 된다.

이런 일들 자체는 전혀 이상한 것이 아니다. 하지만 그 모든 것이 다 함께 일어나면, 나는 늘, 글쎄, 뭔가 닥쳐오는 것에 대한, 뭔가 어두운 것에 대한 어슴푸레한 예감이 들곤 한다. 그게, 그 다가오는 게 뭐 두렵다는 건 아니지만, 그렇다고 기분 좋은 것도 아니다. 어쨌든 그것은 잘 감춰져 있다. 지금까지 나는 그 이야기를 아무에게도 하지 않았고, 그러다 보니 더 잘 설명할 수도 없다. 그것은 사물들의 뒤, 그림자들의 뒤, 가지가 호수에 거의 닿을 듯한 거대한 나무들의 뒤에 있다. 그것은 하늘의 검은 새들 뒤에서 이리저리 날아다닌다.

나는 언제나 그 생각을 했다, 다섯 살 때도 그랬다. 그 이야기는 아직 아무에게도 한 적이 없다. 전혀 구체적이지 않고, 그저 어떤 느낌, 그저 어떤 예감일 뿐이기 때문이다. 그런 것에 대해 나는 할 이야기가 많지 않다.

한 시간 후면 손님들이 온다. 그래서 우리는 서서히 잔을 비운다. 롤로는 내가 머물 방을 보여주고 나서 자기 방으로 간다. 옷을 갈아입어야 하기 때문이다. 그가 안내해준 손님방은 특색 없이 꾸며져 있는 편이다. 그 투명한 오렌지색 비누 냄새가 난다. 비누 이름이 피어스였지, 내 기억으로는.

누군가가 내 트렁크를 방에 올려다 놓았는데, 나는 그것을 열고, 새로 빤 흰색 와이셔츠, 흰색과 파란색 줄무늬가 있는 넥타이, 암청색 싱글 재킷을 꺼내서 모두 침대 위에 놓는다. 그런 다음 옷을 벗고 급히 샤워하러 들어간다. 더운 물과 얼음처럼 차가운 물을 번갈아 가며 세 차례 샤워하고, 욕실 거울 앞에서 면도를 하고, 수건으로 몸을 닦고, 침실 거울 앞으로 간다. 흰색 와이셔츠를 입고 넥타이를 맨다. 다른 때보다 더 신경 써서, 윈저식 매듭으로.

넥타이 매듭을 두 손으로 잡아당기면서 거울 속 내 얼굴을 본다. 정말로 똑바로 쳐다보는 건 아니고, 그저 얼굴 둘레만 볼 뿐이다. 그러자 다시 앞서의 그 느낌, 뭔가 닥쳐오고 있다는 이상스런 예감이 든다. 나는 알렉산더를 생각한다. 그가 바버 재킷을 찾을 거라고, 하지만 그게 없어도 크게 상관하지 않을 거라고 생각한다. 내가 둘레를 본다고 말하면, 그건 진짜 그렇게 한다는 뜻이다. 내 얼굴의 한가운데, 그건 더 이상 보고 싶지 않다. 그저 윤곽만 보길 바랄 뿐이다. 그러려면 물론 눈을 가늘게 떠야 한다. 그렇게 하면 얼굴 한가운데가 사라지게 된다.

그래서 나는 두 눈을 가늘게 뜨고 롤로에 대해, 그의 바리움 복용에 대해 생각한다. 롤로는 언제나 한 번에 알약 4분의 1 조각씩을 먹고, 그렇게 해서 하루에 바리움 두

세 알을 복용하는데도 결코 피곤해지는 법이 없고, 오히려 유쾌하고 활기가 있다. 나는 그의 어머니를 한번도 만나본 적이 없지만 그런 점은 어머니를 닮은 게 틀림없다고 생각한다. 우리가 알고 지낸 이래로 롤로는 어머니를 겨우 한두 번 언급했을 뿐이다.

나는 상상해본다. 그녀 역시 그 수면제에 취해 있을 테지. 하루 온종일. 그러고 나서 밤에 깬 채로 누워 있는 거다. 그건 당연하게도 밤 시간, 침대 속에 혼자 있는 시간이 정말 깨어 있을 때보다는 훨씬 더 참을 만하기 때문이다.

나는 열려 있는 창문 쪽으로 간다. 창문은 뒤편, 정원 쪽으로 나 있다. 나보다 훨씬 빨리 옷을 갈아입은 롤로가 잔디밭에 서 있는 게 보인다. 손에는 어느새 술을 또 한 잔 들고. 이미 아주 어두워졌기 때문에 도처에 횃불이 켜져 있다. 아까 그 하늘가의 오렌지색 빛은 이제 사라졌다.

여자애들 두 명이 롤로와 이야기하고 있는데, 예쁜지 아닌지 알아볼 수가 없다. 집 쪽으로 등을 돌리고 서 있기 때문이다. 둘 다 피부가 짙은 갈색이고, 전혀 내 마음에 들지 않는 옷을 입고 있다. 적어도 뒤에서 봤을 때는 그렇다. 때때로 그중 하나가 키득거리고, 나는 롤로가 틀림없이 농담을 했으리라는 것을 알 수 있다. 그는 농담을 하고 나서 언제나 상당히 멍청한 표정이 되기 때문이다.

그럴 때면 그는 마치 농담 뒤에 또 무언가가 올 것을 기다리는 것처럼 보인다. 요점 뒤에 숨어 있는 또 하나의 요점 같은 것이 나타나기를 말이다. 하지만 그런 순간은 결코 오지 않는다. 그러면 그는 일단 멍청한 표정을 짓고는 풀이 죽어버린다. 마치 매번 자기 자신의 농담에 새삼 스레 크게 실망하기라도 하듯이. 나는 때때로 정말 그게 바리움 때문일 거라고 생각한다. 그런 것은 그저 사람을 멍청하게 만들 뿐이다.

나는 손님방에서 나와 문을 닫고 손으로 얼굴을 쓸어보다가, 목 왼쪽 아랫부분에 면도가 꼼꼼하게 제대로 되어 있지 않은 걸 알아차린다. 이런 일이 있으면 나는 언제나 엄청난 혼란에 빠진다. 1초도 안 되는 짧은 시간 동안 다시 한 번 면도를 해야 하지 않을까 생각해본다. 하지만 다시 그 방으로 돌아간다는 건 정말 너무나 피곤한 일이다. 그래서 그냥 관두기로 한다.

나는 아주 천천히 계단을 내려간다. 이렇게 내려가고 있으니까 영화 속 장면 같다는 생각이 든다. 1940년대 흑백영화에 나오는 캐리 그랜트처럼. 그리고 내가 그 계단 위에서 끔찍하게 벌거벗은 채 아무런 보호도 없이 서 있는 것처럼 느껴진다. 그런 생각을 하고 있는데, 누군가가 대형 크리스털 샹들리에를 켰다는 걸 깨닫는다. 마치 옛날 우리 집의 크리스마스 때처럼, 수십억 개의 초들이 집 안을 온통 축제 분위기로 만들고 있다. 왁스 냄새가 나고 집 안과 정원의 많은 꽃들에서 향기가 난다. 그러자 나는 갑자기 옷을 제대로 갖춰 입지 못했다는 기분이 든다.

나는 양쪽으로 열리는 문을 통해 정원으로 나가 담배를 꺼내 불을 붙인다. 상당히 많은 사람들이 검은 턱시도를 입고 있고, 몇 사람은 심지어 흰 양복에 검은 나비넥타이를 하고 있다. 나는 해변 풍의 어처구니없는 외양 때문에 이 자리에 좀 잘못 뛰어든 기분이 든다. 마치 마르베야에서 저녁 때 육지로 돌아가는 천치 같은 요트 소유주처럼 보인다.

웨이터 한 사람이, 서빙은 전혀 할 줄 모르고, 그저 멍청하게 여기저기 서 있고 폼 잡기 위해서 이 일을 하고 있는 모델이 분명한데, 그가 음료 쟁반을 들고 내게로 온다. 하지만 다 샴페인이거나 구역질 나는 노란 오렌지색 볼레* 뿐이라 나는 제대로 된 음료를 받을 수 있는 바가 어디에 있는지 묻는다. 그는 흠 잡을 데 없는 멍청한 모델 미소를 짓고는 어느 덤불을 가리키며, 종소리처럼 밝은 호모 풍

---

* Bowle: 독일식 프루트 펀치.

의 가는 목소리로 무언가 지껄여대기 시작하는데, 나는 제대로 듣지 않는다.

저 뒤쪽, 덤불 속에, 협죽도 가지 사이로 정말 바가 차려져 있다. 글쎄 뭐, 이걸 바라고 말하는 건 정말 대단한 과장법이고, 그저 두 테이블 위에 하얀 천이 덮여 있고, 테이블 뒤쪽에는 선탠을 한 갈색 피부의 모델 둘이 서 있고, 테이블 위에 병 몇 개가 놓여 있는 정도다. 누가 늘 이런 파티를 여는지는 나도 모른다. 롤로 스스로 준비하는지, 집안의 고용인들이 하는 것인지. 롤로 아버지는 사실 이 파티와 상관이 있을 수 없기 때문이다. 그의 아버지는 파티를 전혀 중요하게 여기지 않고, 어차피 언제나 출타 중이니까.

자, 이제 나는 바 앞에 서 있다. 그리고 아까 느낀 그 이상한 예감을 잊고 싶고, 무엇보다 롤로와 그의 가족에 대한 침울한 생각들, 롤로가 사실 얼마나 슬픈 존재인가, 그런 생각을 잊고 싶어서 이제 제대로 한번 술을 마시기 시작하리라 작정한다. 나는 바에 기대면서 모델 웨이터에게, 브랜디 알렉산더 넉 잔을 달라고 한다.

바 웨이터 둘이 일종의 비밀스런 호모 시선을 교환하면서, 내가 눈치조차 못 챌 거라고 생각하고 있다. 그래서 나는 손으로 이마의 머리카락을 쓸어 넘기고 조금 휘청거리며 다닌다. 그들이 나를 알코올 중독자라고 생각하도록 말이다. 사실 나는 그렇기도 하니까. 그런 다음 나는 히죽 웃으며 그들을 바라본다, 그렇게, 아래쪽에서부터. 그건 아주 잘할 줄 안다. 그 멍청한 웨이터들은 우쭐해져서, 그 중 하나가 밝은 갈색 액체가 담긴 네 개의 유리잔을 흰 테이블보 위에 갖다 놓는다. 나는 단숨에 첫 잔을 비우고, 둘째 잔을 비운다. 리큐어가 목에서 약간 화끈거린다.

　나는 반쯤 장난으로 몸을 흔들어댄다. 그 순간에, 맙소사, 내가 장난이 너무 과했다고 생각하지만, 동시에 저런 모델 웨이터들에게는 과한 장난이란 결코 있을 수 없다는 걸 깨닫는다. 그들은 신호를 주는 족족 다 그대로 믿어버린다. 그 둘은 이제 아주 제정신이 아니다. 한 녀석은 정말 자기 유니폼 앞단추를 만지작거리고 있다. 진짜 믿을 수가 없다. 마지막으로 나는 와이셔츠 칼라를 풀어 넥타이를 느슨하게 하고는 라 차임*이라고 말한 뒤 다른 두 잔의 브랜디 알렉산더를 단숨에 비운다. 뱃속이 아주 따뜻해진다. 하지만 그 여파는 몇 분 후에 나타난다는 것을 알고 있다. 머리카락이 다시 이마 위로 흘러내리고, 나는 다시 그것을 쓸어 넘긴다. 이어서 그 바텐더 한 명의 눈을

---

* La Chaim: '삶을 위하여'라는 뜻의 히브리어 건배사.

꼭 필요한 것보다 1초 더 바라보고는 감사 인사를 한다.

　바로 그 순간 나는 롤로가 내 옆에 서서 말하는 소리를 듣는다. Yo soy feliz y tu tambien. 그 때문에 너무 놀라서 거의 정신을 못 차릴 지경이다. 그가 오는 것을 보지 못했는데 갑자기 그가 옆에 와서 스페인어로 말을 거는 것이다. 이제 술 넉 잔이 머리 끝까지 올라 있기 때문에 처음에는 그 말을 전혀 이해하지 못한다. 그러자 그가 다시 한 번 말한다. 정말로 스페인어로 말한다. 나는 행복해, 그리고 너도 그렇지,라고.

　나는 그의 얼굴을 본다. 그는 이미 얼음을 넣은 셰리 몇 잔을 마셨고 게다가 바리움을 평소보다 더 많이 복용했다. 그는 멍청한 표정을, 농담을 하고 난 뒤에 뭔가 더 나올 것처럼 싱긋 웃는 바로 그 표정을 짓고 있다. 하지만 아무것도 나오지 않는다. 그는 그저 거기 서서, 셰리 잔을 붙들고 멍청하게 싱긋이 웃고 있다.

　나는 그를 바라본다. 그는 흰색 턱시도 재킷에 검은색 바지를 입고, 검은색 나비넥타이를 약간 아무렇게나 맨 채 서 있다. 무릎이 휘청거리고, 눈꺼풀은 파르르 떨린다. 알코올과 바리움으로 만취 상태가 되었기 때문이다. 나는 무슨 말로든 대답을 하지 못하고 그저 같이 싱긋이 웃어준다. 그는 휘청거리며 내게로 와서 내 어깨에 팔을 두르고,

단숨에 셰리 잔을 비운다. 그리고 우리는 뒤로 돌아 바에 가서 술 한 잔씩을 더 주문한다. 나는 아무 말도 하지 않은 것에 대해 1초 가량 죄 지은 기분이 든다. 하지만 그 기분은 금방 지나간다. 나도 뭔진 모르지만 적어도 롤로 때문에 양심의 가책을 느끼는 것보다는 더 중요한 일이 있으니까.

바텐더 둘은 여전히 재수 없게 약간 사랑에 빠진 듯 쳐다본다. 롤로는 그 스페인어 문장을 말한 이후로는 다른 아무 말도 하지 않고 눈꺼풀만 떨고 있고, 나도 옆에 서서 다시금 내 손을 어찌해야 좋을지 모르겠다. 그래서 담배를 한 대 꺼내 불을 붙이는데, 그 순간 갑자기 그날이 머리에 떠오른다. 내가 미코노스로 가는 비행기를 탔던, 수년 전 그날 오후가.

나는 그곳이 아주 멋지다고 들었다. 알렉산더가 언젠가 편지에 쓰기를, 미코노스는 대단히 흥미로운 곳이라고 했다. 그 섬은 사실 그저, 청록색 에게 해 한복판에 있는 민둥민둥한 누런 바위 더미일 뿐인데, 거기서 재미있는 관찰을 할 수 있다는 것이다.

그래서 나는 비행기를 예약했다. 암스테르담을 경유하는 아주 이른 아침 비행기. 나는 담배를 피우며 스히폴 공항을 걸어가면서 대단히 새로운 모험을 하는 듯한 기분이

들었다. 물론 판지로 된 작은 여행가방 외에 다른 짐은 없었고, 그래서 마치 도망자처럼 느껴졌다. 많은 돈을 횡령해서 이제 막 몬테비데오, 다카, 혹은 포트모르즈비로 가는 비행기를 타는 그런 사람 말이다. 물론 좀 유치한 생각이기는 했다. 더구나 나는 겨우 미코노스행 비행기를 탔을 뿐이었는데. 하지만 그런 생각을 했다고 누구한테 털어놓을 필요는 없었으니까. 지금 그 일에 대해 곰곰이 생각하면서 왜 알렉산더가 그렇게 전 세계를 돌아다녔는지 깨달은 것 같다. 아무도 절대 모르는 특이한 장소들을 쏘다니는 건 너무나 근사하기 때문이다. 그리고 그곳에서 뭘 하려는 건지도 아무도 모른다. 관광이 아닌 것은 분명하다. 출장 여행도 아니다. 비행기를 타고 제3세계 국가들로 가는 데는 도대체 납득할 만한 이유라고는 없다. 한 가지 일거리에 매달린다는 것 외에는 말이다. 즉 빈둥거린다는 것. 사실상 이제는 더 이상 존재하지 않는 일거리.

그리하여, 나는 작은 비행기에 올라탔다. 심지어 프로펠러 비행기였다. 상당히 매끄럽지 못한 비행이었다. 기내의 절반은 토론토에서 온 캐나다 여행객 그룹이 채우고 있었다. 우리가 지중해에 이르렀을 때 태양이 구름 사이를 뚫고 나왔고, 여전히 모든 것이 대단한 도피 행각 중의 상황으로 보였다. 기분이 좋았다. 나는 작은 판지 여행 가

방을 내 앞 좌석 아래에 놓아두었고, 나 자신이 아주 비밀스러운 존재인 것처럼 느껴졌다. 그리고 끊임없이 스크루드라이버를 주문했다. 잠시 후 비행기는 정말로 누런 돌무더기 위를 선회했고, 비행기가 착륙할 때, 나는 만취해 있었다. 아주 거친 착륙이었다. 나는 밖으로, 활주로 위로 걸어 나갔다. 섬이 빛 속에서 반짝거리고 있었다.

나는 한 손에 작은 여행 가방을 단단히 잡아쥐고 다른 손에는 비행기에서 마시던 스크루드라이버를 들고는 비틀거리며 세관 신고 건물로 갔다. 극도로 즐거워하며 들떠 있는 캐나다 사람들에 둘러싸인 채.

나는 아무런 조사도 받지 않았다. 공항에서 바로 오토매틱 베스파 한 대를 빌렸다. 나는 그 당시에 이미 진짜 오토바이를 잘 이해할 수 없었고, 요즘도 여전히 허세밖에 없는 물건이라고 생각하는 편이기 때문이다. 나는 곧장 비행장에서 가장 가까운 해변으로 출발했다. 그 해변의 이름은 슈퍼 파라다이스였던 것 같다. 아니, 꽤 확실하게 그렇다고 말할 수 있다.

해변으로 가는 도로는 사실 도로라기보다는 작은 길에 가까웠고, 그 길이 끔찍하게 길게 느껴졌다. 적어도 10킬로미터는 되는 듯했다. 당나귀들과 기이하게 생긴 누런 돌언덕들을 지나쳐서 달렸지만, 그 밖에 인적은 없었다.

난 여전히 취했기 때문에, 일단 갓길에 베스파를 세우고 여행 가방에서 베이지색 버뮤다 바지를 꺼내 입었다. 다른 때 같으면 결코 이런 짓은 하지 않았을 것이다. 도로변에서 옷 갈아입는 짓 말이다. 다행히 한 사람도 없었다.

나는 와이셔츠 앞 단추를 푼 채 반바지 차림으로, 스쿠터를 타고 아주 심한 경사면을 마구 달려 내려갔다. 내 아래로 마치 TUI 여행사의 팸플릿에서 보는 것 같은 해변의 장관이 펼쳐졌다. 스쿠터 앞쪽 바구니에는 내 작은 가방이 들어 있고, 풀어진 와이셔츠가 바람에 펄럭였다. 정말 아주 즐거운 기분이었다.

길은 경사가 더 급해졌다. 이제 해변은 붉은 꽃이 핀 덤불에 가려졌다. 갑자기 아주 근사한 향기가 났고, 그 경사진 험로도 별안간 끝나버려서, 나는 스쿠터를 세워두어야 했다. 코코 비치 클럽이라고 써 있는 간판이 나왔고, 해변 위 약간 지대가 높은 둔덕, 툭 터진 야외 한가운데, 대나무로 된 천막형 지붕을 얹은 둥그런 바가 나타났다. 나는 생각했다. 근사하군, 우선 스크루드라이버를 한 잔 더 해야지.

나는 바에 앉아 술을 한 잔 주문했다. 그리고 옆을 돌아보니까, 거짓말이 아니다, 투명한 검은색 보디 슈트를 입은 뚱뚱한 남자가 앉아 있는데, 양쪽 볼기짝에 바로크

천사 두 명의 문신이 새겨져 있고, 그들은 그의 항문 방향
으로 작은 화살을 쏘고 있다.

　나는 하마터면 푸하하 하고 웃음을 터뜨릴 참이었는데,
주위를 둘러보자 갑자기 내가 아주아주 지독한 호모들 무
리 한가운데에 와 있다는 것이 확연해진다. 그러니까 최
소한 스무 명은 되었다. 모두들 피부가 짙은 갈색이고, 몇
몇은 파마머리이고, 대부분 마흔 줄에 들어선 사람들이었
다. 그들은 정말 희한하기 짝이 없는 수영팬티를 입고 있
었으니, 뒤로는 두 볼기 사이의 골을 끈으로 두르고 앞에
는 달랑 작은 주머니만 달린 그런 것들이다.

　스크루드라이버가 나온다. 바 주인이 카세트테이프를
뒤집어 끼우고, 이니그마의 'Sadeness'가 스피커에서 흘
러나오자, 모두들 심취한 채 바 앞 자갈밭에서 춤을 추기
시작한다. 그들 중 몇몇은 그나마 앞에 작은 주머니조차
차지 않았다. 그들은 완전히 나체이고, 춤을 추는 동안 고
환이 이리저리 흔들린다. 그들 가운데 갈색으로 그을은
살이 출렁출렁할 정도로 뚱뚱한 남자 한 명은 아주 작은
병 하나를 가죽 줄에 묶어 목에 걸고서 그 병을 수시로 코
밑에 갖다 대고 냄새를 맡으며 아주 이상한 표정으로 씩
웃는다.

　나는 재빨리 스크루드라이버를 입에 털어 넣고 커다란

드라크마 지폐를 바에 내고 내 작은 여행 가방을 집어 든
다. 가방을 집어 드는 순간 그것이 이 자리에 정말 전혀
어울리지 않는 물건이라는 생각이 든다. 나는 해변으로
달려 내려간다. 벌거벗은 자들 중 한 사람이 내 뒤에 대고
빈정대듯 웃는 소리가 아주 분명하게 들린다. 그가 큭큭
큭 하는 소리를 낸다.

나는 계단을 내려가 슬리퍼를 벗고 반쯤은 물속을, 반
쯤은 모래 위를 걷는다. 그런데 갑자기 모두가 나를 뚫어
져라 쳐다보는 것을 느낀다. 정말로, 해변에 누워 있는 모
든 사람들이 말이다. 더 심각한 건, 모두 나체라는 것이
다. 그리고 모두 남자들뿐이다. 나는 조금 더 간다. 그러
다가 내 오른쪽 물속을 보니 진한 갈색 두피에 머리카락이
하나도 없는 중년의 남자가 있다. 그는 이미 완전히 물속
에 들어가 누워 있고, 작은 파도들에 온몸을 씻어내면서,
내 두 눈을 똑바로 쳐다본다. 그의 다리 사이로 이미 반쯤
발기된 성기가 보인다. 물이 상당히 차가운데도.

맙소사, 라고 나는 생각한다. 맙소사, 맙소사. 이 모든
게 사실일 리가 없어. 이 인간들이 이렇게 몸을 팔아야만
하다니. 그리고 무엇보다 내가 비행기를 타고 여기 와서
지금 완전히 취한 채로 늙은 남자 동성애자 해변을 이리저
리 달려야만 하다니. 벌거벗은 인간들의 눈총을 받지 않

고는 아무 데도 앉을 수 없는 이런 곳에서. 나는 생각한
다. 어쩌면 내가 애를 쓰기만 하면 이 모든 것을 견뎌낼
수 있을 거야. 하지만 난 그러기 싫어. 나는 애를 써야 하
는 상황을 원치 않아. 절대로.

그리스의 태양이 내 뇌 위로 강렬하게 쏟아진다. 스크
루드라이버 마지막 잔은 마시지 말았어야 했다. 걸을 때
지독한 두통이 일어나는 것을 느낀다. 누군가의 다리 사
이를 보지 않고는 아무것도 쳐다볼 수가 없다. 이제 정말
질린다. 넌더리가 난다.

나는 이 끔찍한 곳 한복판에서, 창백한 피부를 하고,
대략 십억 명은 되는 벌거벗은 갈색 피부의 남자들에게 둘
러싸인 채, 아주 멀리 저 바깥을 바라본다. 바다의 푸른빛
이 점점 더 밝아지는 저편에서 증기선 한 척이 지나가는
것을. 나는 손가락으로 증기선을 가리킨 다음 더 이상 움
직이지 않는다. 그렇게 하니까 배가 나를 기준으로 어떻
게 움직이는지 볼 수 있다. 아주 작아진 그 배는 수평선이
이미 거의 하얗게 된 저 뒤편에서, 내뻗은 나의 손가락을
지나간다. 그렇게 해서 가장 좋은 건, 두통이 사라지고,
호모들 때문에 생긴 공황도 사라지고, 모든 것이 제자리
를 잡는다는 것이다. 이제 마치 내가 삶에서 더 이상 공포
를 느끼지 않아도 될 것 같은, 거의 그런 기분이다. 한순

간 동안은.

그러고 나서 나는 당연히 곧바로 스쿠터를 세워둔 곳으로 돌아간다. 바를 지나쳐 가는데, 바에서는 남자들이 아직도 춤을 추고 있고 이제는 프레디 머큐리의 'I want to break free'가 흘러나오고 있다—그나저나 이 곡은 팝 역사에서 가장 형편없는 곡 중 하나다. 재빨리 스쿠터를 타고 경사로를 올라가 비행장으로 간다. 가장 빨리 출발하는 비행기는 로마행이었다. 그리고 나는 그 비행기를 탔다. 나의 미코노스에서의 두 시간은 그랬다.

그곳이 재미있다던 알렉산더의 말은 물론 옳았다. 하지만 나는 그것을 수년이 지나서, 이 순간에야 비로소, 보덴 호의 파티에서, 롤로 옆에 서서 깨닫고 있다. 그건 뭔가 그 증기선과, 그리고 그 증기선은 계속 나아가는데 가만히 서 있다는 사실과 관계가 있다. 뒤에는 벌거벗은 늙은 남자들이 누워 있고, 그들이 뒤에서 엉덩이를 뚫어져라 바라보고 있는데.

그건 물론 설명하기가 좀 힘들다. 그래도 굳이 말하자면 마치 사람이 이 세상에서 자기 자리를 찾은 것 같은 약간 그런 기분이다. 더 이상 빨아들이는 소용돌이도 없고, 자기 옆을 막 지나가는 삶 때문에 무기력해질 일도 없이, 그냥 고요하게 있는 것이다. 바로 그렇다. 고요하게 있기.

고요함.

　나한테 미코노스에 한번 가보라고 썼을 때 알렉산더는 아마도 바로 그 얘기를 한 것 같다. 하지만 그가 그걸 어떻게 알았겠는가? 나는 그가 알았을 가능성은 거의 없다고 본다. 내 생각에, 그는 그저 그럴 거라고 예감했을 뿐이다.

　이제 파티가 완전히 무르익었다. 사람들이 잔디밭 곳곳에 서 있다. 횃불의 불빛이 그들 얼굴 위로 비친다. 정말로 많은 사람들이 옷을 아주 잘 차려입은 것처럼 보인다. 모델 웨이터들이 쟁반을 들고 이리저리 뛰어다니고, 쟁반 위의 샴페인 잔들이 반짝인다.

　잔디밭과 호수는 거의 검은빛이다. 밝은 턱시도 재킷들과 그 모든 것이 한순간 아주 큰 만족감을 준다. 물론 알코올 때문이겠지, 둔감해져서 그렇겠지. 하지만 이 색깔들, 그리고 파티에 흐르는 느낌만큼은 진짜다. 그래서 이 좋은 느낌을 불러일으키는 것이 정확히 무엇인지는 아무 상관이 없다.

　도처에서 꽃향기가 나고, 이상하게도 따뜻한 피부에 닿는 햇살 냄새가 난다. 나는 그 냄새를 맡으면서, 사실 롤로에게는 이렇게 많은 친구들이 있을 리가 없다는 생각

이 든다. 롤로는 지금 사람들 사이를 이 무리에서 저 무리
로 옮겨 다니고 있는데, 그가 나타나는 곳마다 사람들은
웃어대며 즐거워한다.

하지만 그들은 롤로의 친구가 아니다. 친구들이라면,
롤로에게 알코올 중독자처럼 보인다고, 약물 중독이라고
말해줄 것이다. 이리 와 롤로, 너 이제 잠자리에 들어야
겠어, 라고 그들은 말하겠지. 그리고 그를 침실로 데려가
잠들 때까지 자리를 지킬 것이다. 그가 나쁜 꿈을 꾼다면
그를 진정시킬 것이다. 친구들은 밤새 자리를 지키고 그
후 2주 더 그의 집에 머물면서 그가 타서 먹는 그 어떤
술도, 그 어떤 바리움도, 그 어떤 렉소타닐도 손에서 빼
앗을 것이다, 그가 다시 맑은 정신으로 생각할 수 있을
때까지.

하지만 파티의 이 인간들, 이 옷 잘 입고 잘생긴 인간
들, 그들은 결코 롤로의 친구들이 아니다. 내 생각에, 그
들이 롤로의 말도 안 되는 농담에 웃어대고, 린다우 혹은
프리드리히스하펜에서 온 여자애들이 그에게 미소를 지으
며 가슴을 약간 앞으로 들이댈 때도 롤로는 그것이 순전히
그의 가족이 보덴 호에 대저택을 갖고 있고 캅 페라에 집
한 채를, 그리고 이스트 햄프턴에 또 한 채를 갖고 있기
때문일 뿐이라는 것을 눈치조차 채지 못한다. 저기 그가

이리저리 왔다 갔다 한다. 불쌍한 롤로. 그리고 그는 모두
가 자기에 대해 전혀 알고 싶어 하지 않는다는 사실을 모
르고 있다.

저 뒤쪽, 횃불 옆에 세르지오와 카린이 서 있다. 나는
이제야 그들을 알아본다. 세르지오는 내가 며칠 전 컬트
해안에서 알게 된 바로 그 콜롬비아 남자다. 그 둘은 손을
잡고 있지만, 그냥 장난스런 분위기일 뿐, 특별히 내밀한
정이 느껴지지는 않는다. 나는 잠깐 동안 그쪽으로 가서
안녕이라고 해야 할지 생각해본다. 내가 그렇게 주저하는
사이 어디선가 음악이 나오기 시작한다. 마치 어느 밴드가
연주하는 것처럼 들리는데, 사실은 덤불 속에 숨겨놓은 스
피커에서 나오는 것이다. 음악은 아주 아름답다. 나는 심
지어 그 곡들을 안다. 첫번째 것은 잉크 스파츠의 'Your
feet's too big'이다. 잉크 스파츠는 1940년대의 흑인 밴
드이다. 정말 좋다. 롤로가 훌륭한 파티를 열고 있다. 그
것만큼은 확실하다.

나는 그 곡을 듣고 기분이 좋아져 담배를 한 대 꺼내
불을 붙이고, 이마에서 머리카락을 쓸어 넘기고는 카린과
세르지오에게 간다. 카린은 나를 보자 기뻐한다. 나는 세
르지오에 대해 전혀 좋은 기억이 없는데 심지어 그런 세르

지오도 기뻐하는 것처럼 보인다.

나는 다른 모든 사람보다 옷차림이 조금 떨어지는 느낌이지만, 사실 그게 문제가 될 건 없다. 셔츠 칼라는 여전히 열려 있고 넥타이는 상당히 멍청하게 늘어져 있다. 이런 말을 하는 건 그저, 그 둘이 무지하게 멋져 보이기 때문이다. 카린은 쥘트에서보다 피부가 좀더 갈색으로 그을어 있고, 비교적 긴 금발은 색이 약간 더 밝아졌다. 세르지오는 검은색 턱시도 차림이고, 머리는 아주 철저하게 뒤로 빗어 넘겼다. 얼굴은 역시 짙은 갈색이다. 우리가 서로 이야기를 건네며 예의를 차린 인사를 교환하는 동안 그는 계속 소맷부리를 만지작거리고 있다. 카린은 또 말을 많이 한다. 사실 그녀는 며칠 전 쥘트에서와 똑같다. 매력적이다.

말하다라는 표현은 카린에게 너무 과분한 것이다. 그녀는 어느 스페인 남자에 대해 나불나불대고 있다. 두 사람은 그 남자를 쥘트에서 알게 되었고, 그의 권유에 넘어가서 잠깐 런던에 다녀왔다는 것이다. 그녀가 계속해서 이야기하기를, 그들은 우선 콜리노스에 가서 거기서 벌써 술을 마시기 시작했고, 그다음으로 애나벨스 클럽에 갔고, 그 후에 트람프스에 가서는 너무나 형편없이 행동해 그 스페인 남자를 자기 친구들 앞에서 아주 곤란한 입장에 빠뜨렸다는 것이다. 어쨌든 두 사람은 멋지게 즐겼다고 한다.

아 맞아, 숙소는 핼시언이었는데, 거긴 실망이었어. 그곳은 필 콜린스처럼 뚱뚱하고 한물간 머저리들이나 얼쩡거릴 곳이지. 하지만, 조금도 쉬지 않고 카린이 이야기하길, 세르지오는 정말 너무나 매력적인 친구라는 것이다. 그녀가 그 말을 하자 세르지오가 빙긋 웃는다. 그리고 나는 그를 컬트에서 만났을 때 웬 개자식인가 했지만, 이제는 그가 절대 그런 개자식은 아니라고 생각한다. 그의 미소는, 확실히, 정말로, 매력적이다.

카린은 말하고 또 말한다. 그녀의 진짜 좋은 점은, 그녀의 말을 경청하든 말든 최종 결과는 똑같다는 것이다. 웨이터가 보이지 않자 세르지오가 내게 뭘 더 마시겠냐고 묻고, 나는 브랜디 알렉산더를 한 잔 더 하겠다고 한다. 카린은 샴페인을 한 잔 더 달라고 하고 세르지오는 술을 가지러 바에 간다. 카린이 내게 말을 계속하고 나는 그녀의 눈을 본다. 그녀는 정말로 아름답다. 그녀의 입은 마치 혼자서 스스로 움직이는 것 같다. 마치 그 입이 그녀의 일부가 아니라 그녀에게서 분리된 존재이기라도 한 것처럼 말이다. 그냥 저절로 움직이는 사물. 그 주위의 얼굴 없이, 그리고 아예 육체도 없이.

그녀 입을 보면 나는 졸리모지 선생님의 입이 생각난다. 그는 헝가리인이었고 자기 이름을 숄모시 선생이라고 발음했다. 그는 전기 작업반 담임이었다. 우리 학교에선 정말로 명칭이 그랬다. 약간 제3제국 시절처럼 말이다. 또한 졸리모지 선생님은 체육 교사이기도 했는데, 그 무슨 부다페스트 봉기 후에 독일로 도망 왔다. 그러고서 언젠가 살렘에서 교사가 되었다.

웃기는 것은, 아무도 그의 말을 알아듣지 못했다는 것이다. 그가 입을 열면 무의미한 말, 서로 연결되지 않는 소리들만 흘러나왔다. 무슨 미치광이의 말처럼 들렸다. 무슨 말이냐 하면, 물론 그는 독일어를 하긴 했다. 하기야 이미 여러 해 독일에서 살았으니까. 하지만 말할 때 믿기지 않는 오류를 범했고, 그 오류가 헝가리어 악센트와 뒤섞인 것이다.

어쨌거나 아무도 그의 말을 알아듣지 못했다. 남학생 단 한 명을 제외하고는. 그 학생은 아버지가 솜버트헤이 출신이어서, 헝가리어를 약간 할 줄 알았다.

그 애 이름은 더 이상 생각이 나지 않지만, 하여간 그는 체육 시간이면 언제나 졸리모지 선생님이 어떤 지시를 하는지 통역해야만 했다. 예컨대, '폴랭대 튀'는 폴렌린데*까지 뛰어가, 라는 말이었다.

2차 대전 중에 두 사람의 폴란드인 노동자가 그 보리수 가지에 교수형 당했다. 그들은 마을에서 빵 한 덩어리를 훔치려 했던 것이다. 그때부터 폴렌린데는 살렘 학생들의 오래달리기 반환점이 되었다. 졸리모지 선생은 오래달리기를 즐겨 시켰고, 그 헝가리 소년이 없었다면 우리는 체육 시간에 뭘 해야 할지 전혀 몰랐을 것이다.

나는 늘 생각했다. 폴렌린데 달리기는 정말 상당히 힘든 일이었고, 서너 번 연거푸 뛰어야 했을 때는 특히 더 그랬는데, 그건 졸리모지 선생님이 슬라브족의 이름으로 우리 독일인에게 하는 복수가 아니었을까 하고. 그리고 내가 폴렌린데까지 뛰어갔다 돌아오는 것으로 나치 범죄에 대해 참회하는 것이 되지 않을까. 나는 정말로 그렇게 생각했다. 그 당시에는 말이다. 지금 생각해보면, 졸리모지 선생님의 지시를 학급 아이들이 알아듣도록 전해야 했던 반(半) 헝가리 소년은 훨씬, 훨씬 더 자주 폴렌린데로 달려가야만 했는데도 말이다. 이제 다시 생각난다. 나는 그 애가 정말 노는 시간에도 그리로 달려가는 것을 보았다. 그리고 심지어 한 번은 밤에도.

유감스럽게도 그 소년은 전기 작업반에 들어오지는 않

---

* 폴렌린데는 '폴란드인의 보리수'라는 의미.

았다. 거기서 우리는 베니어합판 위에 제대로 작동하는 전기 회로를 만들어야 했다. 전부 정확하게 납땜을 해야 했고, 작업 중에 땜납을 흘려도 안 되었다. 그러면 즉각 감점이었다. 사실 감점은 계속 소나기처럼 쏟아졌다. 졸리모지 선생님이야 우리에게 설명해줄 수 있는 처지는 아니었고, 그러다 보니 전기 회로를 어떻게 만들어야 하는지 정확히 아는 사람이 아무도 없었던 것이다. 선생님은 정말로 설명해주려고 노력했지만, 그의 입에서는 언제나 알아들을 수 없는 말만 쏟아져 나왔고, 그래서 전기 작업반은 결코 제대로 돌아가지 않았다.

언제인가 졸리모지 선생님은 헝가리로 돌아가야만 했다. 그곳 정권이 그의 가족을 협박했기 때문이다. 그 후 우리 학생들에게 그 수업은 늘 노는 시간이 되었다. 자격을 갖춘 그의 후임 교사가 그렇게 빨리 나타나지 않았기 때문이다.

살렘 어딘가에는 지금도 어느 수납장 속에 여전히 제대로 작동하지 않는 엄청난 무더기의 전기 회로가 합판 위에 달린 채 뒹굴고 있을 것이다. 사실 슬픈 일이다. 누구도 다시 졸리모지 선생님 소식을 듣지 못했으니 말이다. 그리고 선생님이 가고 남은 것은 아무 소용없는 한 무더기 폐물이다. 이렇게 생각해보면, 정말이지 아주 슬프다.

나는 계속 카린의 입을 뚫어져라 쳐다보며 졸리모지 선생님의 입을 본다. 그의 입이 헝가리 비밀경찰 지하실에서 벌어졌다 다물어졌다 하는 것을 본다. 그 순간에도 그는 역시 말을 많이 하고, 비밀경찰은 그 말을 알아듣지만, 말하는 내용이 그들 마음에 들지 않는다. 그래서 그들은 졸리모지 선생님의 입을, 자꾸만, 때린다. 그 순간 나는 카린의 입에 키스하려고 몸을 앞으로 굽힌다. 환상적으로 아름다운, 멍청한 그 입에 키스하려고 한다. 무의미한 지껄임, 텅 빈, 혼란스런 말만 쏟아져 나오는 그 입에.

나는 계속 몸을 더 앞으로 숙이고, 카린의 입도 가까이 오고 있다고 멋대로 상상한다. 그런데 바로 그 순간 세르지오가 술을 들고 돌아온다. 나는 세르지오의 손에서 브랜디 알렉산더를 받아 들고 무언가 상투적인 말들을 중얼거리며 아주 엄청나게 기침을 해대지 않을 수 없다. 세르지오는 내 등을 두드리며 싱긋 웃는다. 그가 지금 그렇게 쾌활한 건, 내가 자기를 질투하는 것을 정확히 알기 때문이다. 그러니 그는 당연히 친절을 보일 여유가 있는 것이다.

하지만 나는 그런 건 사절이다. 나는 재빨리 작별인사를 한다. 약간은 너무 쌀쌀하게. 나도 그 순간 그걸 느낀다. 이렇게 적대감이 빤히 들여다보이게 처신하는 나 자신을 혐오하지만, 사실 나로서는 아무래도 전혀 상관없는 일이다. 잔디밭을 걸어가는 동안 나는 브랜디 알렉산더를 목에 털어 넣는다. 절대로 그에게 화가 난 것이 아니다. 그 잘난 척하는 남미인한테 끌려다닌 나 자신에게 화가 날 뿐이다. 내 생각에 그가 잠깐 사라져서 음료를 가져오고, 그리고 정확히 내가 카린에게 키스하려는 그 순간에 돌아온 것은 모두 의도적이었다.

저쪽, 반대쪽 잔디밭, 호숫가에 롤로가 서 있다. 그는 이리저리 휘청거리고 있다. 그의 시선은 약간 호수 저 바깥쪽을 향해 있다. 나는 그에게로 간다. 꼴이 엉망이다. 눈꺼풀은 아까보다 더 심하게 떨리고 있다. 그는 심하게 취했다.

나는 그의 팔을 잡고 함께 잔디밭에서 어두운 물속으로 뻗어 있는 작은 보트 승선로로 간다. 우리는 앞쪽, 승선로 끝에 선다. 저 멀리, 호수 위에 초록색 불빛이 하나 반짝거린다. 나는 한참 그 빛을 바라보다가, 옆에 있는 롤로가 울고 있는 걸 눈치챘다.

그러니까, 나는 롤로가 내내 죽도록 슬퍼하고 있다는 걸 물론 이미 알고 있었다. 그는 한마디로 너무 많은 사람들을 알고 있고, 그 사람들은 그를 너무나 가볍게 생각한

다. 그들은 모두 롤로를 좋아하는 것처럼 보이지만 친구
랄 수는 없다. 내적인 공허감을 느끼는 건 롤로의 집안 내
력이다. 그런 공허감은, 모두들 최고를 원하는데 그러다
가 어딘가에 잘못 길을 들어 꼼짝할 수 없게 되는 바람에
생겨난다. 롤로가 바라는 거야 그저 자신의 파티에서 손
님들이 즐겨주는 것뿐이건만. 하지만 그 강박에서는 아무
도 헤어 나오지 못한다. 롤로 아버지도, 롤로 자신도 못
나온다.

나는 다시 그의 팔을 잡는다. 그의 턱시도 소매의 촉
감이 기이하게 느껴진다. 건조하고 따뜻하다. 그는 내 손
이 누르는 힘을 느끼자, 걷잡을 수 없이 떨기 시작한다.
그러다가 본격적으로 엉엉 운다. 울음에 몸이 요동친다.
그렇게나 좋지 않은 상태다. 나는 이걸 오래 참을 수 없
을 것 같다. 이 훌쩍임과 흐느낌을. 이건 하여튼 너무 심
하다.

그가 뭐라고 중얼거린다. 나는 그의 말을 이해하지 못한
다. 수면제에 대해 뭐라고 하는 것 같다. 더 이상 떨지 않고
밤에 다시 잠들기 위해. 내가 그의 말을 제대로 알아들었는
지 모르겠지만, 알약을 복용하면 더 심하게 떨게 될 거라
고, 정말로 그 점에서는 내 말을 믿어도 된다고 말한다.

나는 어쩌면 말을 더 할 수도 있었겠지만, 그 이상은

말을 하지 않는다. 나는 그의 팔을 다시 한 번 잡으면서, 음료를 가지러 가겠다고 말하고, 보트 승선로에 서 있는 그의 곁을 떠난다.

나는 내가 음료를 가져오지 않으리라는 걸 잘 알고 있고, 롤로를 다시는 보게 되지 않으리라는 걸 더 잘 알고 있다. 한 번 더 돌아본다. 그는 아직도 거기 서 있다. 두 손을 양복 주머니에 넣은 채로. 춥기라도 한 듯 어깨를 아주 가볍게 움찔거린다. 그는 호수를, 저 멀리서 깜박이는 초록 불빛을 바라보고 있지만, 나는 그가 정말로 보고 있다고 생각하지 않는다.

나는 내 방으로 와 가방을 꾸린다. 그리고 롤로의 방으로 가서 자동차 열쇠를 찾아 그의 옷들을 뒤진다. 열쇠는 그의 녹색 재킷 안주머니에 들어 있다. 열쇠를 챙겨 넣고, 내 트렁크를 들고 밖으로 나간다. 많은 손님들의 자동차가 서 있는 안마당으로.

나는 열쇠로 문을 열고 롤로의 포르셰에 탄 다음 시동을 건다. 천천히, 찌그덕거리는 자갈길을 후진한다. 손잡이를 돌려 양쪽 차창을 내린다. 기어를 1단에 넣고 출발한다. 큰 정문을 지나, 대로로, 메어스부르크를 지나, 밤을 가르며, 호수를 따라서. 어딘가 주유소에서 40마르크로 휘발유를 채우고, 밤 1시 반에 징엔 근처에서 스위스 국경을 넘는다. 서서히 술이 깬다. 아무도 내 여권을 보자고 하지 않는다.

여덟

    니는 이틀째 취리히에 있는 보르오락 호텔에 묵고 있
다. 아침이면 토스트에 달걀프라이 두 개를 먹는다. 짜서
만든 자몽 주스 한 잔을 곁들이고 내 인생 처음으로 커피
를 마신다. 나는 커피가 조금도 좋지 않다. 심장이 미친
것처럼 뛰기 시작하고 현기증이 일지만, 그럼에도 불구하
고 아침이면 커피를 큰 잔으로 두 잔 마신다.

    취리히는 아름답다. 이곳엔 한번도 전쟁이 없었고, 그
건 도시를 보면 금방 알 수 있다. 강 건너편, 저쪽 니더도
르프의 집들은 뭔가 중세풍이다. 약간 하이델베르크 같다.
보행자 전용구역은 없지만. 이곳 취리히에는 많은 것들이
하얀색이다. 취리히 호 기슭에서 할머니들이 일요일 빵을
비닐봉지에 가득 채워 가지고 오기를 기다리는 백조들, 도
처에서 볼 수 있는 카페 앞 테이블보들, 호수 위 푸른 하
늘에 높이 뜬 작은 구름들.

    오늘 아침 나는 반호프슈트라세를 따라 올라가며 산책
하면서 쇼윈도를 구경한다. 취리히 거리들이 그렇게 깨끗
하고 맛있는 게 많다는 말을 이미 자주 들었는데, 정말

그렇다고 인정하지 않을 수 없다. 모든 것을 한입 먹을 만큼씩 살 수 있고, 아주 맛있는 한입거리들이 즐비하다. 나는 원래 먹는 데 욕심을 내는 편이 전혀 아니지만, 여기서는 계속 배가 고픈 느낌이다. 고급식료품점에서 좋은 냄새가 나고, 꽃가게들도 마찬가지다. 그리고 사람들은 친절하다.

스위스가 근사한 것은 상점 문에 '미시오Drücken'가 아니라 '밀치시오Stossen'라고 써 있어서이고, 아무것도 폭격으로 무너져버리지 않아서이고, 어쩌면 또한 전쟁 중에도 철거되지 않고 몇십 년째 사람들의 발길을 지탱해온 아스팔트 위로 전차가 달리고 있어서일 것이다. 나무들은 아름답고 때때로 바람에 사각거리고, 맥주는 전혀 다른 맛이 난다.

나는 산책하면서 담배를 피운다. 하지만 어쩐지 여기서 담배를 피우는 게 잘 어울리지 않는다. 포르셰는 이틀 전 취리히 공항 주차장에 세워두었다. 자동차 열쇠는 글로브박스에 넣어놓았고, 그러고 나서 택시를 타고 시내로 돌아왔다. 내 생각에, 모든 것을 제대로 한 것 같다. 심지어 핸들을 천으로 닦아놓기까지 했다. 그 일을 하는 내가 바보같이 여겨지긴 했지만.

담배를 끊어야겠다고 생각한다. 나는 포장을 뜯은 담

뱃갑을 꺼내, 어느 노천카페의 테이블 위에 놓아두고 지나간다. 그러고 나니 기분이 한결 좋아지지만, 10분 뒤에 또 담배가 피우고 싶어진다. 뒤로 돌아 그 노천카페로 돌아가보지만, 테이블 위의 담뱃갑은 이미 없어졌다.

젊은 비즈니스맨 두 명이 그 테이블에 앉아서 아직 정오도 되지 않았는데 빨간색 탄산음료를 섞은 맥주를 마시고 있다. 그리고 그들 중 한 사람이 정말 내 담배를 피우고 있다. 비싼 기성양복을 입고 휴대폰을 들고 다니는 그런 부류들, 반쯤은 금융맨처럼 보이는 자들이다.

잠깐, 정말 아주 잠깐 동안, 나는 지독한 분노를 느끼고, 당장 그에게 가서 손에 들린 내 담뱃갑을 낚아채 오고 싶지만, 그냥 놔두기로 한다. 스위스인들이 그런 일에 어떻게 반응할지 알 수 없기 때문이다. 게다가 그게 내 담뱃갑이라는 걸 증명할 방법도 전혀 없다. 그러니까, 그 위에 내 이름이 써 있거나 뭐 그런 것도 아니라서.

나는 다시 다른 방향으로 몸을 돌린다. 태양이 너무나 아름답게 빛나고 있어서 더 이상 화가 나지 않는다. 강위에 놓인 다리를 건너, 한 가판점을 향해 걸어간다. 그곳에서 새 담배 한 갑과 독일 일간지 한 부를 산다. 나는 신문을 전혀 읽지 않는데도 말이다. 나도 신문을 왜 사는지 모르겠다. 아마도, 갑자기 독일이 더 이상 없기 때문일 것이다.

그것은 마치, 그 대단히 큰 나라 전체가 그냥 증발해버린 느낌이다. 이곳 사람들도 여전히 독일어를 하고 도처에 독일어 간판이 있는데도, 내게는 마치 독일이 이제는 그저 하나의 막연한 관념인 양, 국경 너머에 있는 거대한 기계, 스스로 움직이면서, 아무도 관심 없는 물건들을 생산하는 기계인 양 느껴진다.

신문을 들고 어느 카페의 테이블에 앉아 담배를 꺼내불을 붙이고 입에서 연기를 내보낸다. 아주 천천히. 단번에 연기 고리 하나를 만들었다. 그리고 또 하나를, 다음으로 세번째 고리를 만든다.

그게 무지무지하게 즐거워서, 소량의 아드레날린이 분비된다. 나는 고리를 또 하나 불어 공중으로 날려 보낸다. 정말로 엄청나게 간단하다. 혀만 이용하면 되는데, 그러니까. 입속에서 혀를 아주 살짝 앞쪽으로 차주는 거다.

웨이터가 테이블로 와서 무얼 주문하겠는가 묻고, 나는 좀 전에 다른 노천카페에서 보았던 그 빨간색 탄산음료가 들어간 맥주를 달라고 한다. 웨이터는 내가 뭘 달라는지 알아듣지 못한다. 그런데 내가 담배 연기로 고리를 또하나 만들자, 갑자기 내 말뜻을 알아차린다. 그것의 이름은 석류즙 맥주라고 한다. 일종의 파나슈다. 첫번째 모음

'ㅏ'에 강세를 두어 발음하는.

주문한 음료가 온다. 맥주에 시럽을 탄 듯한 맛이다. 좀 많이 단데, 시럽이 맥주잔 바닥에 엉겨서 빨대로 저어야만 하기 때문이다. 그러지 않으면 정말로 시럽만 빨려 올라온다. 신문을 펼치고, 뮌헨의 무슨 연극 공연에 관한 기사 몇 개를 읽는다. 그러고 나서 신문을 뒤적이며 처음 몇 페이지로 돌아간다. 그러다가 보덴 호에서 파티 중에 익사한 백만장자의 아들에 관한 기사를 읽는다.

나는 그 면에서 롤로의 이름을 자꾸만 본다. 바로 물가에 서 있는 나무의 가지에 그의 턱시도가 걸려 엉킨 후 아침 여덟 시에야 발견된 롤로. 위장에서 과다 복용한 바리움과 너무나 많은 양의 알코올이 검출된 롤로. 모든 이들에게 항상 잘하려고 했던 파티의 호스트 롤로. 부친은 인도에 체류 중이고 모친은 슈투트가르트 근처 어느 요양소에 가 있는 젊은 갑부 상속자 롤로.

붉은 시럽이 입속에서 엉겨 붙는다. 나는 공항에 주차된 롤로의 자동차를, 그리고 그 자동차가 얼마나 더 오래거기 서 있게 될지를 생각한다. 그게 내가 가장 먼저 생각한 것이다. 나는 그 기사를 신문에서 찢어내어 접은 다음 재킷 주머니에 넣는다. 그러고는 10스위스프랑짜리 지폐를 테이블 위, 빈 맥주잔 밑에 놓고 일어서서 빠르게 거리를 걸어 내려간다. 강가를 따라서.

작은 오르막길이 니더도르프로 이어진다. 거기서 오른쪽으로 꺾어 들어가자 온통 오래된 건물들과 석조 교회 사이에 있는 광장이 나온다. 나는 그 교회로 한번 들어가 보리라 생각한다. 아마도 롤로 때문일 것이다. 하지만 유감스럽게도 커다란 출입문이 잠겨 있다. 신교 교회라 그렇다. 신교 교회는 가톨릭 교회처럼 늘 열어두지 않아도 된다.

나는 닳을 대로 닳은 포석을 밟으며 작은 언덕길을 오르락내리락한다. 정말 꽤나 힘들다. 좌우로 서점과 전자 제품 판매점들이 오래된 건물 속에 들어서 있고, 포르노 영화관도 보인다. 건물들의 위쪽 벽면에는 1561년에 새겨진 석판들이 부착되어 있고, 그 아래는 포르노 영화관들이 있다. 독일이라면 이 모든 게 훨씬 더 나빴을 것이다. 이곳 스위스에서는 그렇게 거슬리는 정도는 아니다.

나는 스위스가 말하자면 위대한 평균적 나라라고 생각한다. 독일의 한 부분이면서 모든 게 독일처럼 나쁘지는 않은 곳. 나는 아마도 여기 살아야 할 것 같다고 생각한다. 사람들도 아주 독특하게 더 매력적이다. 여자들은 우스꽝스러운 들창코이고, 일본식으로 보이는 옷을 입는다. 내게는 이곳의 모든 것이 더 정직하고, 더 맑고, 무엇보다

214

도 더 분명해 보인다. 아마도 스위스가 그 모든 것에 대한 해답일 수도 있겠다.

스위스에 대한 나의 유일한 기억은 아버지와의 자동차 여행이다. 내가 아마 여섯 살 또는 일곱 살 때였는데, 우리는 레만 호 호안을 따라 제네바로 달리고 있었다. 고속도로 표지판은 독일처럼 파란색이 아니라 녹색이었다. 오른쪽에는 포도밭이 있었고 왼쪽에는 고속도로 아래 고성들이 호수 속으로 솟아 있었다. 나는 아버지 뒤에 앉아 창밖을 내다보면서 술 달린 양모 모자를 가지고 놀았다. 얼마가 지나자 자동차 뒷자리에 앉아 있는 게 지루해졌고, 모자를 집어서 뒤에서 아버지 머리에 뒤집어씌우고, 눈까지 덮어버렸다. 시속 120킬로미터에서 말이다. 자동차가 좌우로 흔들리기 시작했고, 엄청난 난리가 났다. 그다음에 무슨 일이 있었는지는 잊어버렸다. 그래도 사고는 나지 않았다.

갑자기 호텔로 돌아가고 싶다. 거리는 덥고, 호텔방의 서늘함과 에어컨이 생각나고, 로비에서 한잔하고픈 마음이 든다. 그래, 난 무조건 뭔가 마셔야 해. 그래서 다시 골목길을 내려가 왼쪽으로, 그다음 오른쪽으로 돌아간다. 그러자 강가가 나오고, 나는 다리를 건넌다. 문장이 그려진 깃발들이 바람에 펄럭인다. 그 문장들은 모두 낯설지만 예쁘다. 황소들, 청백 무늬들이 그려져 있다. 내 생각에, 그것들은 스위스의 여러 주(州)의 문장들이다.

여전히 수많은 백조들이 다리 밑에 있다. 저녁이 되어 가는 지금, 백조들은 호수에서 물을 거슬러 헤엄쳐 올라왔다. 진짜 여름이 오고 있다. 사실, 셔츠만 입고 다녀도 되겠다. 지난 며칠 동안 그렇게 날씨가 더워졌다.

반호프슈트라세로 돌아가면서, 취리히 호 뒤 어딘가에서 시작되는 산들을 생각한다. 저 위쪽에 살아야 할 거다. 산속의 초원, 나무로 지은 작은 오두막에서, 땅속 눈 녹은 물로 이루어진 차가운 산중 호수 근처에서 말이다. 아마도 이사벨라 로셀리니와 그 섬에까지 갈 필요도 없을 것이다. 아마도 그녀와 아이들과 함께 그 작은 오두막에 산다면 그것으로 충분할 것이다.

이제 여름이 오면 벌들이 윙윙거릴 것이고, 그러면 나는 아이들과 함께 소풍을 갈 것이다. 나무가 자라는 한계선까지, 어두운 숲을 헤치며 나아가리라. 우리는 개미집을 관찰할 것이고, 나는 마치 모든 것을 다 아는 척할 수 있을 테지. 나는 아이들에게 모든 걸 설명할 수 있을 것이고, 아이들은 내 이야기가 정말인지 아닌지 아무한테도 확인해볼 수 없을 것이다. 그 위엔 나 말고 아무도 없을 테니까. 나는 항상 옳고. 내가 이야기하는 모든 것이 진실

216

이 될 것이다. 그렇게 된다면, 모든 것을 기억해둔 게 의미 있는 일이었던 셈이 되리라.

나는 아이들에게 독일 이야기를 해줄 거다. 북쪽에 있는 그 큰 나라에 대해서. 저 아래 평지에서 스스로 구축되는 그 기대한 기계에 관해서. 그리고 인간들에 대해서도 이야기해줄 것이다. 그 기계 내부에 사는 선택된 사람들, 좋은 자동차를 몰아야 하고, 좋은 마약을 하고, 좋은 술을 마시고, 좋은 음악을 들어야 하는 선민들 말이다. 한편 그들 주변 사람들도 모두 똑같은 행위를 한다. 단지 아주 약간 살짝 질이 떨어지는 것으로 말이다. 그래서 선민들은 오직 그런 걸 약간 더 좋게, 약간 더 세게, 약간 더 세련되게 한다는 믿음에 의지해서만 계속 살아갈 수 있다.

독일인들 이야기도 해주겠다. 목덜미를 깨끗이 면도한 국가사회주의자들과 하얀색 가운의 윗주머니에 만년필들을 가지런히 꽂고 다니는 로켓 기술자들에 대해서. 나는 수용소 역 플랫폼에서 유대인 선별 작업을 하던 사람들에 대해, 잘 안 맞는 양복을 입고 있는 비즈니스맨들에 대해, 마치 정말로 거기에 모든 것이 달려 있다는 듯이 선거에서 항상 사민당에 투표하는 노조원들에 대해, 공동 취사를 하며 팁에 대해 반감을 가지고 있는 자율주의자들에 대해 이야기할 것이다.

나는 또한 너무나 힘 있고 사랑받는 사람이 되고 싶어서 태국으로 날아가는 남자들에 대해서, 마찬가지로 힘 있고 사랑받는 사람이 되고자 자메이카로 날아가는 여자들에 대해서 이야기해줄 것이다. 웨이터들에 대해 이야기할 거다. 대학생들, 택시기사들, 나치들, 연금생활자들, 동성애자들, 주택부금 계약자들, 광고업자들, DJ들, 엑스터시 딜러들, 노숙자들, 축구선수들, 변호사들에 대해서 이야기할 거다.

하지만 이제 이 모든 것 또한 결국 과거에 지나지 않을 것이다. 저 위 산속 호수에서 해주는 독일 이야기 말이다. 아마도 난 그 모든 것을 이야기할 필요가 없을 것이다. 그 거대한 기계가 더 이상 존재하지 않게 될 테니 말이다. 그것은 중요하지 않을 것이고, 그래서 내 주의를 더 이상 끌지 못할 테니까, 더 이상 존재하지도 않을 것이다. 아이들은 한때 독일이 있었다는 것을 결코 알지 못하리라. 그리고 아이들은 그들 나름의 방식으로 자유로우리라.

나는 호텔 로비를 가로질러 간다. 신문 거치대를 지나 안락의자에 앉는다. 호텔 종업원이 오자 스카치소다를 한 잔 주문하고, 값은 객실 계산서에 올리고, 잔을 비운다.

테이블 위에는 짭짤한 견과류가 담긴 은그릇이 있지만, 나는 한 개도 먹지 않는다. 모든 호텔 로비에서 들을 수 있는 가벼운 피아노 음악 소리가 여기서는 들리지 않는다. 내 생각에, 그래서 여기가 좋은 호텔이다.

나는 잠시 좀 앉아 있다가 스카치소다를 또 한 잔 주문한다. 토마스 만의 무덤이 취리히 근교에 있다는 얘기를 어디선가 읽은 적이 있다. 저 위쪽, 호수 위편 언덕에. 학창 시절 토마스 만을 읽어야만 했는데, 그의 책들은 재미있었다. 그러니까 정말 훌륭한 책이었다는 말이다. 비록 두 작품쯤밖에 읽지 않았지만 말이다. 토마스 만의 책들은 프리쉬나 헤세나 뒤렌마트나, 그 외에 교과서에 실린 다른 작품들처럼 그렇게 어리석지 않았다.

나는 수위에게 말해서 택시를 한 대 부르고, 택시가 오자 그의 손에 5스위스프랑을 쥐여준다. 그는 내게 문을 열어주고 나는 차에 타서, 운전사에게 킬히베르크로 가자고, 그곳 공동묘지로 가자고 말한다.

우리가 도시를 빠져나가는 동안, 택시 운전사는 세금에 관해 이야기한다. 그리고 그는 티치노 출신이라 내가 스위스인이 아니라는 것을 알아차리지 못한다.* 그는 욕

---

* 티치노 주는 이탈리아어 사용지역이다.

을 하고 또 하지만, 제대로 욕을 하는 것이 아니라, 그저 계속 말하기 위해서 그러는 듯하다. 나는 시종 그래요, 라고 말하고는 이따금 무언가 더 자세히 물어보기까지 한다. 사실은 흥미를 느끼는 것도 아닌데 말이다. 그렇다고 그의 얘기가 거슬리는 것도 아니다.

우리는 호숫가를 왼쪽에 두고 달린다. 도로들의 이름이 괴상하다. 뮈텐케*라는 도로 이름도 있다. 이곳에서는 모든 게 얼마나 매혹적이고 고풍스럽게 들리는지를 생각한다. 스위스인들은 독일어를 아주 다르게 다루는 것처럼 느껴진다. 그러니까, 언어를 그 가장 깊은 내면에서부터 다루기라도 하는 듯이.

그 순간 알렉산더의 바버 재킷을 호텔에 두고 온 게 생각난다. 아까 너무 더웠기 때문이다. 이제 밖은 저녁이고 나는 그 재킷이 있었으면 좋겠다. 그 재킷을 가져오게 차를 돌리라고 해야 하지 않을까 아주 잠깐 생각해보지만, 기사가 여전히 이탈리아어 풍의 듣기 좋은 스위스 독일어로 세금 신고에 대해 이야기하고 있어서 그냥 잠자코 있는다. 차는 오래된 공장들을 지나쳐 가고 이제 도로 오른쪽에 정말로 린트 초콜릿 공장이 나온다. 그 앞을 지나갈

---

* '신화의 강변도로'라는 의미.

때, 엄청나게 거대한 금속 용기 안에서 끓고 있는 진한 갈색 초콜릿 용액 냄새가 난다.

이제 우리는 우회전해서 킬히베르크 방향 언덕길을 올라간다. 나는 담배를 한 대 꺼내 불을 붙인다. 운전사가 한 차례 백미러를 통해 반쯤 비난조로 쳐다보지만, 나는 아무것도 보지 못한 척한다. 우리 두 사람의 눈이 거울 속에서 마주쳤는데도 말이다. 금연 택시라면 그렇다고 말하면 될 일이다. 그렇게 혼내듯이 백미러로 노려볼 게 아니라. 택시는 어느 작은 마을을 지나간다. 운전사가 교회에서 좌회전해 차를 멈추고, 저 뒤쪽이 묘지라고 말한다.

나는 요금을 내고, 자동차문을 쾅 닫고, 좁은 자갈길을 걸어 묘지 정문을 통과한다. 해는 이미 졌다. 이제 정말 저녁이다. 공기는 시시각각 차가워진다. 묘지에서는 취리히 호 전체를 볼 수 있다. 목발 짚은 노파 한 사람이 열지어 있는 무덤들 사이를 이리저리 다니다가 어느 무덤 앞에서 멈추어 선다. 그녀는 목발 하나를 잔디밭에 놓고 다른 하나로 몸을 지탱한다. 옆으로 반쯤 몸을 기울인 채 서 있다. 어디선가 개 한 마리가 짖는다.

공동묘지에서 어느 특정한 묘를 찾기는 어렵다. 어디에서 찾아야 할지를 모르는 경우에 말이다. 언젠가 그 묘가 찍혀 있는 사진을 본 적이 있다. 토마스 만의 이름이 적힌 커다란 회색 돌덩어리가 있어야 한다. 물론 카티아 만도, 그리고 가족 중 또 다른 누군가의 이름도 거기 적혀 있겠지.

나는 우왕좌왕하며 찾아다니지만, 날은 점점 더 어두워진다. 목발 짚은 노파를 찾아본다. 그녀는 토마스 만의 묘가 정확히 어디인지 틀림없이 말해줄 수 있을 테니까. 하지만 그녀는 가버렸다. 결국 나는 성냥갑을 꺼내 비석마다 앞에 가서 성냥불을 하나씩 그어본다. 성냥은 곧 떨어지고, 플라스틱으로 만든 작은 묘소용 양초통을 집어 그 안에 든 초에 불을 붙이고는 늘어선 무덤들 사이를 이리저리 계속 돌아다닌다. 몸을 숙여 거기 뭐라고 써 있나 읽어보려 한다. 아무 소용도 없다. 아무것도 보이지 않는다. 그 작은 초는 너무 어둡다. 세상에 이럴 수가 있나. 나는 토마스 만의 그 재수 없는 무덤을 찾을 수가 없다.

이제 거의 밤이다. 일단 쉬면서 담배 한 대를 피우기 위해 어느 무덤가에 앉는다. 아까 짖어대던 개가 저 뒤에서 이리저리 돌아다니고 있다. 비교적 새로 만들어진 무덤들 주위, 꽃들이 아직 더 신선한 곳에서. 커다란 검은색 개다. 거의 알아보기 어려울 정도다. 움직이고 있는 건 사실 개의 그림자에 불과하다. 하지만 개가 킁킁거리고 다니며 주둥이를 꽃 속에 이리저리 들이미는 소리는 들린다. 그러다가 조용해진다. 개가 앉아서 정말 어느 무덤 위에 똥을 싼다. 나는 아주 정확하게 알아볼 수 있다. 정말이다.

개를 쫓아보려고 이런저런 소리를 내보지만, 개는 가지 않는다. 개는 혼자서 평화롭게 똥을 싸고 있다. 나는 그 작은 양초를 들어 담배 한 대에 불을 붙이고는 양초를 그 개 쪽으로 던진다. 바람에 촛불이 꺼지고 초가 떨어지는 소리가 난다. 하지만 나는 이제 그 바보 같은 개와 마주칠 일이 없으리라고 확신한다.

그 순간, 그 개가 어쩌면 토마스 만 무덤 위에 똥을 쌌을 수도 있겠다는 생각이 떠오른다. 그러자 나는 자리에서 일어나 아까 초를 던진 방향으로 간다. 플라스틱 양초 통은 거기 있지만, 커다란 검은 개는 사라졌다. 묘비로 가서 묘비명을 손가락으로 훑어보지만, 손의 느낌으로는 토마스 만의 이름은 정말 아닌 것 같다. 아쉽다. 이제 성냥이 한 개도 없다. 거기 누가 묻혀 있는지 볼 수 있으면 좋았을 텐데.

정말로 꽤 추워졌기 때문에 나는 트위드 재킷 앞단추를 채우고, 손을 바지 주머니에 찔러넣고, 공동묘지 정문 밖으로 다시 나와 언덕을 빠르게 내려간다. 호수 쪽으로. 나는 사실 그 길이 더 짧을 거라고 기대했다. 길은 커브의 연속인데, 결국 잘못된 방향으로 이어질 것처럼 여겨진다.

때때로 자동차가 지나가고, 눈이 부셔서 나는 팔로 앞을 가린다. 내 아래쪽 오른편으로 작은 역이 있다. 나는 철길을 건너간다. 그다음에 상점 몇 개가 있고, 마을 선술집이 하나, 그리고 마침내 대로가 나오는데, 그곳에 호수가 있다. 건너편 호안(湖岸)에 등불들이 반짝인다.

나는 잠시 호숫가에 앉는다. 내 오른쪽 옆에 관광증기선 선착장이 있지만, 이 시각에는 배 한 척 오지 않는다. 선착장에 한 남자가 노 젓는 보트 안에 앉아 담배를 피우고 있다. 그가 담배를 빨면 빨간 담뱃불이 반짝이고, 그 반짝임이 호수에 비친다. 나는 그를 꽤 오래 관찰한다. 아마도 10분은 되는 시간 동안, 그가 담배를 피우며 재를 물 속으로 떨어뜨리고 물에서 지직 소리가 나는 것을 본다. 그가 담배를 다 피웠을 때, 그에게로 다가간다.

보트가 물속에서 기우뚱거린다. 나는 안녕하세요, 라고 말하고 그 남자는 고개를 들어 나를 올려다본다. 나는 더 용감하기라도 한 것처럼, 어깨를 펴고, 2백 프랑을 낼 테니 호수 건너편으로 데려다줄 수 있는지 묻는다. 그는 잠시 생각해보더니, 예, 그렇게 하죠 뭐, 하고 말한다,

나는 보트에 타고 나무판 위에 앉는다. 남자는 노를 그

쇠붙이 사이에 끼워 넣은 다음 노를 저어 나아간다. 곧 우
리는 호수 한가운데에 당도할 것이다. 머지않아.

바버 재킷을 입은 작가
또는 명품 시대의 문학

김태환(서울대학교 독문과 교수)

1.

『파저란트 *Faserland*』(1995)는 크리스티안 크라흐트의 데뷔작이자 독일 현대문학에서 하나의 전환점을 알린 작품으로, 출간된 지 수년 만에 현대 독일문학을 이해하는 데 빼놓을 수 없는 정전의 반열에 오른다. 독일은 말할 것도 없지만, 국내 독문학계에서 이 작품에 바쳐진 논문만 해도 6~7편에 이를 정도다. 그 작품이 이제야 국내에 처음으로 번역 소개된다. 이처럼 번역이 많이 늦은 감이 있고, 책의 출간 후 세월은 흘러서 소설 속 인물 카린이 자랑스러워하던 메르세데스의 카폰은 벌써 먼 과거의 일이 되었지만(스마트폰의 시대를 살고 있는 지금 사람들은 '아, 그런 것도 있었지' 하고 빙긋이 웃으며 그 시절을 돌아보게 될 것이다), 이 소설은 여전히 현재적이다. 왜냐하면 이 소설이 우리에게 들려주는 것은 독일 통일과 사회주의권의 붕괴 이후 더 이상 어떤 현실적 위협도 느끼지 않게 된 현대 자본주의 문명 속에서 개인의 삶이 어떻게 무시무시한 공허 속으로 빨려들고 있는가에 관한 이야기이며, 또한 그 공허의 늪으로부터 과연 어떤 구원이 가능한가에 관한 이야기이기 때문이다. 즉 그것은 우리 자신의 이야기인 것이다.

2. 길 위의 인간

이 소설은 화자이자 주인공인 '나'의 며칠간의 여행의 기록이다. 매우 즉흥적이고 충동적인 이 여행의 막바지에 주인공은 취리히에 가서 토마스 만Thomas Mann의 무덤을 찾아다니고, 늦은 밤 운행이 끝난 증기선 선착장에서 보트에 앉아 있는 남자를 만나 건너편으로 데려다달라고 하는데, "곧 우리는 호수 한가운데 당도할 것이다"라는 문장으로 주인공의 죽음을 암시하는 이 대목은 토마스 만의 유명한 중편소설『베네치아에서의 죽음』을 연상시킨다. 왜냐하면 토마스 만의 주인공 아셴바흐 역시 증기선을 탈 수 없어서 곤돌라에 의존하게 되고 그가 타는 검은 곤돌라는 강력한 죽음의 상징이기 때문이다. 여행이 충동적이고 즉흥적인 성격을 지닌다는 점에서도 『파저란트』는 『베네치아에서의 죽음』과 비교할 만하다. 하지만 여행의 의미는 『파저란트』에서 더욱 불투명해진다. 토마스 만의 소설에서는 적어도 주인공이 왜 여행을 떠나게 되는지는 분명히 밝혀져 있다. 그는 작가로서 극도로 긴장된 일상에서 잠시나마 탈출하고자 했던 것이다. 토마스 만의 주인공 아셴바흐에게 여행은 뮌헨이라는 일상적 삶의 질서를 떠나 예측할 수 없고 기이한 비일상적 시공간으로 진입한다는 것을 의미한다. 하지만 크라흐트의 소설에서는 여행의 의미를 부각시켜줄 주인공의 삶의 배경이 전혀 드러나 있지 않다. 여행 이전에 그가 어디서 살고 무엇을 하는 인간인지는 전혀 알려져 있지 않다. 소설은 너무나도 자의적으로, 다음과 같이 불쑥 시작된다. "그러니까 시작은 내가 쥘트 섬의 리스트에 있는 피쉬고쉬에 서서 예퍼 맥주를 병째 마시는 데서부터다"(13쪽). 그는 어디에서 쥘트로 왔는가? 어떤 계기로 이 여행을 시작했는가? 쥘트는 이 여행의 첫 목표지였는가? 그는 이 여행에서 무엇을 구하고 있는 것인가? 쥘트에서 함부르크로 가는 때에도, 함부르크에서 프랑크푸르트로 가는 때에도, 화자는 자신이 언제 행선지를 그리로 정한 것인지조차 밝히지 않는다. 독자는 이미 주인공이 함부르크행 기차를 타고 있을 때, 또는 공항에서 프랑크푸르트행 비행기 표를 살 때 비로소 그가 어디로 갈 것임을 알게 된다. 프랑크푸르트의 다음 여정은 하이델베르크인데, 이 경우에는 엉뚱한 우연이 작용한다. 그는 한 번도 가보지 않은 도시들 중의 하나인 카를스루에를 행선지로 선택한다. 그런데 기차에서 우연히 만난 재수 없는 트렌드 연구가 호르크스 역시 카를스루에로 가는 길이라는 이야기를 듣고 그와의 동행을 피하기 위해 재빨리 하이델베르크에서 내려버린다. 하이델베르크에서 뮌헨으로의 이동은 무의식 상태에서 이루어진다. 파티에서 의식을 잃은 그를 우연히 발견한 친구 롤로가 자기 집으로 데려온 것이다. 그는 또 마침 다음 날이 롤로의 생일이었기 때문에 롤로를 따라 생일파티가 열리는 롤로의 본가(보덴 호)로 간다. 이 소설에서 마지막 행선지는 취리히다. 독자는 롤로의 차 포르셰를 몰래 타고 롤로의 집을 떠난 주인공이 스위스로 가는 것을 다음과 같은 문장에서 비로소 알게 된다. "어딘가 주유소에서 40마르크로 휘발유를 채우고, 밤 1시 반에 징엔 근처에서 스위스 국경을 넘는다"(207~08쪽). 소설은 앞에서 언급한 대로 토마스 만의 묘지를 찾아갔던 주인공이 취리히 호에서 보트를 타는 것으로 끝난다. 소설의 마지막 문장("곧 우리는 호수 한가운데에 당도할 것이다. 머지 않아.")은 주인공의 죽음을 암시하는 것으로 읽히는데, 그것은 그가 가족 별장이 있는 것으로 추정되는 쥘트를 떠나면서 다시는 쥘트를 보지 않게 될 것이라고 말했을 때 이미 예고된 것인지도 모른다. 하지만 죽음이라는 최종적 결말은 암시일 뿐이고, 지금의 맥락에서 더 주목할 점은 주인공이 어디론가 가고 있는 중에 소설이 끝난다는 사실이다. 적어도 이 소설 안에서 여행은 시작도 끝도 없으며, 주인공 '나'는 여행 바깥의 세계를 알지 못하는, 여행 도중의 인간으로 남는 것이다.

물론 그는 화자로서 자신의 여행에 대해 보고하면서 이 여행이 시작되기 전의 일들, 어린 시절의 일이나, 비교적 최근의 사건과 체험에 대해 회상하고 있다. 하지만 그 속에 회상되고 있는 '나' 역시 거의 대부분 여행 중에 있다. 어렸을 때 쥘트에서 휴가를 보내던 기억, 이탈리아로 가는 비행기에서 조종석에 앉아본 기억, 아버지와 마데이라 제도에 갔던 기억, 2시간 동안의 어이 없는 미코노스 여행 기억 등등. 그가 비교적 오래 거주한 것으로 나오는 유일한 지명은 김나지움 학생 시절을 보낸 살렘이다. 그는 아마도 살렘의 고급 기숙학교를 다녔을 것이다. 그 외에는 그의 가족의 집이 어디인지, 그가 오랜 기간 살았거나 살고 있는 곳은 어디인지 결코 언급되지 않는다. 화자는 자기 자신을 철저하게 정처 없는 인간, 길 위의 인간으로 그려 보이고 있는 것이다.

크라흐트는 '길 위의 인간'이라는 토포스를 통해 "초월적 안식처의 부재"라는 근대적 상황에 대한 루카치의 진단을 환기하며 그것을 극단화한다. 주인공은 떠나온 곳도, 또 정착할 곳도 불투명하며, 어떤 지향점도 갖지 못한 채 이곳저곳을 부유할 따름이다. 그것은 그가 후기 자본주의 사회 속에서 제공되는 물질적 풍요 외에 그것을 넘어서는 어떤 삶의 고차적 목표나 의미도 찾을 수 없기 때문이다. 그러한 사정은 그와 가까운 주변 인물들을 통해서도 분명히 드러난다. 주인공이 매우 유복한 집안의 아들인 것처럼, 그의 친구들도 하나같이 돈 많은 집안 자식들이거나 스스로 엄청난 부자다. 그가 성적 매력을 느끼는 카린은 자본주의 사회가 제공하는 가벼운 향락을 쫓으며 무의미한 말만 지껄이는 생각 없는 부잣집 딸로 묘사된다. 나이젤은 남루한 옷차림으로 다니지만 사실은 함부르크의 최고 부촌에 살고 있다. 나이젤이 무엇으로 돈을 버는지는 분명치 않으나 홍콩과 스위스의 투자 상담사들과 늘 통화하는 것으로 미루어 자본과 금융의 세계에 깊이 연루된 인물임을 짐작할 수 있다. 그런데도 그는 기존 사회질서에 대해 강한 반감을 가지고 있으며, 주인공은 그 점에서 나이젤과 공감하는 듯하다. 그러나 나이젤의 저항이 귀착하는 곳은 파티라는 "무법의 공간"과 마약과 혼음일 뿐이다. 알렉산더는 부모가 교통사고로 죽은 뒤 막대한 재산을 물려받았고, 그 돈으로 인도, 파키스탄, 아프가니스탄, 루안다 같은 곳을 쏘다니면서 제3세계에 퍼진 팝송의 흔적을 찾고 있다. 그의 노력은 인도의 황무지에 있는 허름한 바에서 현지 주민들과 함께 팝송을 부르며 모두가 하나가 되는 어떤 감동적 연대의 장면을 만들어내기도 하지만, '나'는 그런 알렉산더의 이야기가 그저 허풍에 지나지 않을 수도 있다고 의심한다. 롤로 역시 백만장자의 아들이다. 하지만 그 또한 삶을 어떻게 헤쳐나가야 할지 전혀 알지 못한다. 돈으로만 연결되어 있는 사람들의 허세에 찬 사교 파티와, 바리움이 롤로의 유일한 출구이다. 그는 결국 알코올과 바리움 과다 복용 끝에 호수에 빠져 죽고 만다.

그러면 주인공 자신은 이런 헤어나올 수 없을 것 같은 공허와 타락과 몰락의 위험 앞에서 어떤 가능성을 보고 있는 것일까? 그는 카린의 명품 선호를 경멸하고 (하지만 그는 특별한 명품을 좋아한다) 나이젤의 마약을 거부하며 (하지만 그는 나이젤이 준 마약을 먹어본다) 알렉산더의 히피적 삶에 회의의 시선을 보내고(하지만 그 역시 제3세계로의 여행을 꿈꾼다) 롤로가 즐기는 사교 파티의 허위를 꿰뚫어본다(하지만 그 파티가 멋지다고도 생각한다). 게다가 사민당도, 노조도, 극좌적인 자율주의자들도 늙은 나치들과 마찬가지로 그에게는 냉소의 대상일 뿐이다(하지만 시위 분위기는 즐긴다).

그는 소설의 마지막 부분에서 독일에서의 삶을 다음과 같이 요약한다. "좋은 자동차를 몰아야 하고, 좋은 마약을 하고, 좋은 술을 마시고, 좋은 음악을 들어야 하는 선민들 말이다. 한편 그들 주변 사람들도 모두 똑같은 행위를 한다. 단지 아주 약간 살짝 질이 떨어지는 것으로 말이다. 그래서 선민들은 오직 그런 걸 약간 더 좋게, 약간 더 세게, 약간 더 세련되게 한다는 믿음에 의지해서만 계속 살아갈 수 있다"(217쪽).

이러한 무의미의 굴레에서 어떻게 벗어날 수 있을까? 그는 소설 속에서 단 두 차례 유토피아적 꿈을 꾼다. 그것은 길 위의 삶에서 벗어나 정착하겠다는 일견 소박한(하지만 잘 생각해보면 소박하기보다 허황된) 꿈이다. 우선 프랑크푸르트로 가는 비행기를 탄 주인공은 소녀에서 바로 할머니가 된 듯한 고운 노부인 옆에 앉아 이사벨라 로셀리니를 떠올리며 헤브리디스 외군도나 케르겔렌 제도로 가서 그녀와 아이들을 낳고 단란하게 사는 상상을 한다. 다음으로 그는 취리히에 와서 스위스의 산중 호수 근처를 정착할 만한 곳으로 떠올린다. "저 위쪽에 살아야 할 거다. 산속의 초원, 나무로 지은 작은 오두막에서, 땅속 눈 녹은 물로 이루어진 차가운 산중 호수 근처에서 말이다. 아마도 이사벨라 로셀리니와 그 섬에까지 갈 필요도 없을 것이다. 아마도 그녀와 아이들과 함께 그 작은 오두막에 산다면 그것으로 충분할 것이다"(216쪽). 이 대목은 '나'의 여행이 어떤 유토피아적 세계를 찾기 위한 여행일 거라는 추측을 하게 한다. 어쩌면 그렇게 해서 항구적 여행 상태를 끝내는 것이 그의 여행의 목적일 수도 있을 것이다. 그러나 그것은 모두 세계로부터의 철저한 고립과 차단을 전제하는 극히 개인적이고도 비현실적인 유토피아일 뿐이다. 더구나 유명 여배우와 외딴 곳에 가서 함께 아이를 낳고 살겠다는 것은 사실 그의 정착 계획이 결코 진지한 것이 아님을, 오히려 그의 정착이 불가능할 것임을 보여준다.

3. 상표 미학

이 소설은 발표 당시 넘쳐나는 상표들 때문에 큰 논란이 되었다. 여기서 술, 옷, 신발, 자동차 등 대부분의 물건들이 브랜드 명으로 불리고 있다. 화자는 심지어 택시 운전사를 묘사할 때도 그가 '메피스토 신발'을 신고 있다고 이야기할 정도다. 상표에 대해 강한 집착을 보이는 화자 '나'의 목소리는 그가 오직 상표를 통해 세계와 접촉하고 세계를 해석하며 자기 자신의 정체성을 구성한다는 인상을 불러일으킨다. 그것은 더 나아가 이 소설이 자본주의적 소비문화에 대해 무비판적인 태도를 취하고 있다고 비난받는 원인이 된다. 물론 크라흐트의 상표 노출이 그동안 문학이 외면해온 현대적 삶의 모습을 드러내는 리얼리즘적 가치를 가진다는 옹호론도 없지 않았다.

크라흐트의 상표 미학을 어떻게 이해해야 할까? 크라흐트는 소설 내내 부단히 상표명을 부각시킴으로써 우리가 살고 있는 세계가 상표들로 범람하고 있으며, 상표가 특정한 사회적, 문화적 가치를 환기하고 정체성을 구성하는 역할을 하고 있다는 사실을 거의 위악적인 어조로 적나라하게 보여준다. 예컨대 화자는 택시 운전사의 침묵을 다음과 같이 해석한다. "왜냐하면 우리 둘이 동년배인데 나는 데이비스&선즈 재킷을 걸치고 자기는 임금 투쟁 시위에 간다는 것이 기분 나빴기 때문이다"(39쪽). 다른 택시 운전사가 담배를 권했을 때는 또 어떤가? "택시운전사와 나이젤과 나는 담배를 피운다. 택시운전사가 우리에게 몇 대 건네준 거친 오버슈톨츠 담배를.〔……〕그리고 이제 말하자면 하층민 간의 형제애 같은 것이 생겨난다. 우리가 평생 결코 오버슈톨츠 담배를 피우지 않으리라는 것을 택시 운전사가 정확히 알고 있음에도 불구하고 말이다"(50~51쪽). 어떤 옷을 입는지, 어떤 담배를 피우는지가 곧 당신이 누구인가를 말해준다. 따라서 '나'가 특정한 상표를 고집하는 태도를 보이는 것은 놀라운 일이 아니다. 예컨대 그는 자기가 입는 셔츠에 대해 다음과 같이 말한다. "내 셔츠는 전부 브룩스 브라더스 제품이다. 그 어떤 셔츠 제조사도 이렇게 멋진 물건을 만들어내지는 못한다.〔……〕브룩스 브라더스 셔츠와 랄프 로렌 셔츠의 차이는 물론 랄프 로렌 셔츠가 훨씬 더 비싸고, 만들기도 훨씬 잘못 만들고, 모양도 사실 개떡 같으면서, 대개는 왼쪽 가슴에 거지 같은 폴로 마크를 달고 다녀야 한다는 점이다"(130쪽). 소설 속에서 가장 사랑받는 상표는 아마 바버일 것이다. '나'는 늘 바버 재킷을 입고 다니고, 늘 바버 재킷에 대해 이야기하며, 그의 부유한 친구들도 모두 바버 재킷을 입고 있다.

루카치는 "초월적 안식처의 부재"를 이야기하면서 영웅이 하늘의 별자리를 보며 길을 찾을 수 있었던 서사시의 시대가 지나가버렸다고 주장한다. 그런데 크라흐트의 세계 속에서는 인간에게 길을 안내해주던 천상의 지도는 상표들의 성좌로 대체되어버린다. 주인공은 집도 없이, 정처도 없이 방황하고 있지만, 상표들만은 온 세계에 편재하며 확고부동한 가치를 발하고 있는 것이다. 그리하여 이 새로운 세계의 영웅들은 "좋은 자동차를 몰아야 하고, 좋은 마약을 하고, 좋은 술을 마시고, 좋은 음악을 들어야 하"며 오직 그런 걸 주변 사람들보다 "약간 더 좋게, 약간 더 세게, 약간 더 세련되게 한다는 믿음에 의지해서", 즉 상표들이 그려주는 지도를 보며 살아갈 수 있는 것이다. 그런데 크라흐트의 화자는 이 말을 하는 순간 그러한 믿음에서 빠져나온 자의 태도를 취한다. 즉 그는 스위스 산중 호숫가에서의 삶을 꿈꾸면서 상표들의 질서를 가상적이고 허망한 것으로 인식하고 그 바깥으로 나가려고 하는 것이다. 그런데 상표들의 바깥, 이 세계를 완전히 지배하게 된 자본주의적 문명 세계의 바깥은 가능한가? 이 세계의 스타(인간 상표)인 이사벨라 로셀리니가 과연 산속의 오두막까지 그를 따라올 것인가?

4. 시스템과 저항

상표들이 지배하는 자본주의적 세계는 대체 어떤 세계인가? 이 소설에서 이야기되는 것은 물론 자본주의 세계 일반이 아니라 특수한 역사적 배경을 지닌 독일이라는 나라이다. 제목에서 '파저란트'로 지칭되는 그 나라. '파저란트Faserland'는 크라흐트가 만들어낸 말로서 다양한 의미로 해석될 수 있지만, 무엇보다도 로버트 해리스Robert Harris의 소설 『조국Fatherland』을 암시하는 것으로 알려져 있다. 영어 Fatherland를 독일인이 부정확하게 발음할 때 Faserland가 되기 때문이다. 로버트 해리스의 소설은 나치가 제2차 세계대전에서 패배하지 않았다는 가정에 바탕을 둔 대체 역사소설로서 1964년 히틀러의 75세 생일에서 시작한다. 크라흐트의 화자 '나'는 가는 곳마다 나치의 흔적을 발견하고, 길에서 마주치는 사람들에게서 나치의 모습을 발견하는데, 이러한 사실은 왜 크라흐트가 이 소설에 파저란트라는 제목을 붙였는지를 이해할 수 있게 해준다. 『파더랜드』의 독일이 여전히 나치즘 국가라면, 『파저란트』의 독일은 표면적으로는 나치 시대를 뒤로하고 있지만 여전히 나치의 과거 속에서 벗어나지 못하고 있는 포스트나치즘 국가다. 하지만 독일은 과거 극복을 위해 가장 성실하게 노력해온 나라가 아닌가? 특히 1960년대 좌파 운동의 가장 중요한 이슈가 과거 청산이었고, 그러한 운동을 주도한 이른바 68세대가 이미 독일 사회의 주류가 되지 않았나? 하지만 '나'는 아이들이 즐겨먹는 과자 하젤누스타펠의 약어인 '하누타'에서 '크리포'나 '슈포'와 같은 나치 시대의 약어를 떠올리고, 좌파 정당에 열심히 표를 던지는 노조원에 대해서조차 '사민당 나치'라는 비난을 서슴지 않는다. 이건 좀 너무하지 않은가?

그의 과장된 비난 뒤에는 나치즘을 역사의 우연이 만들어낸 지극히 특수하고 비정상적인 괴물이라기보다 현대 자본주의 사회의 어떤 본질적인 면에 대한 반영으로 보는 관점이 깔려 있다. 이러한 면에서 나치즘이란 모든 개인의 고유성을 지워버리고 상품들의 세계 속에 획일화시켜버리는 자본주의적 시스템(모두가 같은 것을 하지만, 오직 그걸 조금 더 낫게 한다는 믿음만이 개인을 어떤 특별한 존재로 만들어주는 '독일이라는 거대한 기계')에 대한 제유이며, 이 시스템에 자발적으로 복종하면서 거기에 포섭되지 않는 개별자들을 배제하고 징벌하려 드는 인간들의 태도를 가리킨다. 주인공이 루프트한자에서 제공하는 빵을 과도하게 많이 챙겨 넣는다고 눈을 흘기는 사람들, 금연석에서 담배를 피울 때 이를 막으려 하는 다른 승객들을 가리켜 나치이며 파시스트라고 비난하는 것은 이 때문이다. 반면 시스템의 요구에 따라 의무적으로 흡연을 막는 스튜어디스에 대해 그는 관대하다. 왜냐하면 금연석에서의 흡연을 막으려 하는 다른 승객의 경우와는 달리, 스튜어디스의 금지 속에는 그녀 자신의 개인적 인격이 들어 있지 않기 때문이다. 요컨대 『파저란트』에서 나치라고 욕을 먹는 것은 전체의 규율을 자기 자신과 동일시하는 개인들이다.

주인공은 그런 시스템의 강제와 규율에 포섭되지 않는 개별자이고자 한다. 그는 자본주의적 질서의 교란자이고 자 하며, 시스템에 흠집을 낼 수 있는 존재나 행위, 사건 에 대해 지대한 관심을 가지고 있다. 방금 언급한 것처럼, 그는 비행기 탑승 전에 루프트한자에서 제공하는 빵과 과 자, 요구르트를 마구잡이로 주머니에 집어넣음으로써 다 른 탑승객에게 눈총을 받는다. 이 승객은 경영협의회 대 표, 즉 노조 대표인데, 그가 눈살을 찌푸리는 걸 보고 주 인공은 오히려 과자 두 개를 더 집어넣는다. 이때 경영협 의회 대표의 태도는 다음과 같이 묘사된다. "마치 내가 루· 프트한자에서 제공한 음식을 이렇게 다루는 것을 승인할 수 없다는 듯이"(73쪽). 그는 노조 대표이지만 자본을 신 성한 것으로 숭배하며 그것에 대한 도전을 용납하지 못한 다. 그래서 '사민당 나치'이다.

주인공에게 금연의 강요는 시스템이 파시즘적임을 보 여주는 증거로 간주된다. 그리하여 그는 굳이 비행기의 금연석을 달라고 하고는 거기서 담배를 피워댄다(소설 출 간 당시만 해도 아직 비행기 내에 흡연석이 있었다). 흡연은 시스템에 대한 상징적 저항의 행위다. 그에 따르면 금연석은 "사실상 인간이 자신의 권리를 주장할 수 있는 최후의 장소"이다(80쪽). 금연석에서 담배를 피우면, 언제나 "재수 없는 비흡연자들에게 제대로 '파시스트 같으니!'라고 소리 지를 수 있는 기회가"(80쪽) 생기기 때문이다. 이 소설에서 흡연이 가지는 그런 상징적 의미를 고려한다면, "나는 담배를 꺼내 불을 붙인다Ich zünde mir eine Zigarette an"라는 문장이 마치 주술사의 주문처럼 소설 전체에 걸쳐 끝없이 반복되는 이유도 분명해질 것이다. 또한 왜 유독 그가 피우는 담배만큼은—단 한번 택시 운전사가 준 싸구려 담배 오버슈톨츠를 제외하면—결코 상표명이 밝혀지지 않는지도 어느 정도 이해할 수 있을 것이다. 그것은 주인공이 피우는 담배가 상품 사회의 질서에서 벗어나는 뭔가 신성한 대상이기 때문이 아닐까. 그렇기에 담배는 결코 상표명으로 지칭될 수 없는 것이 아닐까. 그가 가장 아끼는 바버 재킷과 결별하는 제의적 장면에서도 담배는 빠질 수 없는 중요한 요소로 등장한다. 나이젤의 파티에서 환멸을 맛본 뒤 함부르크를 떠나 프랑크푸르트 공항에 도착한 '나'는 갑자기 바버 재킷이 마음에 들지 않는다고 생각한다. "나는 바버 재킷을 벗어서 앞 바닥에다 내려놓는다. 그리고 담배를 또 한 대 꺼내 불을 붙인다. 그리고 불 붙은 성냥을 재킷의 빌어먹을 안감에다 던진다"(91쪽).

이렇게 고급 브랜드 재킷은 불의 제물로 바쳐진다. 그것은 상표의 세계를 떠나기 위한 제의이자, 자본주의적 교환의 질서를 거스르는 부의 파괴 행위다. 담배의 파괴적 작용은 소설의 후반부에서도 암시된다. 보덴 호 호변에 있는 롤로의 집을 방문했을 때 '나'는 계속 담배를 피우다가 커다란 담뱃재 덩어리를 중국제 비단 양탄자 위에 떨어뜨린다(177쪽).

담배만큼이나 술도 소설 내내 결코 끊이지 않는 주인공의 소비 품목에 속한다. 그는 정말 끝없이 술을 마신다. 그리고 그렇게 마신 술은 거듭해서 구토로 이어진다. 『파저란트』에서는 구토 역시 자본주의적 질서를 훼손하고 개인이 그 질서 속에 통합되는 것을 방해하는 요소로 기능하고 있다. 그 가장 대표적인 예는 여자친구 집에서의 구토다. '나'는 열여섯 살 때 여자 친구 사라의 부모님에게 초대를 받는다. 그것은 예의바른 부르주아적 세계 속에 처음 어른으로서 입문하는 사건이었다. 하지만 그는 좋은 분위기에서 와인을 너무 많이 마신 나머지 손님방 침대에 온통 토하고 똥까지 싸고 만다. 그는 한밤중에 사라의 집을 빠져나와 다시는 그녀를 만나지 못하게 된다. 나이젤의 파티에서는 유사한 사태가 반대 방향으로 일어난다. '나'는 어떤 여자에게 매력을 느끼고 그녀를 화장실까지 따라간다. 하지만 거기서 그녀는 마치 영화 「엑소시스트」에서 마귀 들린 소녀처럼 엄청난 양의 액체를 뿜어댄다. 그 순간 그는 그녀와 무언가를 시작할 마음을 단번에 잃어버린다. 다음에는 주인공 자신이 다시 구토의 주체가 된다. 그는 나이젤의 파티에서 마약과 함께 온갖 환멸을 맛본 뒤 프랑크푸르트의 고급 호텔에 투숙하는데 그곳 객실에서 엄청난 구토를 한다. "많은 양의 노란 토사물이 양탄자를 철퍼덕 친다. [……] 그러고 나서는 재수 없게도 지독한 토사물이 높이 뿜어져 나와 내 양복 상의와 셔츠가 악취 나는 누런 액으로 뒤덮인다"(105쪽). 이렇게 고급 호텔의 양탄자와 '나'의 비싼 고급 브랜드 옷들은 토사물로 초토화되고 만다.

구토는 이질적인 외부 세계에 대한 거부 반응이다. 내가 더 이상 감당하지 못하는 것을 밖으로 밀어내고 배제하는 작용이 구토인 것이다. 그런데 역설적으로 구토를 한 자는 더러운 토사물과 동일시되며 세계에 의해 배척당하게 된다. 구토는 자아와 세계 사이의 균열과 불화의 결과이자 원인이다. 그런데 프랑크푸르트의 최고급 호텔에서는 이러한 상호 배척의 과정이 중단된다. 주인공은 호텔 객실에서 실컷 토한 뒤 욕조에 들어가 잠이 든다. 깨어나보니 객실은 깨끗하게 치워져 있다. "내가 욕조에 있는 동안 누군가가 침대 시트를 갈고 양탄자의 토사물을 닦아내고 고장 난 전화기를 교체하고, 토해서 잔뜩 더럽혀진 내옷을 가져갔다. 그게 어쩐지 미치도록 감동적이고 친절하게 느껴진다"(107쪽). 호텔은 주인공의 구토로 인한 훼손에 끄떡하지 않고, 그를 추방하거나 손해배상을 청구하기는커녕 따뜻하게 감싸안는다. 주인공은 이런 호텔의 조치에 감동을 받기까지 한다. 하지만 그것은 그 무엇에도 훼손될 수 없는 자본의 견고한 위력을 상징적으로 보여줄 뿐이다. 그러한 감동적인 '포용'이 가능한 것은 물론 프랑크푸르터호프 호텔이 엄청나게 비싼 호텔로, 대단한 부자들만이 드나드는 곳이기 때문이다. '나' 역시 그런 부자이고, 이 사회가 자본주의 사회인 까닭에 그의 일탈과 저항의 제스처도 용인되는 것이다. 주인공 자신도 사실은 그 점을 인식하고 있다. 공항에서 그는 자기를 흘겨보는 경영협의회 대표를 보며 이렇게 생각한다. "내가 만약 외국인이고, 그가 월급의 반은 지불해야 살 수 있을 이런 재킷을 입고 있지 않다면, 그는 틀림없이 내게 한마디 했을 것이다"(73쪽).

따라서 시스템을 교란하는 서술자의 저항은 상징적 제스처 이상의 의미를 지니지 못한다. 금연석에서 담배를 피우던 주인공은 스튜어디스가 다가오자 미소를 지으며 서둘러 담뱃불을 꺼버리고, 프랑크푸르트에 들어오면서 바버 재킷을 태워버렸던 '나'는 결국 알렉산더의 바버 재킷을 훔쳐 입고서 프랑크푸르트를 빠져나간다.

5. 유토피아적 유년의 세계

『파저란트』에서 화자는 번번히 '냄새'를 통해 과거의 기억을 떠올린다. 여기서 우리는 프루스트Marcel Proust의 『잃어버린 시간을 찾아서』를 생각하게 된다. 잘 알려진 것처럼 프루스트의 주인공은 마들렌 과자를 담근 차의 향기에서 콩브레에서 보낸 어린 시절의 추억을 되살리기 때문이다. 이와 유사하게 크라흐트의 주인공도 쥘트 섬에서 카린과 함께 해변을 향해 걷다가 갑자기 나무 널빤지와 바다의 냄새 때문에 어렸을 때 쥘트 섬에서 보낸 일을 떠올린다. "오랫동안 바다를 보지 못했기에 바다 구경을 앞두고 잔뜩 설레 있는데 나무 널빤지가 햇살을 받아 따뜻한 향기를 뿜어내곤 했던 것이다. 그것은 아주 친근한 냄새였고 뭔가 희망적이고, 글쎄, 따뜻했다고 할까. 지금 다시 그때 그 냄새가 난다. 나는 거의 울 것만 같아 얼른 담배 한 대를 꺼내 불을 붙이고 바버 재킷 소맷부리로 이마를 닦는다"(18쪽). 왜 울 것 같은가? 프루스트의 주인공에게 마들렌과 차 향기를 통한 회상이 과거의 완벽한 환생이며 기쁨과 감격의 순간이었다면, 크라흐트의 주인공에게 나무 널빤지와 바다 냄새의 형언하기 어려운 좋은 느낌, 친근함, 희망, 따뜻함이 뒤섞인 그 느낌은 이미 오래 전에 상실된 것, 영원히 사라져버린 것으로서만 회귀한다. 그것은 이 세계의 공허와 절망을 아직 알지 못하는 순진한 주체의 감정이고, 이제는 다시 되찾을 수 없는 감정이다. 그 감정을 기억할 수는 있겠지만 그것을 다시 가질 수는 없는 것이다. 이렇듯 냄새를 통한 과거와의 만남은 상실의 비애를 불러일으킨다. 주인공이 울음을 감추기 위해 바버 재킷과 담배에 의존하는 것은 충분히 이해할 만한 일이다. 지금까지의 논의를 통해 드러난 것처럼 바버 재킷과 담배는 순진성을 잃어버린 주체를 끌어당기는 두 개의 힘, 타락한 세계의 유혹과 그에 대한 반발의 상징이기 때문이다.

유년은 이제는 돌아갈 수 없는 유토피아적 세계이다. 유년 시절 자아와 세계는 훨씬 더 직접적으로, 이를테면 상표 따위의 매개 없이, 교류한다. 유년의 자아는 엄청난 호기심으로 세계의 사소한 기미들을 관찰하며, 세계는 자아의 속 깊숙이 들어와 자리 잡는다. "그 어린 소녀가 잠이 들었는데, 나는 그 애의 팔 위에 흰 모래를 흩뿌리며 팔에 난 솜털에 고운 모래 가루가 고이는 것을 관찰했다. 그 때문에 그 애는 잠이 깼고 내게 미소를 지어 보였다. 그러고 나서 우리는 함께 색색의 플라스틱 삽으로 바닷가에 모래성을 지었다. 난 오렌지색 삽을 갖고 있었지. 그걸 나는 여전히 정확히 기억하고 있다"(27쪽). 유년은 또한 자유로운 공상의 시절이기도 하다. 물론 성인들도 공상을 할 수 있다. 하지만 유년의 공상은 단순한 공상에 그치지 않고 세계를 주조하는 힘을 가지고 있다. 유년의 자아의 머리 속에는 온갖 기묘한 상상들이 떠오르며, 그것은 외적 현실에 못지 않은 강력한 실감으로 다가온다. 그래서 열차의 창으로 머리를 내민 아이는 기차 화장실에서 뿌려지는 낯선 이의 오줌이 자기 얼굴 위에 아주 미세한 오줌막을 만들어낸다고 상상하고, 혀로 그 사람의 오줌을 맛볼 수 있을 거라고 느낀다(30쪽). 이런 공상의 세계에서는 나치의 죄악이 꼬마의 달리기를 통해 갚아질 수 있을지 모른다. "그리고 내가 폴렌린데까지 뛰어갔다 돌아오는 것으로 나치 범죄에 대해 참회하는 것이 되지 않을까. 나는 정말로 그렇게 생각했다. 그 당시에는 말이다"(202쪽). 헝가리 출신의 체육 선생님이 독일의 어린 학생들에게 달리기를 시키며 나치의 죗값을 묻고 있다는 것도, 달리기를 열심히 해서 그 죄에 대한 참회를 하겠다는 것도 모두 주인공의 자의적 연상작용이 낳은 터무니없는 생각일 뿐이지만, 그런 공상은 주인공 자신에게는 엄연한 현실이었고, 그 속에서 그는 죄책감과 형벌에 대한 공포, 구원에 대한 희망 등 온갖 감정을 맛보았을 것이다. 이렇게 자아의 고유하고 독특한 상상이 쉽게 현실이 된다는 의미에서 유년 시절은 꿈과 같은 특성을 지닌다. 꿈에서 깨어난 사람이 "어떻게 그런 바보 같은 꿈을 꾸면서 진짜라고 믿었을까" 하고 의아해하듯이, 우리는 성년이 된 뒤 어린 시절에 가졌던 터무니 없는 믿음을 돌아보며 비슷한 의문을 품는 것이다.

우리가 나이를 먹어감에 따라 세계는 점점 더 견고해지고, 우리의 자아와 근본적으로 무관한 것이 된다. 세계는 자아에게 더 이상 내밀한 신호를 보내지 않고, 자아의 상상은 세계의 단단한 벽에 부딪혀 흩어지고 만다. 우리는 본연의 자아를 잃어버리고 세계에 적응할 따름이다. 이와 함께 자아의 의식도 유년 시절의 자발성과 창조성을 잃고 딱딱해져버린다. 나의 생각이 세계를 주조하는 것이 아니라 세계가 나의 생각을 결정한다. 결국 남는 것은 세계에 순응하는 사람들, 같은 것을 남들보다 조금 더 낫게, 세련되게 한다는 믿음에 의지해서만 살아갈 수 있는 사람들, 또는 늙은 나치들뿐이다.

6. 구원으로서의 예술?

만일 『파저란트』에서 세계를 깊이, 생생하게 느끼고 자유로운 상상을 통해 자아와 세계 사이의 경계선을 쉽게 넘나들 수 있던 유년 시절이 유토피아적인 의미를 지닌다고 할 수 있다면, 우리는 이로부터 한 걸음 더 나아가 크라흐트가 문학과 예술에서 구원을 찾고 있다는 결론을 도출할 수도 있을 것이다. 즉 유년적 감수성과 상상의 복원으로서의 글쓰기, 또는 예술. 그러한 결론을 뒷받침하는 것 가운데 하나는 화자가 장난스러운 공상을 즐기면서 상상적인 것과 현실적인 것의 경계를 불분명하게 만든다는 사실이다. 그는 프랑크푸르트 행 비행기에서 옆에 앉은 노부인의 유산 문제를 상상하고, 하이델베르크에서 손가락 두 개가 없는 호텔 운영자를 보고 그의 2차 대전 참전 이야기를 제멋대로 지어내며, 롤로에게서 사하라 사막 한가운데서 살해되는 베를린의 자율주의자들에 대한 이야기를 듣다가 또 상상의 나래를 펼친다. 특히 흥미로운 것은 롤로의 어머니에 대한 상상이다. 주인공은 롤로의 어머니를 만난 적도 없고, 롤로는 자기 어머니를 한두번 정도 언급했을 뿐(182쪽), 그녀에 관한 얘기를 절대 하지 않는다(176쪽). 하지만 주인공은 자기 마음대로 그녀가 알코올 중독자일 것이라고 생각하며, 하루종일 페르노 술을 마시며 캔버스에 그림을 그리고 앉아 있는 그녀를 상상한다. 그는 또한 그녀가 롤로처럼 바리움 중독일 거라는 생각을 하기도 한다(182쪽). 주인공은 나중에 스위스에서 신문을 통해 롤로의 죽음 소식을 접하는데 거기서 롤로의 모친이 "슈투트가르트 근처 어느 요양소"에 있다는 기사를 읽는다 (213쪽). 롤로의 어머니가 알코올 중독자, 약물 중독자라는 주인공의 상상은 그대로 신문 기사 속의 현실이 된다. 주인공은 자신의 상상이 현실로 확인된 것에 대해 놀라워하지 않고 그저 당연하다는 듯 무심하게 지나쳐버린다. 마치 자신이 롤로의 어머니를 알코올 중독자로 생각했기 때문에 그녀가 요양소 신세를 지는 것도 당연하다는 듯이 말이다. 그것은 이 소설에서 상상과 현실 세계 사이의 경계가 불확실하다는 점을 잘 보여준다.

이미 몇몇 연구자들이 지적한 바도 있지만, 술집과 파티, 택시, 기차, 비행기 등 몇몇 상황들의 반복으로 구성된 『파저란트』의 내용은 전체적으로 외적 현실의 기록이라기보다는 몽환적인 상상에 가까워 보인다. 예컨대 주인공은 하이델베르크의 파티에서 코카인을 권하는 오이겐을 뿌리치며 나디아라는 여자를 찾아가다가 지하실에서 나디아와 함께 마약 주사를 맞으며 정신이 혼미해져 있는 나이젤을 발견하게 된다. 그것은 외적 현실의 논리로 이해하려 한다면 비현실적일 정도로 엄청난 우연의 일치이지만 (주인공은 며칠 전에 나이젤을 함부르크에서 만났고, 완전히 우연적으로 아무런 연고가 없는 하이델베르크에 왔으며 여기서 또 다른 우연에 의해 오이겐이라는 남자를 알게 되어 그의 파티에 왔던 것인데, 거기에 나이젤이 와 있었다는 것이다), 상상적인 사건으로 본다면 충분히 이해할 만한 일이다. 코카인을 권하는 오이겐, 동성애적 성향을 드러내며 접근하는 오이겐이 함부르크의 파티에서 주인공에게 마약을 권하고 남성 동성애자와 함께 있었던 나이젤을 불러낸 것은 매우 자연스럽다. 즉 오이겐은 나이젤을 떠올리게 하고, 그 순간 나이젤은 공간적 간극을 뛰어넘어 오이겐의 파티에 와 있는 것이다. 이 소설에서 무언가가 생각난다는 것과 무언가가 일어난다는 것은 크게 다르지 않다. 주인공은 상상을 통해 세계를 불러내는 몽환적 주체, 또는 유년적 주체이다. 그리고 그것은 바로 문학적 주체의 본질적 속성이기도 한 것이다.

그렇다면 이러한 해석이 가능할지도 모른다. 후기자본주의적 일상 속에서 방향 감각을 잃고 혼란과 절망에 빠진 주인공은 자신의 삶을 서술함으로써, 즉 글쓰기를 통해 구원의 가능성을 발견한다. 그것은 낭만주의 이후, 그리고 릴케, 프루스트, 조이스와 같은 모더니즘 작가들에게 이르기까지 반복되는 익숙한 예술가소설의 도식이다. 특히 프루스트의 소설은 이 도식을 가장 투명하게 드러낸다. 『잃어버린 시간을 찾아서』의 거의 마지막 부분에서 주인공 마르셀은 글쓰기를 통해 삶의 모든 무상함을 뛰어넘을 수 있음을 깨닫게 되고, 그가 그러한 깨달음 이후에 작가로서 자신의 삶을 서술한 것이 바로 『잃어버린 시간을 찾아서』의 내용이다. 방황하던 마르셀과 최종적 진실에 도달하여 작가가 된 마르셀, 주인공으로서의 마르셀과 서술자로서의 마르셀 사이에는 근본적인 단절과 도약의 순간이 가로놓여 있다.

그런데 『파저란트』에서 그런 명백한 자아의 발전을 발견하기는 어렵다. 뚜렷하게 드러나는 긍정적 변화가 있다면 소설 처음에는 만들 줄 모르던 담배 연기 고리를 스위스에 가서 만들 줄 알게 된 것 정도라고 할까? 또한 소설의 시제가 일관되게 현재형이라는 사실은 주인공 '나'와 서술자 '나' 사이에 어떤 격차가 발생할 여지를 없애버린다. 예술가로서 성장한 자아가 방황하고 있는 과거의 자아를 돌아보는 그런 구도가 성립하지 않는 것이다. 또한 크라흐트는 예술가소설의 일반적 특징인 자전적 성격을 자신의 소설에서 지우고자 하는 듯이 보인다. 주인공은 문학에 관심이 아주 없는 것은 아니지만 문학적 독서 경험이 적고 심지어 인문적 교양도 다소 부족한 인물로 등장한다(예컨대 그는 들뢰즈가 영화비평가라고 생각하고, 중세의 유명한 시인이 화가라고 착각한다). 그에게서 작가가 되겠다거나 글을 쓰겠다거나 하는 기미는 거의 보이지 않는다. 그렇기 때문에 소설의 마지막에서 그가 굳이 토마스 만의 묘를 찾아가는 것은 다소 의외로 여겨진다. 게다가 그가 어둠 속에서 끝내 토마스 만의 묘를 찾지 못하고 개가 그의 묘에 똥을 쌌을 거라고 상상하는 것은 문학에서 어떤 구원의 가능성을 보려는 태도에 대한 조롱과 부정으로 보일 수도 있다. 또한 그는 호수 한가운데에서의 죽음을 암시함으로써 소멸만이 이 세계의 절망에서 벗어날 수 있는 길이라는 비관적 결론으로 소설을 끝맺고 있는 듯하다.

하지만 마지막 장면에 나오는 나룻배가 토마스 만의 『베네치아에서의 죽음』을 환기하고 있다면, 그리고 그 소설이 예술과 죽음을 등치시키고 있다면, 죽음을 향해 나아가는 듯한 주인공의 마지막 행로에는 예술적 세계에 대한 지향이 그림자처럼 깔려 있다고 할 수 있을 것이다. 또한 토마스 만이 『베네치아에서의 죽음』에서 예술과 죽음을 연결시킴으로써 예술의 매혹과 그 위험성을 동시에 표현하려 했고, 그 이후 나치즘과 2차 대전을 통과하면서 그의 문학의 방점이 점차 예술의 위험성을 경고하는 쪽으로 옮겨간 것을 고려한다면, 『파저란트』에서 토마스 만의 묘지 방문이 부정적인 결과로 끝난 것은 크라흐트가 문학과 예술을 유일한 구원 가능성으로 보는 자신의 유미주의적 태도를 아주 간접적이고 은밀하게 드러내려 했기 때문이라고 추측해볼 수도 있을 것이다. 즉 『파저란트』는 은폐된 예술가소설이라는 것이다. 어쩌면 예술의 입지가 한없이 좁아지고 약화된 후기자본주의, 상표가 우리를 인도하는 별자리가 된 명품의 시대에 예술가소설은 이런 은폐된 형태로서만 가능한 것인지도 모른다. 주인공은 롤로의 파티가 열리는 저녁 호숫가에서 "사물들의 뒤, 그림자들의 뒤, 가지가 호수에 거의 닿을 듯한 거대한 나무들의 뒤," "하늘의 검은 새들 뒤"에서 "뭔가 어두운 것에 대한 어슴푸레한 예감"을 느끼며 이렇게 말한다. "어쨌든 그것은 잘 감춰져 있다. 지금까지 나는 그 이야기를 아무에게도 하지 않았고, 그러다 보니 더 잘 설명할 수도 없다"(180쪽). 그 감추어진 이야기는 곧 예술에 대한 이야기, 구원에 대한 이야기, 『파저란트』이다.

『파저란트』는 현대적 삶에 대한 보편적 이야기이지만 그것을 이야기하는 데 사용된 재료는 1970년대와 90년대에 이르는 동안 독일에서 성장기를 보낸 한 세대의 특수한 사회적, 문화적 체험이다. 수많은 특수한 문화적 사실들에 대한 지식을 전제로 하는 이 작품을 번역하는 것은 간단한 일이 아니었다. 두 사람이 노력을 합쳤지만 여전히 부족한 부분도 있으리라고 생각된다. 현명한 독자의 지적이 있다면, 또 어떤 식으로든 고칠 부분이 발견된다면 기회가 되는 대로 수정하여 더 나은 번역이 되도록 노력할 것을 약속드린다.

한국 독자에게는 다소 생소할 수 있는 이름, 개념, 상표에 대한 역주를 얼마나 달아야 하는가도 많은 고민거리를 안겨주었다. 역주는 소설로서의 가독성을 해치지 않고 소설에 대한 기본적 이해에 필요하다고 판단되는 선으로 제한했음을 밝혀둔다.

그리고 이 자리를 빌려 『파저란트』의 한국어 번역지원을 해준 주한독일문화원에 감사드린다.